시놉시스 소설
대한민국 국가수반

시놉시스 소설
대한민국 국가수반

초판 1쇄 인쇄   2025년 01월 15일
초판 1쇄 발행   2025년 02월 07일

    신고번호   제313-2010-376호
    등록번호   105-91-58839

      지은이   김도반

      발행처   보민출판사
      발행인   김국환
        기획   김선희
        편집   조예슬
      디자인   다인디자인

         ISBN   979-11-6957-299-6   03810

        주소   경기도 파주시 해올로 11, 우미린더퍼스트@ 상가 2동 109호
        전화   070-8615-7449
      사이트   www.bominbook.com

· 가격은 뒤표지에 있으며, 파본은 구입하신 서점에서 교환해드립니다.
· 이 책은 저작권법에 의하여 보호를 받는 저작물이므로 무단 전재와 복사를 금합니다.

시놉시스 소설
대한민국 국가수반

김도반 지음

한 국가의 운명을 고민하는 철학적 선언이자
모든 독자들에게 새로운 비전을 제시하는 작품이다.

추천사

　시놉시스 소설 『대한민국 국가수반』은 역사적 사실과 상상력이 교차하는 독특한 서사 구조를 가지고 있다. 특히 주인공 김진은 아주 매력적이고 이상적인 지도자로 그려진다.
　윤동주 시인의 시 '서시'에 감명을 받아 삶의 전환점을 맞이하는 주인공이자 작가의 페르소나인 김진의 여정은 독자들에게 큰 감동을 준다. 동시에, 덩샤오핑과의 인연을 통해 중국에서 국가발전위원회 위원장으로 활약하며, 고비사막을 녹지로 바꾸고 양쯔강의 홍수를 예방하는 등 다양한 프로젝트를 성공적으로 완수하는 그의 행보는 독자들에게 강렬한 인상을 남긴다.
　그러나 김진의 여정은 순탄치 않다. 담배 금지정책으로 인한 시위와 천안문 사태, 그리고 덩샤오핑의 죽음 등 정치적 위기 속에서 그는 자신의 신념과 지도자로서의 책임을 깊이 성찰하게 된다. 그럼에도 불구하고, 김진은 끝까지 국민의 건강과 행복을 위한 자신의 비전을 포기하지 않는다. 그의 결단력과 헌신은 천부경의 '무중생유(無中生有)' 원리를 떠올리게 하며, 혼돈 속에서 새로운 질서를 창조하려는 그의 의지를 상징한다.

이 작품은 단순히 대한민국의 정치적 미래를 예측하는 데 그치지 않는다. 김진의 리더십은 한국을 넘어 동아시아와 세계에까지 영향을 미친다. 그는 남북한의 평화통일을 염원하며, 중화인민공화국과의 협력을 통해 세계 평화에 기여하고자 한다. 이는 대종교의 이상과 천부경의 통합적 우주관을 기반으로 한 한국적 리더십이 세계적으로도 유효할 수 있음을 보여준다.

결국 『대한민국 국가수반』은 이러한 사상과 메시지를 바탕으로 대한민국이 나아가야 할 방향을 강렬하게 제시한다. 김진이라는 캐릭터를 통해 작가는 새로운 시대의 리더십과 정치의 본질을 탐구하며, 독자들에게 대한민국의 가능성과 미래에 대한 희망을 심어준다. 이 책은 단순한 소설이 아니라, 한 국가의 운명을 고민하는 철학적 선언이자, 모든 독자들에게 새로운 비전을 제시하는 작품이다.

2025년 1월
편집위원 **김선희**

책을 내며

　대한민국의 정치사가 불행한 것은 국민을 통합하고 여야를 아우를 수 있는 정치 지도자가 없다는 것이다. 뛰어난 기획력과 강력한 추진력을 갖춘 능력 있는 대통령, 국민의 열렬한 환송 속에 퇴임하는 정치 지도자가 없다는 점이다. 그런 면에서 책 속의 주인공은 두고두고 귀감이 될 것이다.

2025년 1월
저자 **김도반**

차례

추천사 · 4

책을 내며 · 6

제1부. 조국의 부름 · 10

제2부. 열정의 나날 · 112

제3부. K-프로젝트의 완성 · 172

제1막. 인류 최초의 문명집단 · 243

제2막. 수행의 시작 · 247

제3막. 문자의 탄생 · 249

제4막. 이별 그리고 만남 · 258

집필을 마치며 · 271

저자가 걸어온 길 · 276

부록 (1) · 280

부록 (2) · 286

부록 (3) · 314

주요 내용 찾아보기 · 333

　서기 2045년 광복 100주년의 아침이 밝았다. K-프로젝트 2045가 완성되어 건국 이래 최대의 경사스러운 날을 맞이하는 국민의 마음은 저마다 들떠 있었다. 그런 탓에 국민의 눈과 귀는 텔레비전 앞으로 쏠려 있었고, 대한민국 의정원 광장에서는 김진(金津) 전 국가수반의 연설이 시작되고 있었다. 현 통수권자가 아닌 전 통수권자의 연설이었지만 조금도 이상해 보이지 않았다. 80에 가까운 나이임에도 그의 목소리엔 힘이 실려 있었다.

　"국민 여러분께서 정부를 믿고 함께 뛰어준 덕분에 대한민국이 오늘과 같은 경사스러운 날을 맞이할 수 있게 되었습니다."

　김진 전 국가수반의 연설이 시작되자 의정원 광장엔 김진을 연호하는 국민의 함성이 울려 퍼졌다. 그 함성 속에서 김진 전 국가수반은 자신도 모르게 과거 속으로 빠져들었다.

제1부

조국의 부름

    중국으로 떠나기 전 20대 후반의 김진에게는 우여곡절이 많았다. 평소 직업 운전자로서의 삶에 불만을 갖고 있었고, 그런 그였기에 직업을 바꿔볼 생각에 한 시립도서관에서 국가공인자격시험을 공부하고 있었다. 그러던 어느 날 우연히 하숙집 텔레비전에서 윤동주 시인의 생애와 시(詩) 세계를 보고 자신도 모르게 빠져들었다.

    죽는 날까지 하늘을 우러러
    한 점 부끄럼이 없기를
    잎새에 이는 바람에도
    나는 괴로워했다

    별을 노래하는 마음으로
    모든 죽어가는 것을 사랑해야지
    그리고 나한테 주어진 길을

걸어가야겠다

오늘 밤에도 별이 바람에 스치운다

김진이 시를 깨닫게 된 때는 공교롭게도 윤동주 시인이 세상을 떠난 나이와 같았다. 김진은 이 일로 시사에도 눈을 뜨게 되고, 그것이 계기가 되어 모 정당의 중앙당 정책전문위원에 응모하여 대통령 만들기에 도전하려 했지만, 당의 부름을 받지는 못했다. 그 대가는 컸다. 좌절이었다. 그 당의 후보를 대통령으로 만들어서 부강한 대한민국, 국민이 행복한 대한민국을 꿈꿨지만 당에서 돌아온 것은 이번에 함께 모시지 못해 죄송하다는 말뿐이었다.

중앙당 정책전문위원의 꿈이 좌절된 김진은 한동안 방황의 시간을 갖게 된다. 그리고 삶의 동력을 잃어갈 즈음 그의 발길은 어느새 한강에 다다르고 있었다. 자신이 그토록 하고 싶었던 일을 하지 못하고 살 바에는 차라리 생을 마감하는 것이 옳다는 생각에서였다. 땅거미가 지고 인적이 뜸해지자 김진은 한강물을 향해 한발 한발 발길을 옮겼다. 그러는 동안 그의 두 눈에선 하염없이 눈물이 흘렀다.

'내 인생은 이렇게 끝나고 마는 것인가?'

그는 모든 것이 끝났다고 생각했다. 그리고 한강물에 몸을 막 던지려는 순간, 한강물이 다르게 보였다. 김진은 하려던 동작을 멈추고 한강물을 주시했다. 그때 한강물이 거대한 스크린으로 변했다.

그리고 그 위에 물결치듯 대한민족의 애사(哀史)가 흘렀다.

임진왜란의 수난사…
잔혹한 일제 식민통치…
8.15광복의 기쁨…
동족상잔의 비극 6.25…

그때 김진은 하려던 동작을 멈추고 뒤돌아 뛰기 시작했다. 얼마 후 그가 도착한 곳은 주한 중국 대사관이었다. 그 사이 비가 내린 탓에 김진의 몸은 많이 젖어 있었다.
"대사님을 급히 좀 뵙고 싶어서 왔습니다."
"대사님은 무슨 일로?"
"중화인민공화국을 위해서 매우 중요한 일입니다."
40대 남자인 그곳 대사관 직원은 비에 젖은 김진의 모습을 위아래로 훑어보며 전화기를 들었고, 잠시 후 들어오라는 연락과 함께 대사관 문이 열렸다.
김진이 대사 집무실 안으로 들어서자 50대 초반의 듬직한 체격의 천싼(陳山) 주한 중국대사는 경계하는 눈빛으로 김진을 바라보았다.
"우리 공화국을 위해서 매우 중요한 일이라니 대체 무슨 일입니까?"
"중화인민공화국을 세계 일류 국가로 만들고 싶습니다."
김진의 말에 천 대사는 황당한 표정을 지으며 고개를 갸우뚱거렸다.

"우리 공화국을 왜 세계 일류 국가로 만들고 싶은 겁니까?"

천 대사의 물음에 김진의 대답은 단호했다.

"둘로 나뉘어 실패의 길을 가고 있는 남북한 모두에게 자극을 주기 위해섭니다."

천 대사는 잠시 생각에 잠긴 뒤 입을 열었다.

"선생의 뜻이 전혀 이해가 안 되는 건 아니지만 대한민국을 떠나서 굳이 우리 공화국을…"

김진은 천 대사의 말을 끊으며 자신이 청와대 입성의 꿈을 가졌다가 좌절되었다는 얘기와 앞으로 중국어가 유망해질 것으로 생각하고 중국어를 공부해서 중국 생활에 큰 어려움은 없을 것이라고 말하자 천 대사의 표정이 진지해지면서 김진의 이목구비를 자세히 살폈다.

"본국에 선생의 뜻을 전해볼 테니 내일 다시 한번 들러주세요."

"감사합니다, 대사님."

김진이 공손하게 인사하고 나가자 천 대사는 얼마 전 덩샤오핑(鄧小平) 국가주석을 만났을 때의 일이 떠올랐다.

천 대사는 과거 덩 주석의 비서관으로 오랜 기간 일을 했었다. 그런 인연으로 중국에 갈 때마다 덩 주석을 찾아뵙곤 했다. 그런데 지난번 찾아뵈었을 때는 현 정책참모관이 마음에 안 든다고 불만을 토로했었다. 정책기획 능력이 떨어지는 것도 흠이지만 술을 너무 좋아해서 지각하는 일이 잦다는 것이었다. 원로 정치인의 아들이 아니었다면 벌써 해임했을 것이라는 말도 덧붙였다. 천 대사는 그런 칭펑(靑明) 참모관과 키는 작지만 이목구비가 뚜렷한 김진의 모습을 비교해 보며, 특히 중국의 발전을 위해 정책개발 분야에서 일할 수 있게 해달라는 김진의 열정적인 모습을 비교해 보며 미소를 지었다.

다음날 김진은 천 대사의 도움으로 중국행 비행기에 몸을 실었다. 안내인을 따라 한 관저로 들어서자 어디서 본 듯한 사람이 말을 건넸다.

"이름이 김진(金津)이라고 했던가?"

"네, 그렇습니다만."

"이거 만나서 반갑구만."

"호, 혹시 덩샤오핑 주석님이 아니십니까?"

"어? 자네가 나를 알아보는구만."

"네, 한국에 있을 때 언론을 통해서 덩 주석님의 소식을 접한 일이 있습니다."

"그 말은 나에 대해 관심이 있다는 얘긴데."

"네, 덩 주석님께서 인민들의 가난을 해결하기 위해 시장경제를 도입하는 등 과감한 개혁개방 정책을 펴시는 것을 보고 감명을 받았습니다."

덩 주석은 김진의 이목구비를 살펴본 뒤 크게 웃었다.

"천 대사가 사람을 제대로 보냈구만. 자네는 앞으로 내 정책참모관으로 일하게 될걸세."

"그렇게 해주신다면 저야 무한한 영광입니다. 중화인민공화국의 발전을 위해 좋은 정책개발에 최선을 다하겠습니다."

"자네의 꿈이 우리 공화국을 세계 일류 국가로 만드는 것이라고 들었네만."

"네, 그렇습니다. 중화인민공화국이 세계 일류 국가가 되면 둘로 갈라져 실패를 거듭하고 있는 남과 북이 분발하는 계기가 될 것이라는 것을 확신하고 있습니다."

"자네의 말이 일리가 있구먼. 그래, 앞으로 잘해 보게."

덩 주석은 집무실 밖으로 나와서 두 사람을 소개해 주었다.

"이쪽은 내 딸일세, 내 비서관 일을 맡고 있지. 이쪽은 칭여우(靑友), 앞으로 자네 일을 도울걸세."

덩 주석이 자신의 집무실로 들어가자 김진은 그들과 악수를 나누었다. 그리고 칭여우에게 앞으로 잘 부탁한다는 말을 남겼다.

김진은 덩 주석과의 인연으로 정책참모관이 되어 중요한 프로젝트를 잇달아 성공시킨다. 그리고 그것이 계기가 되어 덩 주석의 신임을 얻게 되고, 덩 주석의 양아들로 발전하게 된다. 이 과정에서 칭평의 동생인 칭여우(靑友)가 정책보좌관 일을 잘해 줘서 김진이 주석실 정책참모관직을 수행하는 데 별다른 어려움은 없었다. 김진이 덩 주석의 양아들이 되고부터는 한국명 김진이 아닌 중국명 진진으로 새로운 삶을 살게 된다. 진진의 정식 직위는 중화인민공화국 국가발전위원회 위원장, 군권을 제외한 모든 권한을 진진에게 이양했기 때문에, 사실상 중국 권력의 2인자였다.

승승장구하던 진진에게 제동이 걸린 건 인민들의 건강을 걱정하여 금연정책을 너무 강하게 밀어붙인 게 화근이었다. 이 일로 천안문 광장엔 금연과 관련된 시위가 끊이질 않았다. 엎친 데 덮친 격으로 덩 주석이 사망하자 시위의 양상은 더욱 격렬해졌다.

덩 주석은 생전에 아들 자랑하는 낙으로 살았다. 그래서 수시로 원로 정치인들과의 모임에 진진을 데리고 갔다. 원로 정치인들과의 첫 만남은 베이징 중심가의 모 회관에서 있었다. 많은 원로 정치인들은 이미 참석한 상태였고, 잠시 후 진진이 덩 주석을 모시고 들어오자 원로 정치인들이 일제히 자리에서 일어나 큰 박수로 두 사람을 맞이했다. 우레와 같은 박수에 진진은 그 의미를 몰라 어리둥절해하였지만 아들이 생긴 한턱을 크게 내겠다고 선언한 덩 주석은 아주 흡족한 표정으로 들어와 자리에 앉았다. 그때 진진이 원로 정치인들에게 정중히 인사한 뒤 입을 열었다.

"진진이라고 합니다. 앞으로 많은 지도 편달 부탁드립니다. 저에게 부족한 점이 있으면 언제든지 질책해 주십시오. 그 질책 겸허히 받아들여 국가 발전의 자료로 삼겠습니다."

진진의 당찬 인사말에 원로 정치인들은 큰 박수로 화답했다. 덩 주석도 진진의 당찬 모습에 놀라워하며 진진이 자리에 앉을 때까지 힘차게 박수를 쳤다. 기분이 좋아진 덩 주석이 건배를 제의하자 원로 정치인들은 일제히 잔을 들었다.

"중화인민공화국을 위하여!"

술잔을 비운 한 원로 정치인이 칭량허(靑兩和) 원로 정치인이 불참한 것을 아쉬워했지만 덩 주석은 대수롭지 않다는 듯 무시해 버렸다. 칭량허는 칭펑의 아버지이다. 칭펑이 퇴출된 후 덩 주석과 사이가 멀어지면서 그동안 왕래가 없었다. 회식이 진행되면서 기분 좋게 취한 한 원로 정치인이 말을 꺼냈다.

"덩 주석께선 원래 딸 셋, 아들이 둘인 것으로 알고 있습니다만 이제 딸 셋, 아들 셋으로 균형을 맞추셨습니다."

덩 주석은 기다렸다는 듯이 원로 정치인의 말을 받았다.

"그래요, 균형을 맞추었지요. 딸 셋, 아들 셋이 되고 나니 내 마음이 아주 든든합니다. 특히 진진이 내 곁에 있어서 나라 걱정도 덜 되고 마음이 아주 편안합니다."

덩 주석의 말이 끝나자 진진이 자리에서 일어섰다.

"원로 정치인 여러분들의 노력이 있었기에 우리 공화국이 지금과 같은 성장을 이루었다고 생각합니다. 저 진진은 앞으로 더욱 분발하여 우리 공화국을 반드시 세계 일류 국가로 만들겠습니다."

진진의 말이 끝나자 원로 정치인들은 일제히 큰 박수로 화답했다. 그리고 원로 정치인 서로 간에 화기애애한 대화가 오갔다.

"우리 공화국이 세계 일류 국가가 되는 걸 보려면 하루라도 더 오래 살아야겠습니다, 그려."

"하루라도 더 오래 살려면 내일부터 운동을 시작하는 건 어떻겠습니까?"

"그거 좋은 생각입니다. 아무튼 진진 위원장 덕분에 우리는 하루라도 더 살아야 하는 목표가 생겼습니다. 안 그렇습니까? 덩 주석님."

"그렇지요, 그렇고 말고요."

덩 주석의 말이 끝나자 진진은 다시 말을 이었다.

"오늘 이 자리에서 주석님과 원로 정치인들께 드릴 청이 하나 있습니다."

진진의 갑작스런 말에 덩 주석과 원로 정치인들은 궁금한 표정으로 진진을 바라보았다.

"훗날 우리 공화국이 세계 일류 국가가 되면 남과 북이 평화적으로 통일을 이룰 수 있게 해주겠다는 약조를 해주십시오."

진진의 말에 덩 주석은 크게 웃었다.

"청이라는 것이 고작 그것이냐. 나는 우리 공화국을 다 내놓으라고 할까봐 긴장을 했었는데 아주 다행이구나. 과연 진진이로다. 진진다운 청이로다. 조국에 대한 너의 그런 열정이 없다면 어찌 우리 공화국을 세계 일류 국가로 만들 수 있겠느냐. 그래, 너의 청을 들어주마. 오늘 이 자리에서 약정서를 써주마. 그러니 우리 공화국을 세계 일류 국가로 만들어다오."

덩 주석의 말에 원로 정치인들은 큰 박수로 동참의 뜻을 표했다.

원로 정치인들과 잦은 만남으로 진진은 차기 주석이 유력시되었지만 그가 추진하는 금연정책은 그의 정치인생을 순탄하게 내버려두지 않았다. 진진이 추진하는 금연정책으로 흡연자들의 불만은 날이 갈수록 높아졌다. 그리고 마침내 천안문 광장에 집결하는 상황에까지 이르렀다. 형식상으로는 전국애연가협회가 주축이 되었지만 그 뒤엔 칭펑이 있었다.

"너희들 지금부터 내 말 잘 들어. 되도록이면 맨 앞줄에, 그리고 구호는 강하고 세게 외쳐야 일당을 제대로 받을 수 있다는 것을 명

심해!"

칭펑은 방학 중인 대학생들을 돈으로 매수하여 시위를 선동하고 있었다. 그는 아직도 국가주석 정책참모관 자리에 대한 미련을 버리지 못하고 있었다. 그런 까닭에 술집에 갈 때마다 아가씨들 앞에서 입버릇처럼 하던 말이 있었다. 나는 곧 국가주석 정책참모관으로 복귀한다는 것이었다. 칭펑의 마음속엔 오로지 국가주석 정책참모관으로 복귀할 수 있다는 환상으로 가득 차 있었다. 진진이 덩 주석의 양아들이건 말건 그런 것은 문제가 되지 않았다. 어떤 수를 써서라도 진진만 끌어내리면 그 자리는 자신의 것이 된다고 생각했다. 그런 그에게 이번 금연정책 사태는 천재일우의 기회였다.

"야! 소리가 너무 작아! 좀 더 크게 외쳐!"

칭펑은 마치 운동선수의 감독이라도 된 것처럼, 그리고 이번 게임에서 반드시 이길 수 있다는 듯이 회심의 미소를 지었다. 그때 그것을 뒷받침하듯 그의 등 뒤로 대학생들의 힘찬 구호가 울려 퍼졌다.

"흡연자 차별하는 금연정책을 철폐하라!"

"인민을 괴롭히는 금연정책을 철폐하라! 철폐하라! 철폐하라!"

칭펑의 지시에 따라 정부의 금연정책이 진진에 의해 기획된 것이라는 것을 알게 된 시위 참가자들은 시위 도중 노골적으로 불만을 쏟아냈다.

"지가 덩 주석 아들이면 다야."

"아마 친아들이 아니라지?"

"친아들이 아니야? 친아들도 아닌 주제에 감히 우리 인민을 괴롭혀?"

그들은 이번 사태는 도저히 그냥 넘어갈 수 없다는 듯 더욱 소리 높여 구호를 외쳤다.

"흡연자 차별하는 금연정책을 즉각 철폐하라! 철폐하라! 철폐하라!"

시위가 전국적으로 확산되고 격화되었지만 진진은 조금도 물러서지 않았다. 인민의 건강을 위협하는 담배와의 전쟁을 반드시 승리로 이끌어야겠다는 생각뿐이었다. 진진이 걱정하는 것은 군사동원에 관한 것이었다. 만에 하나 그것이 현실로 나타난다면 그로서는 참기 힘든 일이었다. 진진의 걱정대로 덩 주석은 주석실 집무의자에 앉아서 군병력 동원을 고심하고 있었다. 그때 진진이 들어왔다.

"아버님, 어떠한 경우에도 무력을 사용해서는 안 됩니다."

"나도 그러고는 싫다만 사태가 심상치가 않구나."

"이번 사태는 제게 맡겨주십시오. 제가 최선을 다해 해결하겠습니다."

진진의 말이 끝나자마자 덩난이 심각한 표정으로 들어왔다.

"아버님, 시위 사태가 점점 더 심각해지는 것 같습니다."

"그게 무슨 소리냐? 자세히 좀 말해 보거라."

"오늘 오전 국무원 총리께서 시위 해산을 권유하러 현장을 방문하셨다가 시위대에게 집단 물세례를 맞고 급히 빠져나왔다는 소식입니다."

"뭐, 국무원 총리가 집단 물세례를 맞아?! 내 이놈들을 용서할 수가 없다!"

덩 주석이 전화기를 잡으려 하자 진진이 덩 주석의 손을 붙잡으며 적극적으로 말렸다.

"아버님, 절대로 무력을 사용해서는 안 됩니다."

주석실의 분위기가 차가워지자 덩난은 슬그머니 자리를 피했고, 진진은 격노한 덩 주석을 진정시키는 데 여념이 없었다.

"아버님, 일단 마음을 좀 가라앉히시고 제 말을 좀 들어보십시오."

"이 상황에서 무슨 말을 더 듣는단 말이냐?"

"최악의 경우 금연정책을 철회하면 되는 일입니다."

"그건 내가 용인할 수가 없다! 국가주석인 나도 정부정책에 호응하여 담배를 끊었는데 저놈들이 지금 생떼를 쓰고 있는 것이야! 생떼를! 이 나라를 망치려고 작정하지 않고서야 저럴 수는 없는 것이다!"

진진이 격노한 덩 주석의 마음을 가라앉히려고 갖은 애를 썼지만 덩 주석의 마음은 좀처럼 수그러들지 않았다. 오히려 그의 눈에선 평소에 보지 못한 광기 같은 것이 번뜩이고 있었다.

"진진! 난 지금까지 너의 청을 거절해 본 적이 없다! 그러나 이번만은 너의 청을 들어줄 수가 없구나!"

"아버님."

그날 천안문 광장엔 군병력이 투입됐다. 시위대는 격렬하게 저항했지만 무력을 앞세우고 돌진하는 군의 힘을 당해낼 수는 없었다. 이 과정에서 상당수의 희생자가 발생했고, 그것을 전해 들은 진진이 착잡한 마음으로 주석실로 들어서자 덩 주석이 고개를 떨군 채 집무 의자에 앉아 흐느끼고 있었다.

"진진, 내 진작 너의 말을 들었어야 했는데, 미안하구나."

"아버님."

"내가 그토록 아꼈던 인민들을 내 손으로 죽게 했다. 생각하면 할수록 너무도 가슴이 아프구나."

"아버님."

두 사람은 부둥켜안고 하염없이 눈물을 흘렸다.

지방의 한 화학공장에서 대형 사고가 일어나 현장을 지도하던 진진에게 비보(悲報)가 전해졌다. 덩 주석이 사망한 것이다. 과거 모택동(毛澤東) 정권하에서 숱한 탄압에도 오뚝이처럼 일어섰던 그였지만 고령의 몸을 어찌하지 못하고 천안문 사태의 충격으로 사망한 것이었다. 향년 94세였다. 비보를 전해 들은 진진은 급히 베이징으로 향했다.

공항 개찰구를 빠져나오자 수십 명의 공안들이 진진을 에워싸고 호위에 들어갔다. 무언가 안 좋은 일이 벌어지고 있다는 것을 직감한 진진이 공안 인솔자에게 물었다.

"베이징에 무슨 일이 있습니까?"

"네, 과거 시위를 벌였던 무리가 덩 주석님의 사망소식을 듣고 도심 곳곳에서 시위를 벌이고 있습니다."

진진을 태운 승용차가 공항을 빠져나와 도심으로 접어들자 거센 구호소리가 들려왔다.

"흡연자 차별하는 금연정책을 철폐하라! 철폐하라! 철폐하라!"

"인민을 괴롭히는 금연정책을 철폐하라! 철폐하라! 철폐하라!"

"진진은 반성하라! 반성하라! 반성하라!"

사태의 심각성을 감지한 진진은 덩 주석의 빈소가 차려진 병원으로 가지 못하고 자신의 집무실로 향했다. 유사시에 군병력을 동원할 수 있는 권한을 가진 진진은 우선 계엄령을 선포하여 만일의 사태에 대비하도록 군에 지시했다. 그러나 계엄령이 선포된 첫날만 시위가 잠시 누그러졌을 뿐 시위는 다시 격렬하게 불붙었다. 그 과정에서 이젠 아예 진진을 몰아내자는 쪽으로 구호가 바뀌었다. 그 뒤엔 역시 칭펑이 있었다. 그가 매수한 대학생들이 맨 앞줄에 서서 진진을 추방하라는 구호를 외치자 시위대가 일제히 합세한 것이다.

"진진을 추방하라! 추방하라! 추방하라!"

"우리 인민을 괴롭히는 진진을 추방하라! 추방하라! 추방하라!"

시간이 흐르면서 진진을 지지하는 세력까지 합세하자 구호는 더 거칠어지고, 시위는 더욱 격렬해졌다.

"진진을 추방하라! 진진이 이 땅에 있는 한 우리 공화국은 망하고 만다!"

"진진을 보호하라! 진진은 우리 공화국의 보배다! 진진! 진진! 진진!"

"진진을 추방하라! 진진은 우리 인민을 괴롭히는 마귀다! 진진 추방! 진진 추방! 진진 추방!"

"진진을 사수하라! 진진은 차기 주석에 올라야 한다! 진진 사수! 진진 사수! 진진 사수!"

시위가 점점 더 격화되면서 진진의 지지 세력과 비판 세력이 충돌 위기까지 치닫자 군 지휘관이 다급히 진진의 집무실을 찾았다.

"위원장님, 발포 명령을 내려주십시오. 한시가 급합니다."

진진은 쉽게 결정을 내리지 못하고 망설였다. 그러다가,

"군병력을 일단 뒤로 물리시오."

"그건 위험합니다, 위원장님."

"내 말대로 하세요. 이번 사태는 나로 인해 촉발되었습니다. 그러니 내가 해결하겠습니다."

"위원장님."

군 지휘관이 나가자 진진은 깊은 생각에 잠겼다. 그러나 아무리 생각해 봐도 무력 외엔 방법이 없었다. 진진은 자신의 권력을 내려놓기로 마음을 굳혔다.

이미 결심을 굳힌 진진이 기자회견을 자청하자 격렬하게 시위하던 시위대는 물론이고, 수많은 인민들의 눈과 귀가 텔레비전 앞으로 쏠렸다. 그리고 진진이 단상 앞에 서자 중화 대륙은 일순간에 고요함으로 휩싸였다.

"결론부터 말하면, 저는 더 이상의 혼란을 막기 위해 이 나라를 떠나기로 결심하였습니다."

중화 대륙을 떠나기로 결심했다는 진진의 말에 그를 지지했던 인민들은 발을 동동 구르며 아쉬워했고, 진진을 비판했던 인민들은 무덤덤한 표정으로 진진의 기자회견을 지켜볼 뿐이었다.

"그동안 저는 인민이 행복한 나라, 세계가 부러워하는 일류 국가를 만들기 위해 노력했습니다만 부족한 점도 있었다는 것을 인정하

지 않을 수 없습니다. 저는 대한민족의 자손으로서 형제국가인 중화인민공화국이 세계 속에 우뚝 서서 세계 평화에 기여하는 모습을 진심으로 보고 싶습니다. 제가 못 이룬 세계 일류 국가의 꿈을 차기 주석과 함께 꼭 이루어 주시기 바랍니다. 저 진진은 그동안 여러분과 함께해서 정말 행복했습니다. 아무쪼록 몸 건강하시고, 늘 행복한 날만 있기를 축원합니다."

진진이 연설을 마치고 단상에서 내려가자 그동안 진진을 지지했던 인민들은 하염없이 눈물을 흘렸고, 진진을 비판했던 인민들의 눈가에도 어느새 이슬이 맺혔다.

단상에서 내려온 진진은 중화 대륙에서 못 이룬 꿈을 뒤로한 채 칭여우가 운전하는 자신의 전용차를 타고 공항으로 향했다.

"칭여우, 왜 자꾸 눈물을 흘리는 것이냐?"

"아닙니다, 위원장님."

칭여우는 공항으로 향하는 동안 계속 훌쩍였다. 얼마 후 공항에 도착한 승용차에서 진진이 내리자 공안들이 개찰구까지 진진을 호위했다. 진진이 개찰구를 빠져나오자 그가 탈 여객기 옆에는 많은 정부 인사들이 나와 있었다. 진진은 그들과 일일이 악수한 뒤 맨 끝에 서서 훌쩍이고 있는 칭여우 앞에 멈춰 섰다.

"칭여우, 그동안 나를 보좌하느라 고생이 많았다. 앞으로 넌 외교부에서 일하게 될 것이다. 여기 나와 있는 천싼 외교부장님이 조만간 너를 보좌관으로 임명할 것이다. 아무쪼록 몸 건강히 잘 있거라."

"그동안 저를 친동생같이 아껴주셔서 정말 감사했습니다. 안녕히 가십시오, 위원장님."

진진은 자신이 외교부장으로 임명한 전 주한대사에게 칭여우를 잘 부탁한다는 말을 남기고 여객기에 몸을 실었다. 진진이 탄 여객기가 이륙하여 정상 비행고도에 접어들자 진진의 눈가엔 그동안 중화 대륙에서 있었던 일들이 주마등처럼 스쳐 갔다. 초조함과 설렘이 교차하는 마음으로 덩 주석을 처음 만났던 일, 풀 한 포기 없는 황량한 고비사막을 푸르른 녹지로 바꾸어 덩 주석과 병사들이 함께 기뻐하던 모습, 양쯔강 하류의 홍수 예방 사업을 완수하여 덩 주석과 지역 인민들이 크게 기뻐하던 모습, 중화 대륙을 관광 대국으로 만들기 위해 철도망 구축도를 열정적으로 그리던 모습, 원로 정치인들과의 모임에서 덩 주석은 아들 자랑에 여념이 없고, 진진은 중화인민공화국을 반드시 세계 일류 국가로 만들겠다고 자신 있게 말하던 모습, 자신은 이미 인민과 결혼했다고 말하자 덩 주석이 크게 감격해하며 진진을 안아주던 모습, 진진의 지지 세력과 비판 세력이 서로 대치하며 격렬하게 시위를 벌이던 모습 등등.

인천공항 개찰구를 빠져나오자 현 여당인 대한자립당의 박정립 대표와 당 간부들이 김진을 맞았다.

"잘 오셨습니다, 김 선생님."

박 대표는 김진을 반갑게 맞이하며 두 손을 잡았다.

"이렇게 나와주셔서 감사합니다."

김진은 박 대표의 승용차를 함께 타고 임시로 마련된 숙소로 향했다. 김진이 탄 승용차는 비교적 빠른 속도로 달렸다. 그 속에서도 김진은 차창 밖으로 스쳐 가는 풍경을 바라볼 수 있었다. 과거 자신이 중국으로 떠날 때의 거리 풍경이었지만 무언가 많이 달라져 있다는 것을 느꼈다. 그리고 자신이 고국을 떠나고자 했을 때 지금의 박 대표처럼 자신을 필요로 했다면 얼마나 좋았을까 하는 생각을 하였다.

"현직 대통령이 국민으로부터 신임을 크게 잃어서 걱정입니다."

"그 정도로 심각합니까?"

"네, 지금 대통령이 있긴 해도 국정 공백 상태나 다름이 없습니다. 오죽하면 국민 입에서 청와대나 지키고 있는 문지기 대통령이라는 말이 나오겠습니까? 그나마 다행인 것은 지금은 국민을 탄압하는 정치를 하지 않고 있다는 것입니다. 2년 전까지만 해도 언론과 국민에 대한 탄압이 아주 심했습니다. 당 차원에서 막아보려고 했지만 역부족이었습니다. 지지율이 20%대를 계속 밑돌고 있지만 자진해서 퇴진하지 않는 한 어찌할 방법이 없습니다."

"큰일이군요. 지금 당장 대통령을 갈아치울 수도 없고."

박 대표와 김진의 인연은 3년 전쯤으로 거슬러 올라간다. 박 대표는 애국심이 무척 강한 사람이다. 그렇다 보니 현직 대통령의 국정 수행 능력이 많이 부족하다는 것을 느꼈고, 차기 대권후보를 물색하던 중 중국에서 승승장구하고 있는 김진을 주목했었다. 그런 이유로 김진 위원장의 집무실을 방문하게 되었는데 그때 김진 위원장은 박 대표를 따뜻하게 맞아주었을 뿐 그가 원하는 답은 해주지 못했다. 지금은 때가 아니라는 것이 이유였다.

"지금 대통령 임기가 얼마나 남았습니까?"

"1년 정도 남았습니다."

김진은 크게 한숨을 내쉬었다. 그리고 국내 문제에 집중하기 위해 중국에서 있었던 일들을 잊어버리려고 애썼다. 그러나 그렇게 하면 할수록 덩 주석과의 관계, 자신이 기획한 사업이 완성되어 기뻐하는 인민들의 모습, 금연정책에 반발하여 시위를 벌이는 모습 등이 눈앞에 아른거렸다.

김진은 서울 시내의 한 오피스텔에 여장을 풀었다. 그가 창가에 섰을 땐 이미 어둠이 깔려 있었다. 우뚝 솟은 도심의 빌딩, 화려한 불빛들, 김진은 이런 도심의 풍광처럼 대한민국의 정치도 함께 발전했다면 얼마나 좋았을까 하는 마음에 자기도 모르게 쓴웃음을 지었다.

다음날 당에서 보내준 승용차를 타고 대한자립당으로 향한 김진은 차에서 내려 당 간판을 보는 순간 과거 자신이 지원했던 통일국민당이 생각났다. 그리고 순간적으로 대한자립당의 간판이 통일국민당의 간판으로 보였다. 당사 안으로 들어서자 어려운 결정을 해 준 김진에게 많은 당직자들의 열렬한 박수가 이어졌다. 김진은 가볍게 고개 숙여 그들의 박수에 답례하였다. 순간, 이러한 상황도 그의 눈에는 다르게 보였다.

"이번에 중앙당 정책전문위원으로 선발되신 김진 위원이십니다."

우레와 같은 박수 속에서 김진은 정주영 후보를 반드시 청와대로 입성시키겠다는 다짐을 했다.

"김 선생님, 박 대표님께서 기다리고 계십니다."

"아, 그래요."

김진의 머릿속에서는 과거와 현재가 교차되고 있었다. 지금 그 시절로 돌아가 정주영 후보와 청와대로 입성했다면 지금의 대한민국은 얼마나 발전되어 있었을까? 또 국민은 얼마나 희망찬 마음으로 하루하루를 살아가고 있었을까? 현 정국이 국정 공백 상태나 다름없다는 박 대표의 말을 들은 김진의 마음은 착잡하기 그지없었다.

"어서 오십시오, 김 선생님. 잠자리는 불편하지 않으셨습니까?"

"당에서 배려해 주신 덕분에 별로 불편한 점은 없었습니다."

"그러시다니 다행이군요. 제가 당사로 오시라고 한 것은 차기 대통령 선거가 1년 정도밖에 안 남아서 내일이라도 대통령 후보를 선출하고 선거 운동 준비를 했으면 해서입니다."

"대통령 후보를 선출하기 전에 한 가지 청이 있습니다."

"청이오? 말씀해 보시죠."

"대통령 중임제를 통과시켜 주십시오."

김진의 제안에 박 대표는 쉽게 답을 하지 못했.

"능력 있는 사람이 계속해서 국정을 이끌어야 하는 것은 만고의 진리입니다. 이러한 제도가 마련되지 않는다면 제가 대통령 후보로 출마하는 것은 별 의미가 없습니다."

"갑자기 제안을 해주셔서 좀 당황스럽긴 한데, 한번 추진해 보겠습니다."

며칠 후 대한자립당은 대통령 중임제를 국회에 제출했고, 의외로 제1야당인 자유수호당의 반응이 좋아서 대통령 중임제는 어렵지 않게 국회를 통과했다. 이번 안건이 쉽게 통과된 것은 자유수호당의 자신감에서 나온 결과였다. 이 당에서 대통령 출마를 준비하고 있는 한유수 대표는 국무총리를 지낸 인물로 차기 당선이 유력한 사람이었다. 그런 그였기에 여당에서 자신을 장기 집권하게 만들어 준다며 대통령 중임제를 흔쾌하게 받아들였다. 박 대표와 같은 60대이고, 박 대표에 비해 많이 마른 편이며, 여색을 밝힌다는 소문이 있긴 해도 국민의 지지율이 높은 편이어서 박 대표가 상대하기엔 벅찬 인물이었다.

해가 바뀌자 각 당에서는 대선 준비에 박차를 가했다. 여당에서 1명, 야당에서 1명, 무소속과 기타 정당에서 몇 명이 더 나왔지만 그들은 들러리에 불과했다. 선거 운동 초반의 지지율은 여당이 32.5%, 야당이 60%를 넘어서서 이번 대통령 선거는 너무 싱겁게 끝나는 게 아니냐는 말이 공공연하게 흘러나왔다. 이와 같은 지지율이 나온 것은 야당 후보인 한유수가 현직 대통령의 실정(失政)을 집요하게 물고 늘어졌기 때문이었다.

"나 한유수는 행정전문가로서, 현직 대통령처럼 국가 재정을 물 쓰듯이 쓰는 일은 없을 것입니다, 여러분! 지금과 같이 국가 재정을 파탄 지경에 이르게 하는 일은 절대로 없을 것입니다, 여러분!"

한유수의 연설이 진행되는 곳마다 국민은 한유수에 대한 기대로 가득 찼다.

"한유수! 한유수! 한유수!"

이에 비해 김진의 선거 운동은 차분하고 조용하게 진행되었다. 이러한 것이 결국 저조한 지지율을 보이는 게 아니냐는 당의 우려가 있었고, 박 대표마저도 자신이 사람을 잘못 본 것이 아닌가 하는 의구심을 가졌지만 김진은 자신의 소신을 조금도 굽히지 않았다.

김진의 선거 공약은 두 개의 큰 그림이었다. 그중 하나는 돈 적게 드는 선거의 정착이었고, 나머지 하나는 돈이 없어도 누구나 정치에 참여하여 국가와 국민을 위해 자신의 능력을 발휘할 수 있는 정치 환경을 만들겠다는 것이었다.

국민의 지지율이 말해 주듯 한유수의 어깨엔 힘이 잔뜩 들어가 있었다.

"현 대통령은 이제 잊어버려도 됩니다, 여러분! 현 대통령의 이름 김현직 그대로만 생각하면 됩니다. 여러분! 그냥 현직에 있는 대통령이라고만 생각하면 됩니다. 여러분! 나머지는 이 한유수가, 이 한유수가 청와대에 입성하여 해결할 것입니다, 여러분!"

선거가 중반으로 접어들면서 김진의 유세장도 뜨거워졌다.

"저 김진은 돈 적게 드는 선거를 정착시켜서 정치 환경을 혁신하겠습니다! 또한, 정당정치를 종식시켜 대한민국을 부강한 나라로 만들겠습니다!"

"김진! 김진! 김진!"

처음엔 40대 중반의 대통령 후보가 좀 위험하다고 생각했던 국민이 김진의 한결같은 선거 운동으로 조금씩 변하기 시작했다. 특히 정당정치에 염증을 느끼고 있던 국민에게 이에 대한 종식을 들고 나온 김진의 선거 공약은 가뭄에 단비 같은 것이었다. 그 결과 대

반전이 일어났다. 김진의 지지율이 60%를 넘어서고, 한유수의 지지율이 30%대에 머문 것이었다. 상황이 이렇게 되자 여당인 대한자립당에서는 환호성이 울려 퍼졌고, 야당인 자유수호당에서는 안절부절못하며 비상대책회의에 들어갔다.

"나 한유수는 김진 같은 애송이한테 절대로 질 수 없으니 대책들을 내놓아 보세요!"

몇 시간을 고민한 끝에 내놓은 야당의 선거 대책은 김진의 단점을 파고드는 것이었다.

얼마 후 선거는 다시 불붙었고, 한유수는 당의 선거 전략에 따라 가는 곳마다 열변을 토해냈다.

"나! 한유수는 수십 년간 행정 경험을 쌓은 행정전문가입니다. 여러분! 나, 한유수만이 재정 파탄에 빠진 대한민국을 구할 수 있습니다. 여러분! 젊은 김진 후보에게 이 나라를 맡기는 것은 매우 위험합니다, 여러분! 김진 후보는 실패한 정치행정가입니다. 중국에서 쫓겨난 정치행정가에게 표를 던지면 대한민국은 망하고 맙니다! 여러분!"

"한유수! 한유수! 한유수!"

상황이 급변하자 김진의 항변은 힘을 잃었다. 거기에다 한유수가 공영방송의 TV 수신료 분리 징수 카드를 꺼내 들면서 텔레비전을 소유하지 않아도 수신료를 낼 수밖에 없었던 표심까지 움직여 지지율은 돌이킬 수 없는 격차가 났다. 김진 후보의 지지율이 30%를 밑돈 반면 한유수 후보의 지지율은 70%에 육박한 것이었다. 이렇게 되자 야당에선 한유수가 대통령에 당선된 것처럼 기뻐했고, 여당은 초상집 같은 분위기에 휩싸였다. 서둘러 비상대책회의를 소집했지만 누구도 이렇다 할 대책을 내놓지 못했다. 그렇게 대통령 선거는 종착역을 향해 달려가고 있었다.

대통령 선거를 이틀 앞두고 국내 유수의 일간지엔 특별한 글이 실렸다. 칭여우가 자신의 집에서 저녁을 먹다가 한국의 방송을 보게 되었는데 뉴스에서 한유수 후보가 김진 후보를 비방하는 보도가 나온 것이었다.

[특별기고문]
대한민국 국민께 드리는 글

저는 오랫동안 김진 후보님을 모신 사람입니다. 어제저녁 텔레비전에서 김진 후보님을 비방하는 상대방 후보의 연설을 보고 김진 후보님이 너무 억울하실 것 같아서 글을 띄우게 되었습니다.
결론부터 말씀드리면 김진 후보님은 실패한 정치행정가가 아니십니다. 많은 사람들이 김진 후보님이 국가주석의 양아들이기 때문에 그 자리까지 올랐다고 말을 하지만 그것도 사실이 아닙니다. 김진 후보님께선 중화인민공화국 발전위원회 위원장으로 재직하기 전부터 실력을 인정받은 능력 있는 정책참모관이었습니다. 아무도 해내지 못한 황량한 고비사막을 푸르른 녹지로 만들어 놓으셨고, 양쯔강 하류의 상습 홍수 지역을 물난리 걱정 없는 지역으로 만들어 놓으셨으며, 인민들의 기초복지제도를 제대로 세우기 위해 스스로 노숙자 비슷한 처지가 되어 기초복지제도를 점검하신 분이십니다.

인민들의 건강이 염려되어 금연정책을 너무 강하게 밀어붙이다가 일부 흡연자들의 반발에 부딪혀 자신의 꿈을 포기하고 고국으로 돌아간 것이지 시위 세력에 쫓겨 고국으로 돌아가신 것이 아닙니다. 김진 후보님이 고국으로 돌아가신 후 대부분의 인민들은 한동안 눈물 마를 날이 없었고, 김진 후보님을 비방하며 격렬하게 시위를 벌였던 인민들은 자신들이 능력 있는 지도자를 몰아냈다며 죄인처럼 살아가는 인민들도 있습니다.

저 칭여우는 중화인민공화국 인민의 명예를 걸고 한 점 거짓 없이 이 글을 썼다는 것을 대한민국 국민 앞에 맹세드립니다.

- 중화인민공화국 외교부 정책보좌관 **칭여우**

칭여우의 글이 발표된 후 국민의 반응은 뜨거웠다. 지금까지 한유수 후보한테 속았다는 것을 깨달은 것이다. 이렇게 되자 야당에선 하루 남은 선거 운동을 포기했다.

"어떤 놈이 이따위 글을 실어준 거야!"

대통령 후보 사무실에서 칭여우의 기고문을 읽어본 한유수는 신문을 바닥에 패대기친 뒤 분을 참지 못하고 씩씩거렸다. 이번 선거에 전재산을 쏟아붓다시피 한 한유수에게 남은 건 절망뿐이었다. 여당의 분위기는 야당과는 정반대였다. 일순간에 뒤바뀐 선거의 판세를 벅찬 감동으로 맞이하기에 바빴다. 이런 가운데 김진 후보는 칭여우에게 고맙다는 인사말도 미뤄둔 채 하루 남은 선거 운동에 최선을 다했다.

"저 김진은 재정 위기에 빠진 대한민국을 구하고, 국민이 행복한 나라를 만들겠습니다!"

이날 김진 후보의 유세장에는 그의 연설을 한마디라도 더 들으려는 국민들로 인산인해를 이루었다. 그 과정에서 국민의 마음속에는 이제 이 어두운 정치의 그늘을 벗어날 수 있겠다는 희망이 움텄다.

다음날 실시된 대통령 선거는 언론들이 예상한 대로 여당의 압승으로 끝났다. 야당이 20%를 겨우 넘긴 반면, 여당은 80%에 육박하는 득표를 함으로써 이번 대통령 선거는 역사에 남을 만한 득표기록을 남겼다. 대통령 당선이 확정되자 야당의 분위기는 침울했고, 여당은 축제 분위기에 휩싸였다. 당원들은 기쁨을 주체하지 못하고 어깨동무를 한 채 덩실덩실 춤을 추며 김진을 연호했다. 김진은 여기저기서 축하받느라 정신이 없어서 칭여우에게 전화하는 걸 깜빡하고 자신의 오피스텔로 돌아와서야 전화를 했다.

"칭여우, 네가 아주 큰일을 해주었다."

"그럼 위원장님이 대통령에 당선이 되신 거예요?"

"그래, 네 덕분에 내가 대한민국의 대통령이 되었다. 참으로 고맙구나. 칭여우, 내 너에게 크게 보답을 할 것이다."

"아닙니다. 전 위원장님이 너무 억울하실 것 같아서 글을 보냈을 뿐입니다. 아무튼 대통령이 되셨다니 정말 축하드립니다."

"고맙다, 칭여우. 그래, 외교부 일은 할 만하더냐?"

"네, 처음엔 조금 힘들었지만 계속하다 보니 지금은 재밌습니다."

"내가 너를 그리로 보내기를 아주 잘했구나. 그래, 기회가 있으면 다음에 한 번 만나자. 그때까지 몸 건강히 잘 있거라."

"네, 원장님도 몸 건강히 안녕히 계십시오."

칭여우와의 통화가 끝나자마자 천싼 외교부장으로부터 전화가 왔다.

"축하드립니다, 위원장님. 대통령에 당선되셨더군요."

"감사합니다, 외교부장님. 이번에 칭 보좌관이 많은 도움을 주었습니다."

"그래요? 아니 어떤 도움을?"

"전화로 말씀드리기는 좀 그렇고, 다음에 기회가 있으면 그때 말씀드리겠습니다."

"그렇게 하시죠. 아무튼 칭 보좌관하고는 천생인연인 것 같습니다."

"저도 그렇게 생각하고 있었는데 외교부장님께서도 저와 같은 생각을 하고 계셨군요. 그래, 지금 그곳 상황은 어떻습니까?"

"네, 위원장님께서 떠나신 후 시위가 잠잠해졌고, 지금은 정국이 안정된 상태입니다."

"그거 아주 잘 됐군요. 중화인민공화국은 저의 조국은 아니지만 이젠 저의 조국과도 같은 나라가 되었습니다. 아무쪼록 전 인민이 합심해서 세계인이 부러워하는 나라가 되었으면 하는 마음입니다."

"그렇게 말씀해 주시니 외교부장을 맡고 있는 저로서는 머리가 저절로 숙여집니다. 아무쪼록 몸 건강히 안녕히 계십시오."

"고맙습니다, 외교부장님."

천싼 외교부장과 통화를 끝낸 김진은 곧바로 정국 구상에 들어갔다. 국가 재정이 바닥난 대한민국, 앞으로 이 나라를 잘 이끌어 나가야겠다고 생각하니 머리가 복잡해졌다. 한참을 생각하던 김진은 자신의 지위부터 내려놓기로 하였다. 권위의 상징인 대통령의 명칭을 내려놓고 수반이라는 명칭을 쓰기로 한 것이다. 주식회사 대한민국의 수장으로서 국가 경영을 잘하여 수익을 내는 정부를 만들겠다는 다짐이었다.

대통령 인수위원회가 설치되고 저마다 분주한 가운데 김진 대통령 당선자는 자신의 오피스텔에서 각종 정책을 입안하는 일에 전념했다. 그렇게 시간이 흘러 마침내 김진이 대통령으로 취임하는 날을 맞았다. 국회 광장에는 여야 정치인들을 비롯하여 현 내각과 많은 국민이 운집했다. 이 자리에서 김진이 일성으로 내놓은 말은 정치개혁이었다. 김진의 연설이 시작되자 여야 의원들 사이에선 약간의 술렁임이 있었다. 수십 년간 못 고친 정치를 어떻게 개혁한다는 것이냐는 일말의 비웃음이었다. 그러나 국민의 생각은 달랐다. 중국에서 큰 프로젝트를 연달아 성공시킨 김진은 무언가 해낼 수 있을 것이라는 기대감이 있었다. 그것을 방증하듯 전국에서 텔레비전을 지켜보던 국민도 김진의 연설 한마디 한마디에 귀 기울이며 환호와 박수를 보냈다.

"저 김진은 과거 국내에 있을 때도 그랬고, 지금도 그 생각엔 변함이 없습니다. 정치가 개혁되어야 대한민국이 한 단계 더 발전할 수 있고, 대한민국이 한 단계 더 발전해야 국민이 더 행복해질 수 있으며, 이러한 힘이 부강한 대한민국을 만들 수 있다고 확신합니다."

김진의 연설이 이어지는 사이사이 국회 광장에 모인 국민은 김진을 연호하며 뜨거운 박수로 화답했다.

"그런 의미에서 대통령인 저 자신부터 개혁의 대상이 되겠습니다. 저는 오늘 이 자리에서 권위의 상징인 대통령이라는 명칭을 내려놓고 수반이라는 명칭을 쓰겠습니다. 저의 이런 결심은 주식회사 대한민국의 수장으로서 국가 경영을 잘하여 주주인 국민을 위해 수익을 내는 정부를 만들겠다는 다짐이기도 합니다."

김진의 연설에 국회 광장에 모인 국민은 김진을 연호하며 서로를 얼싸안았다. 그것은 앞으로 대한민국에 서광이 비칠 것이라는 믿음과 지난 선거에서 한유수 후보를 선택하지 않은 것이 옳았다는 안도의 표현이었다.

그 시각 한유수는 자신의 집에서 초라한 모습으로 김진의 취임 연설을 지켜보고 있었다. 김진이 사전에 초청장을 보냈지만 한유수는 거부의 뜻을 밝혔다. 고향 집에 급한 일이 있다는 것이 이유였다. 그런 핑계로 대통령 취임식에도 참석하지 못한 한유수의 작은 어깨는 더욱 움츠러들었다.

김진이 탄 대통령 전용차가 광화문 광장으로 들어서자 많은 시민들이 김진을 연호하며 청와대로 입성하는 40대의 젊은 대통령을 뜨겁게 맞이했다. 김진도 시민들의 환호에 손을 흔들어 답례하며 청와대로 향했다. 김진이 탄 승용차가 청와대 정문으로 들어섰을 때 김진의 눈에선 과거와 현재가 교차되었다. 정주영 대통령이 탄 승용차가 앞에 서고 20대 후반의 패기에 찬 김진 보좌관이 다른 승용차를 타고 뒤따르는 모습이었다. 잠시 후 차에서 내린 김진은 감회 어린 눈빛으로 청와대 건물을 바라보았다. 그리고 그때 정주영 후보와 함께 청와대에 들어왔다면 나라가 지금과 같이 위기를 맞지는 않았을 것이라고 생각하니 가슴이 답답해졌다. 김진은 과거와 현재가 교차된 마음으로 새롭게 단장된 국가수반관으로 향했다. 김 수반의 지시로 이날 환영식은 열리지 않았다. 지금 그런 행사를 열 때가 아니라는 것이 이유였다.

　다음날 청와대에 대폭 물갈이가 있을 것이라는 소문에 직원들 사이에선 작은 술렁임이 있었다. 그런 가운데 김 수반은 자신의 집무실 의자에 앉아 생각에 잠겼다. 그러다가 정책 입안지에 '저효율 고비용 정치행정 구조를 저비용 고효율 정치행정 구조로 전환'이라고 썼다. 그리고 그 밑에다 큰 글씨로 '대한민국 프로젝트 2045'라고 적었다. 광복 100주년이 되는 서기 2045년까지 세계 초일류 국가로 부상하겠다는 야심 찬 계획이다. 부강한 대한민국, 국민이 행복한 대한민국의 실현을 위한 대장정이었다. 그러나 국가 재정이 바닥난 상태의 현실은 암울했다. 설상가상으로 수출까지 부진해 세수까지 부족한 상태였다. 이런 상황에서 김 수반이 선택한 것은 꼭 필요치 않은 예산은 과감히 줄이는 것이었다. 이와 같은 정책에 따라 각종 사고 및 질병 예방을 통해 국가 재정의 손실을 막고, 국민의 재물 손실도 막는 쪽으로 정책의 추진 방향을 잡았다. 김 수반의 이러한 생각은 국민안전행정, 대한민국의 새로운 교통문화, 대한민국 의료체계 등으로 표출된다. 그때 그것의 실현을 도와줄 사람이 들어왔다.

"위원장님, 그간 안녕하셨습니까?"

"어! 칭여우, 어서 오거라."

김 수반은 의자에서 일어나 칭여우를 안아주며 반갑게 맞았다.

"자, 우선 앉자."

칭여우는 소파에 앉으며 책상 위에 놓인 '대한민국 국가수반 김진'이라고 적힌 명패를 보고 얼른 호칭을 바로잡았다.

"수반님, 저를 정책보좌관으로 임명해 주셔서 정말 감사합니다. 그런데 대통령이 아니고 왜 수반인 것입니까?"

"그걸 설명하자면 좀 기니까 나중에 말해 주마. 그래, 외교부 쪽의 업무 공백은 해결이 되었느냐?"

"네, 제 밑에서 일하는 사무관 중에 똑똑한 친구가 하나 있었는데 그 친구가 제 업무를 맡기로 하였습니다."

"그거 아주 잘 되었구나. 저번에 외교부장님한테 너를 보내 달라고 전화를 했더니 약간 망설이는 것 같아서 네가 못 올 줄 알았는데 이렇게 와주어서 정말 고맙구나."

"제가 좀 보챘습니다."

"그랬어?"

"네, 수반님. 수반님 밑에서 일하면 배울 것도 많고, 한국에서 한 번 살아보고 싶기도 해서요."

"아무튼 잘 왔다. 외교부 쪽보다는 연봉이 높아서 너의 가정에도 많은 도움이 될 것이다."

김 수반은 자신의 사재를 털어 칭여우에게 집을 사주고, 한국 생활에 잘 적응할 수 있도록 물심양면으로 도왔다.

청와대 직원들의 예상대로 김 수반은 국가 재정을 절약하기 위해 청와대 직원 수를 대폭 줄였다. 현 상황에선 불가피한 조치였다. 그 과정에서 청와대 비서관 제도도 잠정 폐지되었다. 대신 국가수반 일정 등을 챙겨주는 여비서 1명 포함, 칭 보좌관 밑에 사무관 6명을 두고 비서실의 기능을 대신하기로 하였다. 이와 함께 다양한 정책자문을 받기 위해 각계각층의 전문가들을 소액의 연봉을 지급하고 활용하는 청와대 정책자문단도 발족되었다.

이렇게 됨으로써 김 수반이 대부분의 정책을 입안하고 정책실 직원들은 입안된 정책들의 단점을 보완하여 국회의 의결이 필요한 정책은 국회로 보내고, 국회의 의결이 필요치 않은 정책은 바로 시행에 들어가는 행정체제가 구축되었다. 이를 위해 김 수반은 여당의 박정립 대표를 청와대로 불렀다. 아직 임명장이 수여되진 않았지만 청와대 인사팀에 의해 박 대표의 국무총리 내정은 이미 밝혀진 일이었다.

"그간 안녕하셨습니까? 수반님."

"어서 오십시오, 박 총리님."

정중히 인사하며 수반관 응접실로 들어오는 박 총리를 김 수반은 집무 의자에서 일어나 반갑게 맞으며 두 손을 잡았다.

"부족한 저를 총리로 임명해 주셔서 정말 감사합니다."

"감사해하기는 아직 이릅니다. 그 자리는 앞으로 고생을 감내해야 하는 자리가 될 수도 있습니다."

김 수반의 웃음 띤 말에 박 총리는 다소 긴장하며 소파에 다소곳이 앉아 김 수반의 다음 말을 경청했다.

"앞으로 주요 정책의 입안은 제가 직접 할 생각입니다. 그런 관계로 내각 통솔 외에 국빈 영접과 외국 순방 업무를 총리님께서 좀 맡아주셔야겠습니다. 단, 순방 전에 청와대에 들러서 저의 의견을 듣고 가셨으면 합니다."

"그런 중책을 제가 잘 해낼지 모르겠습니다만 힘닿는 데까지 최선을 다하겠습니다."

"저의 청을 흔쾌히 받아주셔서 정말 감사합니다. 제가 박 총리님께 중책을 맡기는 것은 이것을 이루기 위해섭니다."

김 수반은 박 총리에게 정책 입안지를 건넸고, 박 총리는 그 내용을 보고 어떤 질문도 하지 못한 채 정중히 인사한 뒤 응접실을 나섰다. 그 입안지에는 큰 글씨로 '대한민국 프로젝트 2045'라고 써 있고, 밑에는 '저비용 고효율 정치행정으로 광복 100주년이 되는 2045년까지 세계 초일류 국가로 부상한다'고 쓰여 있었다.

박 총리와의 업무건을 마무리한 김 수반은 정부 부처 쪽으로 시선을 돌렸다. 국가 재정은 줄이고 업무 효율을 높여야 하는 난제가 기다리고 있었다. 한참을 생각에 잠겨 있던 김 수반은 정책 입안지에 정부 부처명을 써 내려갔다.

    문화관광체육부(약칭, 문체부)
    통일외교부(약칭, 외통부)
    보건복지보훈부(약칭, 보건보훈부)
    건설환경교통부(약칭, 건환부)

    문체부의 통합은 단순히 국가 재정을 줄이기 위함이었다. 그러나 나머지 3개의 통합은 달랐다. 우선 통일외교부는 다른 나라와 외교 관계를 맺듯 남북 관계도 상호 존중의 입장에서 접근하라는 메시지가 담겼다. 보건복지보훈부는 보훈청을 부로 승격하여 소홀했던 보훈, 복지 행정을 강화한 조치였다. 이중 핵심 부처는 건설환경교통부이다. 이 통합 부처는 건설부와 환경부, 교통부를 하나로 통합하여 국가 재정의 지출을 줄이고 건설, 환경, 교통의 업무가 유기적으로 결합하게 함으로써 각 부처의 업무 효율을 높일 수 있게 했다. 그것뿐만 아니라 각종 인허가를 받고자 하는 민원인들이 한 부처에서 관련 업무를 동시에 볼 수 있는 장점도 있었다.

    오늘은 김 수반 스스로가 정부 부처의 인사를 마무리 짓기로 정해 놓은 날이다. 그러나 퇴근 시간이 지났는데도 한 부처의 인선을 끝맺지 못했다. 이번에 신설할 국민안전행정부 장관 자리였다. 추천된 사람들의 면면을 몇 번이고 살펴봤지만 적당한 인물을 찾지 못했다. 국민의 안전과 관련된 부처이기 때문에 아무나 앉힐 수도,

오래 비워둘 수도 없는 자리였다.

한참을 생각하던 김 수반은 국무총리 시절 한유수의 업무수행능력평가 자료집을 펼쳐 들었다. 그 자료집에는 대체로 내각을 잘 이끌었고, 국민의 안전을 위해 안전대책회의를 자주 열었다고 기록되어 있었다. 그것을 본 김 수반은 일말의 주저함도 없이 한유수를 낙점했다. 선거 때의 일을 생각하면 임명하고 싶지 않은 인물이었지만 국민의 안전 문제 앞에서 개인의 사사로운 감정을 내세우는 건 김 수반의 자존심이 허락하지 않았다. 분명한 건 추천된 사람 그 누구도 한유수의 이력을 능가하는 인물이 없었다는 점이다. 한유수는 면서기로 출발해서 군수와 도지사, 내무부 장관을 거쳐 국무총리까지 오른 인물로 행정 분야에서 닳고 닳은 사람이었다.

다음날 김 수반은 한유수를 국민안전행정부 장관으로 임명하고 청와대로 불렀다. 집에서 칩거하다시피 하며 지루한 하루하루를 보내던 한유수는 김 수반이 자신을 국민안전행정부 장관으로 임명했다는 전갈을 받고 하늘이 자신을 버리지 않았다며 감격의 눈물을 흘렸다. 그러다가 선거 때 자신이 저지른 일을 생각하며 고개를 저었다. 그때 일을 생각하면 청와대는 한유수가 갈 수 있는 곳이 아니었다. 한유수의 갈등은 계속되었다. 그러나 갈등하면 할수록 지난 선거 때의 일들이 주마등처럼 스쳐 갔다.

"김진 후보는 실패한 정치행정가입니다! 중국에서 쫓겨난 정치행정가에게 표를 던지면 대한민국은 망하고 맙니다, 여러분!"

한유수는 계속된 갈등 속에서 현실을 선택했다. 지난 선거에서 전재산을 날리다시피 한 한유수에게 장관직 임명은 천군만마와도 같았다. 이번 기회를 놓치면 평생 바닥인생을 못 면할 것 같은 공포감이 한유수의 마음을 바꿔 놓는 계기가 되었다. 한유수는 비장한 각오로 전쟁에 나서는 장수처럼 청와대를 향해 용기 있는 발길을 내디뎠다.

"어서 오십시오, 한 장관님."

한유수의 걱정과는 달리 김 수반은 자신의 집무실로 들어오는 한유수를 반갑게 맞았다. 한유수는 전쟁에 나서는 장수처럼 용기를 내어 왔지만, 막상 김 수반 앞에 서자 고개는 숙여지고 말까지 더듬었다.

"자격 없는 저, 저를 구, 국민안전행정부 자, 장관으로 임명해 주셔서 대, 대단히 감사합니다."

"아닙니다. 한 장관님의 능력을 보고 임명한 것이니 부담 가지실 필요는 없습니다. 자, 앉으시죠."

소파에 앉아서도 한유수는 김 수반의 얼굴을 똑바로 바라보지 못했다.

"지난 선거 때는 대통령 자리에 눈이 멀어 무례를 범하였습니다. 부, 부디 용서해 주십시오."

"전 지난 선거 때의 일은 벌써 다 잊었습니다. 나랏일 하기도 벅찬데 지난 선거 때의 일을 다 기억하고 있겠습니까. 제가 한 후보님을 국민안전행정부 장관으로 임명한 것은 그 자리가 한 후보님에게 가장 적합하기 때문입니다. 아무쪼록 국가와 국민을 위해 봉사한다는 마음으로 열심히 해주시기 바랍니다."

"네, 신명을 바쳐 열심히 하겠습니다, 수반님."

한유수는 소파에서 일어나 연거푸 머리를 숙이며 고맙다는 말을 토해냈다. 그러는 사이에 그의 눈가엔 이슬이 맺혔다. 그것은 새로운 인간 한유수로부터 우러나오는 감사의 표시였다.

정부 각 부처의 인사를 마무리 지은 김 수반은 자신의 집무실로 칭 보좌관을 불렀다.

"내가 지시한 거 파악이 다 되었는가?"

"네, 수반님. 파악은 다 되었는데 대안을 찾지 못하고 있습니다. 20~30대 젊은이들이 50만 원 이하의 급한 생활자금을 고리대금업체로부터 빌렸다가 수천만 원의 빚을 지고 신용불량자로 전락하고 있어서 대책이 시급한 상황입니다."

칭 보좌관으로부터 고리대금업체의 보고를 받은 김 수반의 얼굴이 굳어졌다.

"알았네. 가서 대책을 강구해 보게."

"네, 알겠습니다, 수반님."

칭 보좌관이 나간 뒤 김 수반은 생각에 잠겼다. 한창 일할 나이에 신용불량자가 되어 경제활동을 제대로 못하게 되면 당사자는 물론 정부에게도 세수가 덜 걷히는 아주 나쁜 사회악이었다. 생각이 거기까지 미친 김 수반은 그 해법을 정책 입안지에 적었다.

긴급국민대출

(사회 안전망 금융대출제도)

시행 주체 : 대한민국 정부
운영 주체 : 대한민국 국민
시행 기관 : 보건소, 고용노동부, 고용복지센터, 시중은행
감리 감사 : 기획재정부, 금융감독원
대출 재원 총액 : 3조 원(일반재원 2조 원, 비상재원 1조 원)

대출 신청 절차

대출 신청 자격
1. 대한민국 국적의 국내 거주자로 재산 및 소득이 일정 기준 이하인 사람
2. 제1금융권의 대출 신청 자격이 없는 사람

대출 한도 : 최저 50만 원, 최대 500만 원(1가구 2인 이하)
대출 이자 : 1년제 연 1%, 2년제 연 2%, 3년제 연 3%

미상환 시의 제재

대출금 상환 기간 안에 대출금을 상환하지 못하거나 월납입금을 3회 이상 연체할 경우 대출금을 상환할 때까지 모든 금융거래 불가(사용 중인 통장, 주식을 포함한 모든 계좌 개설 불가), 특별한 사유가 있는 경우 신청과 심사 절차를 통해 1년간 대출금 상환 연기 가능

성실상환 시 혜택

3회 이상 연체 없이 대출금을 상환하게 되면 기존 대출금의 범위 안에서 대출보증서 없이 시중은행에서 바로 대출받을 수 있다.

대출금 계좌의 운영

대출금 계좌의 주인은 국민이다. 그런 관계로 대출 재원이 다 소진되면 대출 대기자가 아무리 적어도 대출받을 수 없다. 그러므로 긴급국민대출을 받은 사람은 원금과 이자를 매월 성실히 납부해야 급전이 필요한 사람들이 대출받을 수 있다.

긴급국민대출은 중산층 이하를 위한 대출제도이다. 직장, 소득 관계 없이 일(장사)할 능력과 의사가 확실하면 본인이 희망하는 급전을 대출받을 수 있다. 단, 인근 보건소에서 무료로 신체검사를 받고 근로능력확인서를 발급받아 고용노동부의 대출심사관에게 대출 상담을 받고 대출보증서를 발급받아야 시중은행에서 대출받을 수 있다. 이 과정에서 미취업자는 직업 상담을 통해 취업도 가능하다.

훗날 긴급국민대출은 국민으로부터 사랑받는 대출제도로 자리 잡게 된다. 대출금을 성실하게 상환하면 대출받은 금액의 한도 내에서 대출보증서 없이도 바로 대출받을 수 있어서 고리대금업체를 이용할 필요가 없어 평생 든든한 버팀목이 되고 있다. 그러나 이 대출제도가 국회의 문턱을 넘기는 쉽지 않았다. 밑 빠진 독에 물붓기식 대출제도라는 것이 이유였다. 이 문제는 김 수반이 기자회견을 통해 국회를 설득함으로써 일단락되었다. 비록 저리지만 대출이자가 발생하기 때문이었다. 긴급국민대출의 이자 재원은 시중은행들의 수수료와 정부의 대출 재원 환수에 충당된다.

    퇴근 시간이 되자 김 수반은 집무 의자에서 일어나 소파에 앉으며 텔레비전을 켰다. 그때 박 총리가 국가수반 자격으로 외국을 국빈 방문하여 환영받는 장면이 나오자 묘한 감정을 느끼며 미소를 지었다. 만약 어떤 독재 권력에 의해 저 역할을 강제로 빼앗겼다면 자신이 얼마나 억울할까 하는 생각에서였다. 순간, 과거 박 총리가 승용차 안에서 했던 말이 떠올랐다. 2년 전까지만 해도 전 정권의 언론과 국민에 대한 탄압이 심했었다는 것과 지지율이 20%대를 계속 맴돌고 있지만 대통령이 자진 퇴진을 하지 않는 한 어찌할 방법이 없다는 것이었다.

    김 수반은 다시 집무 의자로 돌아와서 인터넷으로 전 정권의 국회 청문 진행 장면들을 살펴보았다. 동영상에 비추어진 청문 장면은 김 수반의 눈살을 찌푸리게 했다. 하나같이 합리성과 논리성이 결여된 답변에, 장관은 물론 차관까지도 불성실한 태도로 일관했다. 마치 자신들의 뒤에는 경찰과 검찰, 대통령이 있다는 듯 거만하기 짝이 없었다. 이것을 보면서 김 수반은 자신 이후의 정권에 대한 걱정을 하지 않을 수 없었다. 언제 또 독재 정권이 들어서서 국민을 탄압할지 모르는 위험한 환경을 이대로 방치하는 것은 크게 잘못된 것이었다. 우선 정책실을 통해 국회청문진행법을 만들어 국회로 보내라고 지시했다. 이 법안이 마련되면 국무위원이나 국무위원 후보자가 국회 청문회 등에 출석하여 자신의 의혹과 관계 있는 자료 제출 요청에 정당한 사유 없이 응하지 않거나 청문회의 진행을 방해 또는 국회의원 질문에 불성실한 태도로 임할 경우 처벌받게 되고, 인사 청문 과정을 정상적으로 거치지 않은 국무위원 및 기관장 후보는 국회의 동의 없이는 대통령이 독단적으로 임명할 수 없게 하였다. 이러한 것을 환기시키기 위해 국회법상 공무원의 사용자를 명시했다.

공무원의 사용자는 국민이다. 그러므로 국민의 대표기관인 국회에 출석하는 공무원은 국회의원의 질문에 성실히 임해야 한다. 또한, 필요한 자료 제출 등을 정당한 사유 없이 거부해서는 안 된다. 이를 어기면 감봉 또는 인사상의 불이익 처분을 받게 된다. 해당 상임위는 이를 의결하여 결정할 수 있다.

국회 청문회 과정은 국회방송과 KBS의 생중계를 통해 전 국민이 볼 수 있도록 하였다. 김 수반은 다시는 이 땅에서 민주주의가 짓밟히고 국민의 자유가 억압받아서는 안 된다고 생각하고, 그 대책을 정책 입안지에 입법 형식으로 적었다.

대통령 탄핵 국민청원법

제1조. 목적
이 법은 무능한 사람이 대통령으로 선출되어 국가가 잘못된 길로 가고 있을 때 주권자인 국민이 이를 바로잡아 국가 기능이 정상적으로 작동되도록 하는 것을 목적으로 한다. 이를 위해 개인이나 단체에게 대통령 탄핵 국민청원권이 주어지도록 한다.

제2조. 대통령 탄핵 국민청원 요건

대통령 취임 후 지지율이 20%대로 떨어지고, 4주가 지나도 지지율이 20%대를 벗어나지 못하면 4주가 지난 시점부터 대통령 탄핵 국민청원권이 주어져 개인이나 단체가 헌법재판소에 대통령 탄핵청원을 할 수 있다. 이 경우 가장 먼저 접수된 청원서를 기준으로 파면 절차를 진행하고, 뒤에 접수된 청원서는 효력을 상실한다. 단, 유권자 기망에 의한 당선, 지지율 조작 또는 의뢰하거나 지지율이 10%대로 떨어지고, 4주가 지나도 지지율이 10%대를 벗어나지 못하면 국민청원 절차 없이 헌법재판소가 직권으로 대통령 파면을 선고한다.

제3조. 대통령 지지율 조사의 기준

탄핵 요건인 대통령 지지율 조사는 지상파 3사가 합동으로 거리에 나가 직접 조사한 것을 표준으로 한다. 그 외에 기타 여론조사기관의 지지율을 반영할 때는 국내외 여론조사를 고려한 종합 지지율을 적용한다.

제4조. 대통령의 권리행사 제한

대통령 탄핵 국민청원서가 헌법재판소에 접수되고 대통령 권리행사 제한통고서가 송달되면 대통령은 인사권, 법률안 거부권 등을 행사하여서는 아니 된다. 이는 강행 규정이며, 어기면 파면의 사유가 된다.

제5조. 천재지변 등에 의한 지지율 하락
천재지변 등에 의한 지지율 하락은 탄핵청원의 대상이 될 수 없다.

제6조. 이 법의 효력
이 법 및 이 법과 관련된 내용은 서기 ○○년 ○○시부터 효력이 발생한다.

독재방지법

제1조. 목적
이 법은 독재 권력으로부터 국민과 언론의 탄압을 막고, 민주주의가 훼손되는 것을 차단하기 위함이다.

제2조. 5대 기관장의 선출
독재 권력의 탄압을 막기 위해 경찰청장, 검찰총장, 대법원장, 감사원장, 선관위장을 국회의원 선거 때 국민투표로 선출한다.

제3조. 5대 기관장의 선거 운동
5대 기관장은 국회의원과 같은 선거 운동은 할 수 없고, 라디오나 TV를 통한 연설과 토론만 할 수 있다. 단, 해당 기관장의 직무에 관련된 문제를 해결하기 위한 현장 등의 방문은 가능하다.

제4조. 3개 기관의 국회 내 존치
방통위, 방심위, 권익위는 정권으로부터 독립성을 유지하기 위해 국회에 두고, 운영예산을 국회예산에 편성하여 집행한다.

제5조. 3개 위원장의 임명
방통위장, 방심위장, 권익위장의 임명은 여야 국회의원의 추천을 받아 국회의장이 임명한다.

제6조. 헌법재판관 임명
대통령으로부터 독립성을 보장하기 위해 헌법재판소의 재판관은 국민대표기관의 수장인 국회의장이 임명한다.

제7조. 국민소환
5대 기관장이 정치적 중립을 지키지 않고 편향된 행정을 펴면 국민은 국회에 국민소환을 청원할 수 있다. 해당 상임위는 청원 요건이 충족된 국민소환에 대해 해당 기관장의 탄핵을 추진해야 한다. 이 경우 여야 의원 의석수에 따른 상임위 구성 비율로 의결하여 탄핵을 결정한다.

제8조. 이 법의 효력
이 법 및 이 법과 관련된 내용은 서기 ○○년 ○○시부터 효력이 발생한다.

국회특별조치법

제1조. 목적

이 법은 국민의 대표기관인 국회의 권한을 강화하여 진정한 국민주권 시대를 열기 위함이다. 이에 따라 국회의 수장인 국회의장은 대통령과 행정부를 적절히 견제하여 국가권력이 독재화되는 것을 막아야 한다. 이와 함께 노와 사, 지자체와 지역민, 정부와 각 단체의 충돌, 정부, 행정의 무능 등으로 국가가 위기에 빠지거나 국민의 삶의 고통이 계속되면 국회의장은 이러한 것을 해결하기 위해 적극 나서야 한다.

제2조. 국회긴급발동권

국회의장은 정부의 관리 능력 부재로 국가가 위기에 빠질 우려가 있거나 국민의 삶의 고통이 계속되고 생명이 위험해질 수 있다고 판단되면 긴급발동권을 발동하여 정부의 행정력을 정지시키고 원상복구를 명할 수 있다. 이것은 강행 규정이며, 정부 기관 및 관련 단체는 반드시 따라야 한다. 특정 사안의 문제 해결을 위한 조치는 국회긴급발동권이 아닌 국회발동권을 발동해야 한다.

제3조. 임시긴급발동권

국가가 위기에 빠지거나 국민의 삶의 고통이 계속되는데도 국회의장이 정치적 이해타산에 따라 국회특별조치법의 의무를 태만히 할 경우 국회는 재적의원 과반수 발의, 과반수 이상의 찬성 의결로 긴급발동권을 발동할 수 있다.

제4조. 국회 조정 기간

노와 사, 지자체와 지역민, 정부와 각 단체의 당사자는 국회의 긴급발동권이 내려지면 30일 이내에 서로 의논하여 합의해야 한다.

제5조. 국회 중재안

국회의 조정 기간 내에 분쟁의 당사자가 합의하지 못하면 전문가의 의견을 들어 여야 의석수의 상임위 구성 비율로 중재안을 마련하여 즉시 발의해야 한다. 이것은 최종안이며, 소송의 대상이 될 수 없다.

제6조. 국회의장의 동의

대통령이 계엄을 내리고자 할 때에는 사전에 국회의장의 동의를 받아야 한다. 단, 폭동의 확산, 전쟁의 발발 등 상황이 급박할 때에는 먼저 계엄을 선포한 후 국회의장의 동의를 받으면 된다. 이를 어기면 불법이 되어 발효된 계엄령은 효력을 상실한다. 국회의장이 정부 여당 소속일 경우에는 국회의장의 동의가 아닌 국회 재적의원 3분의 1 이상의 계엄 동의 의결이 있어야 한다. 군, 군과 관계 있는 부처, 경찰, 검찰, 법원 등의 부처와 관계 있는 부처에 대통령과 친분 있는 사람을 임명할 때에도 국회의장의 동의를 받아야 하며, 이를 어기고 강행하면 국회의 대통령 탄핵안이 자동 발의 의결되어 헌법재판소에서 파면 여부의 절차를 밟게 된다.

제7조. 계엄 선포 시 의회활동

대통령의 계엄 선포 시 국회 및 지방의회의 의회활동이 방해받아서는 아니 된다. 따라서 다른 법률 또는 포고령 등에서 정한 국회 및 지방의회의 정치활동 금지조항은 적용되지 아니한다. 계엄 선포 시에도 언론의 자유는 최대한 보장되어야 한다. 이를 위해 언론의 통제권을 국회에 둔다.

제8조. 대통령의 권한 정지

정부의 관리 능력 부재로 국회의 긴급발동권이 내려지면 대통령의 권한은 정지되고, 경찰과 검찰을 비롯한 정부의 모든 조직은 국회의장의 지시에 따라야 한다. 이 경우 대통령의 임명권도 정지되고, 이를 강행하면 탄핵 사유가 된다.

제9조. 국회의장의 국무위원 임명

국회의 긴급발동권이 내려진 후 국회의장은 현직의 국무위원이나 기관장 등이 국민의 정서에 맞지 않거나 국가 발전을 크게 저해한다고 판단되면 해당 인사를 해임하고 새로운 인사를 임명해야 한다. 이를 위해 여야 의석수에 따른 상임위 구성비율로 인사검증단을 구성하고 능력 있는 인사를 선발하여 국무위원 및 기관장으로 임명해야 한다.

제10조. 대통령 권한대행

대통령의 자진사퇴, 탄핵 등으로 대통령이 공석일 경우 차기 대통령 선출 때까지 대통령의 모든 권한은 국회의장에게 인계되고, 국회부의장이 국회의장을 대행한다.

제11조. 대통령 파면 국민투표

대통령의 무능, 비리 등으로 국가 운영이 어려워지면 대통령의 임기가 절반이 지난 시점부터 국민투표에 의해 대통령의 파면을 결정할 수 있다. 국회의장은 위와 같은 사유가 발생하면 안건을 즉시 국회 본회의에 상정하여 가부를 결정해야 한다. 상정된 대통령 파면 국민투표의 건은 재적의원 과반수 발의, 과반수 이상의 찬성으로 가부가 결정되고, 국민투표에 의해 대통령의 파면이 결정된다.

제12조. 탄핵의결 정족수 등

탄핵과 관련된 모든 의결은 국회특별조치법에 따라 재적의원 과반수 발의, 과반수 이상의 찬성으로 가부를 결정한다. 따라서 독재 정권의 권력 연장 수단이 될 수 있는 대통령 탄핵 의결 정족수인 재적의원 과반수 발의, 3분의 2 찬성의 헌법 제65조 2항은 가결 불능의 소지가 있으므로 적용되지 아니한다.

제13조. 표결 불성립 시의 조치

본회의에 상정된 안건이 특정 정당의 집단 참여 거부로 표결이 성립되지 않을 경우 본 안건은 가결된 것으로 본다. 이 경우 투표 불참의 부득이한 사유를 입증하지 못하면 투표에 불참한 국회의원은 의원직이 상실되고, 해당 정당은 해산 절차를 밟아야 한다.

제14조. 내란, 외환범 체포령

국회의장은 대통령 또는 행정부 내에 내란, 외환 범죄의 징후가 있거나 포착된 경우 국회긴급발동권을 발동하여 내란, 외환 범죄가 드러나거나 혐의가 있는 사람을 신속히 체포하여 수사할 것을 국회 긴급발동 지시령에 따라 경찰청장, 검찰총장에게 명할 수 있다. 이는 강행 규정이며, 거부하거나 태만히 하면 탄핵의 대상이 되고, 경우에 따라서는 외환, 내란 동조범으로 처벌받게 된다.

제15조. 이 법의 제정, 개정, 적용 등

국회특별조치법은 입법, 사법, 행정 등에 두루 적용된다. 또한, 이 법의 제정, 개정은 타 법이나 규정에 제약을 받지 아니한다.

제16조. 국회보안원

국회의 안전과 질서 유지를 위해 국회에 보안팀을 둔다. 이들의 구성은 격투기 유단자들로 하며, 비상사태를 대비하여 비살상무기를 휴대할 수 있다.

제17조. 처벌

새로운 국무위원의 임명을 태만히 한 국회의장, 긴급발동권을 따르지 않은 부처의 장과 기관 및 단체장은 형사처벌과 함께 손해

배상의 책임을 진다.

제18조. 이 법의 효력

이 법 및 이 법과 관련된 내용은 서기 ○○년 ○○시부터 효력이 발생한다.

위의 법과 함께 국가번영법도 특별법으로 입안되어 별다른 반발 없이 국회를 통과했다. 국가번영법은 국가 발전과 관련된 법, 제도, 사업 등이 정권 교체와 관계 없이 꾸준히 추진하기 위해서 제정되었다. 지금까지는 앞선 정권이 추진하던 중요 사업을 뒤에 들어서는 정권이 추진하지 않거나 폐지해도 제재를 가할 방법이 없었다. 그러나 국가번영법 하에서는 탄핵의 대상이 된다.

김 수반은 국가번영법에 국가위상실추죄와 국민사기저하죄도 포함했다. 국가위상실추죄란 개인이나 기업이 해외에 나가서 범죄에 연루되거나 국가 위상을 크게 실추시키는 행위를 하면 적용되는 법 조항이다. 이러한 것은 통수권자가 국가 경영을 잘못하여 국격이 크게 추락한 경우에도 똑같이 적용되고, 이때는 국가위상실추죄와 국민사기저하죄가 동시에 적용된다.

국가번영법에는 국론분열죄도 추가되었다. 지역감정이나 남북분열을 조장하는 발언, 행위를 하거나 유튜브 등을 통해 대한민국과 국민을 폄훼한 사람에게는 사안의 경중에 따라 국외 추방령이 내려진다. 이에 따라 국가정보원 내에는 '주작자 색출팀'이 가동되어 대한민국의 국격을 폄훼하고, 국민을 폄하하는 세력을 발본색원하게 된다.

국가번영법에는 공직자의 연봉환수제도도 추가되었다. 연봉환수제란 대통령을 비롯한 공직자들이 업무 태만이나 비리, 과실 등으로 10년 이상의 형을 선고받으면 재직하는 동안 받았던 연봉 총액의 50%를 국고에 환수시키는 제도이다. 김 수반은 선거법에 흉악범, 외환범, 내란 범죄자와 그에 동조한 사람들이 각종 선거에 출마하여 당선될 수 없도록 이들의 범죄 이력을 영구 보존하고, 선거 때마다 선거 벽보에 '○○ 지역구에 출마하는 중대 범죄자 명단'을 발표하라고 지시했다. 국민에게 불편과 고통을 안겨준 사람들이 공직에 오르는 것을 철저히 차단하겠다는 의지다.

며칠 후 김 수반은 KBS 경영진을 청와대로 불렀다. 지난 대선 때 한유수 후보가 TV 수신료 분리 징수 문제를 들고 나온 것이 계기가 되었다. 정권이 바뀔 때마다 자신들 입맛에 맞게 방송을 장악하려 든다면 공영방송의 공정성이 크게 훼손되어 국민의 권리 침해로 이어질 수 있다는 판단이었다. 수반관 회의실에 모인 경영진들이 잔뜩 긴장한 가운데 김 수반이 입을 열었다.

"경영진들에게 묻겠습니다. TV 수신료를 분리 징수하게 되면 막대한 징수비용이 발생할 텐데 이에 대한 대책을 가지고 있습니까?"

김 수반의 질문에 경영진들은 머뭇거렸고, 그중에서 사장이 어렵게 말을 꺼냈다.

"별다른 대책을 세우지 못하고 있습니다."

KBS 사장의 답변에 김 수반은 예상하고 있었다는 듯 말했다.

"이런 환경이 계속되니까 정권이 바뀔 때마다 자신들에게 유리한 쪽으로 수신료 문제를 들먹이는 겁니다. 각종 언론을 장악하고, 텔레비전을 소유하지 않은 유권자들로부터 표를 얻기 위한 수단으로 이용되는 것입니다. 그런 의미에서 TV 수신료 통합징수제도는 폐지되는 것이 맞습니다."

김 수반의 말에 경영진들은 당황해하며 누구도 말을 꺼내지 못했다.

"저는 국민의 방송인 KBS가 정권에 이용당하는 것을 더 이상 두고 볼 수가 없습니다. 그러니 TV 수신료 없이도 KBS가 운영될 수 있도록 자생 방안을 강구해 보세요."

청천벽력 같은 김 수반의 말에 경영진들은 아무 말도 하지 못하고 진땀만 흘렸다.

"사장님께 묻겠습니다. 귀사 내에 경영을 컨트롤할 수 있는 부서가 있습니까?"

"아, 네, 운영 부서는 있습니다만 경영을 컨트롤하는 부서는 어, 없습니다."

긴장한 탓에 KBS 사장은 말을 더듬었다. 김 수반은 예상한 답변이란 듯 말을 이었다.

"그런 귀사의 경영 방침이 오늘날까지도 수신료 징수 문제로 정권에 휘둘리는 겁니다. 현재 통합징수제도는 수신료 징수비용을 적게 들이고, 방송 운영 재원을 안정적으로 조달할 수 있는 방법이긴 하지만 텔레비전을 소유하지 않은 국민에게도 수신료를 부담하게 하는 모순점이 있습니다. 내년부터 이 같은 사실을 국민에게 알리고 수신료 통합징수제도를 폐지하세요."

김 수반의 말에 경영진들은 올 것이 오고야 말았다는 듯 절망하는 기색이 역력했다. 그것을 본 김 수반이 얼른 말을 이었다.

"TV 수신료로 걷는 재원의 부족분은 일정 기간 정부에서 지원하겠습니다. 그러니 그 기간 안에 대책을 강구해 보세요. 김진 정부는 여러분의 적이 아닙니다. 용기를 가지고 추진하면 반드시 길이 열릴 겁니다. 그만들 가보세요."

경영진은 이제 살았다는 듯 김 수반에게 깍듯이 인사하고 서둘러 회의실을 빠져나왔다. 수반관 복도를 걷는 그들의 이마엔 하나같이 땀방울이 맺혔다.

경영진이 돌아간 뒤 김 수반은 집무 의자에 앉아서 생각에 잠겼다. 그때 지난 대선에서 한유수 후보가 KBS 수신료 분리 징수 문제로 관련 유권자들의 표심을 공략하는 장면이 파노라마처럼 스쳐 갔다. 그 속에서 김 수반은 다시는 수신료 문제를 악용하지 못하도록 이에 대한 대책을 정책 입안지에 적었다.

KBS 자생 방안

1. 경영전략실
우수한 인재들을 채용하여 경영전략팀을 구성하고, 이 조직의 활동으로 방만한 경영을 개선한다. 꼭 필요한 인원, 꼭 필요한 기획,

꼭 필요한 제작 등 더 나아가 대한민족의 역사적 가치를 발굴하여 전 세계로 알리는 등 KBS 경영의 컨트롤타워 역할을 함으로써 글로벌 방송사로 거듭나게 한다.

2. 문자고지서

현행 수신료 통합징수제도는 점진적으로 폐지하고 분리 징수를 실시한다. 대신 징수비용 지출을 최소화하기 위해 텔레비전 소유자에게 보내는 수신료 납부고지서는 문자고지서로 대체한다. 이와 함께 KBS 방송진흥 후원금 제도를 두어 미납자에 대한 법적 대응을 자제한다. 이에 따라 텔레비전 소유와 관계 없이 KBS를 좋아하고 광고 없는 방송을 선호하는 개인, 단체, 기업 등은 기존의 프로그램을 유지하고 발전시키기 위해 매월 2,500원 혹은 그 이상의 금액을 후원금으로 납부하면 된다. 방송사는 이런 사실을 국민에게 수시로 알리고, 프로그램 사이사이 수신료와 후원금의 가치를 실현한다는 의지의 표명을 지속적으로 해야 한다.

수신료 납부는 ARS를 이용하고, 자동납부를 원할 경우 ARS에 접속 후 자동납부 신청을 하면 되도록 납부체계를 갖춘다. 후원금의 납부는 KBS 전용계좌를 이용하게 하고, 방송사는 이런 내용을 국민이 알 수 있도록 텔레비전 상단이나 하단에 상시 표시해야 한다. 기후재앙 등이 발생한 달에는 수신료나 후원금이 줄어들 수 있으므로 경영을 잘하여 방송 운영 재원을 계속 적치해 나간다.

3. K-콘텐츠 개발

우수한 드라마와 예능 프로그램을 제작하여 전 세계로 수출하는 등 후원금 없이도 KBS가 운영될 수 있도록 노력한다.

4. 지자체와의 협업

1TV는 지자체의 홍보 수입, 2TV는 기업의 광고 수입, 이러한 경영 방침에 따라 KBS는 전국의 지자체와 업무협약을 맺고 1TV의 프로그램 시작과 끝 사이에 지자체의 축제나 농산물을 지속적으로 홍보하고, 그 대가로 분기별로 지자체로부터 KBS 방송진흥 후원금을 지원받는다. KBS는 이러한 업무협약이 지속적으로 이루어질 수 있도록 KBS 농산물 장터앱을 개발하여 소비자들이 온라인으로 해당 지역의 농산물을 쉽게 구매할 수 있도록 한다. 아울러 6시 내 고향, 전국노래자랑, 가요무대, 열린 음악회를 각 지자체의 축제현장에서 진행하여 지자체 홍보와 발전에 기여하도록 한다.

5. 정부의 방송운영지원금

KBS의 방송운영지원금은 수신료 통합징수 폐지 후 일정 기간까지만 지원한다. 단, 당 방송사에서 국가 발전과 국민의 삶 향상에 기여할 수 있는 프로그램을 제작하여 1년 이상 방영할 경우 방송운영지원금을 지급할 수 있다.

김 수반이 기획한 KBS 자생 방안은 수반관 정책실의 조율을 거쳐 KBS에 전달되었다. 그 후 그 방안을 시행한 결과 의외의 성과가 나타났다. 그 원동력은 KBS 자체에 있었다. 농어촌 관련 프로그램을 장기간 방영해 온 것이 원동력이었다. 그곳에 거주하는 사람들 대부분은 수신료를 꾸준히 납부하였다. 또한, KBS가 전국의 지자체와 업무협약을 맺고 지자체의 발전을 위해 홍보를 꾸준히 해온 것이 지자체들의 후원금 납부를 촉진시켰다. 이로 인해 통합징수를 할 때보다 방송 운영 재원이 더 걷히는 결과로 이어졌다.

토종 OTT(인터넷을 통해 드라마나 영화 등을 볼 수 있게 하는 서비스)인 K-플릭스는 김진 정부의 적극적인 자금 지원으로 개발되었다. 그 결과 자사의 우수한 드라마와 예능의 판권을 수출하는 것에 그치지 않고 다시 볼 때마다 수익이 발생하는 구조로 발전하였다. 아울러 타 방송사의 드라마와 예능, 영화사들로부터 플랫폼 이용료까지 받게 되어 후원금 없이도 방송 운영이 가능해졌고, 정부의 출자금까지 상환하여 명실상부한 독자적인 공영방송이 되었다. 이 같은 성공 사례는 공기업들의 롤모델이 되어 이들 기업이 적자에서 흑자로 전환하는 계기가 되었다.

'KBS 대안정책 라이브 국민청원'은 정부로부터 방송 운영 자금을 지원받기 위해 제작된 프로그램이다. 국가 발전에 관심 있는 사람은 누구나 KBS로 의견을 보낼 수 있고, 1차 심사를 통과한 의견은 매주 토요일 밤에 방송되는 본심에 오를 수 있다. 진행은 전문가 심사단과 일반인 심사단이 참가한 가운데 제출된 안건의 장단점을 분석하고, 개선된 최종안을 평가와 함께 온라인 투표로 가부를 결정한다. 최종 선택된 안건은 방송사에서 소정의 상금을 지급하고, 국회청원으로 이어져 국회를 통과하면 국가 발전과 국민의 삶 향상에 쓰이게 된다. 국회를 통과하여 국가 발전과 국민의 삶 향상에 크게 기여한 정책은 제안자에게는 포상금을 지급하고, KBS에는 특별 방송 운영 자금을 지원한다.

김 수반은 정권의 방송 장악을 막기 위해 KBS의 경영 자율권도 보장했다. 이에 따라 KBS에 1년 이상 수신료나 후원금을 낸 사람은 자동으로 KBS 시청자 위원이 되고, 이들의 온라인 투표로 KBS 경영의 전반을 결정하는 전문위원이 선출된다. 그리고 이들의 과반수 출석 과반수 찬성에 의해 KBS 이사와 사장 선출 등 KBS의 주요 인사와 경영 전반을 결정할 수 있도록 방송법을 개정하였다. 김진 정부의 이런 정책에 따라 대통령과 방송통신위원회는 언론탄압의 소지가 있는 공영방송 인사에 관여할 수 없게 되었고, 방송통신 발전과 허위보도 심사, 처벌 등만 할 수 있게 되었다. 정권의 방송 KBS가 아닌 국민의 방송 KBS를 위한 조치였다.

수반관 응접실 텔레비전에서 수출 부진에 관한 뉴스가 나오자 김 수반의 표정이 어두워졌다. 수출에 의존할 수밖에 없는 현 상황에선 우울한 일이 아닐 수 없었다. 특히 수익을 내서 국가 발전과 국민의 복지 증진에 힘쓰겠다고 선언한 김진 정부이다 보니 더욱 신경이 쓰였다. 수출 외에 무언가가 필요한 실정이지만 대안이 떠오르질 않았다. 집무 의자에 앉아 한참 생각에 잠겨 있던 김 수반의 시선이 집무실 벽에 걸려 있는 대한민국 지도로 향했다. 김 수반은 무언가에 이끌리듯 대형 지도 앞에 다가섰다. 그리고 지도를 세심히 살폈다. 순간, 어두웠던 김 수반의 얼굴이 환하게 바뀌었다. 관광 대국의 꿈이 눈 앞에 펼쳐진 것이다. 수출과 함께 관광 산업이 미래의 먹거리가 되어준다면 소상공인의 매출이 증가하고, 일자리가 늘어나고, 세수가 증가하여 부국의 꿈을 이룰 수 있다는 생각이었다.

대한민국 지도에 나타난 지형은 매력 그 자체였다. 삼면이 바다이고, 통일만 되면 유럽까지 철도가 연결될 수 있다는 점에서 관광대국의 꿈을 펼치기에는 천혜의 조건을 가지고 있었다. 김 수반은 지도 앞에서 마음속으로 다짐했다. 배낭 하나만 메고도 대한민국 곳곳을 자유롭게 여행할 수 있는 시대를 열겠다고. 그러려면 기차나 전철망의 구축은 필수였다. 생각이 여기까지 미친 김 수반은 집무 의자에 앉아 그 꿈을 실현시킬 철도망 구축도를 그려나갔다.

관광대국 철도망
(관광 부흥, 지방소멸 예방책)

서해안 기차선(인천-진도 간)
인천-당진-서산-보령-군산-부안-고창-영광-무안-목포-진도

남해안 기차선(목포-부산 간)
목포-진도-해남-강진-장흥-고흥-여수-남해-사천-통영-거제-부산

동해안 기차선(부산-강릉 간)
부산-울산-경주-포항-영덕-평해-울진-원덕-삼척-동해-강릉

동해북부 전철선(삼척-제진 간)
삼척-동해-강릉-주문진-양양-속초-제진

동해내륙 전철선(철원-속초 간)
철원-김화-화천-양구-인제-속초

경기북부 전철선(순환)
의정부-송우리-포천-일동-이동-김화-철원-신탄리-연천-전곡-동두천-양주-의정부

북부내륙 전철선(원주-화천 간)
원주-횡성-홍천-춘천-화천

경기강원 전철선(성남-원주 간)
성남-광주-이천-여주-원주

경기경북 전철선(부발-문경 간)
부발-장호원-충주-수안보-문경

경북내륙횡단 1전철선(김천-영덕 간)
김천-상주-문경-예천-안동-청송-영덕

경북내륙횡단 2전철선(문경-울진 간)

문경-예천-영주-봉화-울진

경기충북 전철선(이천-청주 간)
남청주-청주공항-진천-광혜원-죽산-모가-이천역-이천 시내역-이천 북부역

남부내륙 기차선(김천-거제 간)
김천-성주-합천-진주-고성-통영-거제

강원오지 기차선(태백-동해 간)
태백-정선-동해

해양횡단 기차선(목포-제주 간 해저터널)
목포-해남-완도-제주

김 수반이 그린 관광 대국 철도망은 국토의 균형 발전과 지방소멸 방지에 초점이 맞춰졌다. 이러한 정책에 따라 철도망이 구축되는 지역마다 다양한 지역 음식과 관광상품이 개발되어 국민 모두가 부국의 꿈을 갖게 된다.

며칠 후 김 수반은 한유수 국민안전행정부 장관과 마길재 건설환경교통부 장관, 이진요 보건복지보훈부 장관을 수반관 응접실로 불렀다.

"어서들 오세요."

"그간 안녕하셨습니까? 수반님."

한 장관이 인사하며 맨 먼저 들어오자 김 수반은 집무 의자에서 일어나 장관 일행을 반갑게 맞았다. 수반관 집무실로 들어오며 세 사람은 거의 동시에 인사했지만, 그 행동에는 차이가 있었다. 50대의 두 장관이 허리를 많이 굽히지 않고 인사한 반면, 60대의 한유수 장관은 허리를 90도로 굽혀서 인사한 것이었다. 그것을 본 마 장관은 난처한 표정을 지었다.

"자, 어서들 앉으세요."

"네, 수반님."

김 수반의 말에 응대한 건 한 장관뿐이었다. 두 장관은 그냥 소파에 앉았다. 소파에 앉는 행동에도 한 장관과 두 장관은 차이를 보였다. 두 장관이 평범하게 앉은 반면, 한 장관은 김 수반에게 몇 번이나 머리를 조아리고 앉은 것이다. 그것을 본 마 장관은 눈살을 찌푸렸다.

"제가 세 분 장관님을 오시라고 한 것은 앞으로 국가 재정이 좋아지면 전 국민을 대상으로 기본소득을 실시했으면 해서입니다. 그때 세 분의 역할이 매우 중요하기 때문에 해당 부처의 장관님들이 어떤 생각을 가지고 계신지 궁금해서 뵙자고 하였습니다. 혹시 세 분 장관님께서 새롭게 기획하고 있는 것이 있으면 말씀해 주시죠."

세 장관이 서로 눈치만 보며 아무 말도 하지 않자 김 수반이 다시 말을 이었다.

"먼저 마 장관님께 묻겠습니다. 제가 알기로는 우리나라가

OECD 국가 중 교통사고와 교통사고 사망률이 1위라고 들었는데 지금 상황은 어떻습니까?"

"부끄럽게도 아직까지 그 불명예의 딱지를 떼지 못하고 있습니다."

"그래요? 안타까운 일이군요."

한 장관은 이번이 자신의 차례라는 것을 직감하고 안절부절못했다.

"이번엔 한 장관님께 묻겠습니다. 요즘 안전사고가 좀처럼 줄지 않고 있는 것 같은데 그 원인을 알고 계십니까?"

"저, 정확히 파악이 안 되고 있습니다."

"그럼 국민의 안전장비에 대해 전혀 모르고 계시겠군요?"

한 장관은 이마에 땀방울이 맺힌 채 김 수반의 질문에 답변하지 못했다. 전직 국무총리를 지냈고, 안전대책위원회 위원장까지 지낸 사람으로서 수치심마저 들었다.

"국민은 누구나 안전장비를 하나씩 가지고 있습니다. 안전하게 살고 싶은 마음입니다. 그러나 그것은 마음일 뿐 행동으로 쉽게 옮겨지지 않습니다. 이것을 작동시키기 위해서는 안전에 대한 적극적인 홍보와 교육이 뒤따라야 합니다."

김 수반의 말에 한 장관은 마음속으로 무릎을 탁! 쳤다. 왜 진작 저런 생각을 하지 못했을까 하는 아쉬움이었다. 김 수반의 말은 계속되었다.

"오늘 이 자리는 여러분들을 질책하기 위한 자리가 아닌 대책을 마련하기 위한 자리입니다. 그러니 마음 편히 가지세요."

김 수반의 말에도 한 장관이 진땀을 흘리며 안절부절못하자 옆에 있는 마 장관의 심기가 더욱 불편해졌다. 그 속에서 김 수반의 말은 계속 이어졌다.

"자원이 없는 우리나라에서 각종 사고를 줄여 불필요한 재정 지출을 막는 것은 매우 중요합니다. 저는 이러한 것을 국정지표로 삼아 국민의 생명을 지키고 절약된 재정으로 복지 강국을 열고자 합니다."

세 사람은 듣기만 할 뿐 아무도 말을 꺼내지 못했다.

"이번엔 이 장관님께 묻겠습니다. 요즘 암 발생과 사망률이 높아지고 있는 것 같은데 이에 대한 대책을 가지고 계십니까?"

"정기적인 암 검진 외엔 별다른 대책을 세우지 못하고 있습니다."

이 장관의 말에 김 수반은 예상하고 있었다는 듯 말을 이었다.

"오늘 세 분의 의견 잘 들었습니다. 여러분들이 맡고 있는 직책이 국민의 생명과 재산을 지키는 일과 밀접한 관계가 있으니 각별히 신경 써주시기 바랍니다."

김 수반은 세 사람에게 자신이 입안한 정책이 들어 있는 서류 봉투를 건네며 작별 인사를 청했다.

"제가 바쁜 일이 있어서 오늘 좌담은 마쳐야 할 것 같습니다. 건강들 하시고 정부 정책사업에 심혈을 기울여 주시기 바랍니다."

"안녕히 계십시오, 수반님."

한 장관이 허리를 90도로 굽혀서 절하자 두 장관도 어쩔 수 없이 같은 자세로 절하며 표정이 굳어졌다. 그리고 그 불만은 수반관 응접실 문을 나서자마자 마 장관으로부터 터져 나왔다.

"애들도 아니고 무슨 절을 그렇게 깍듯이 합니까?"

"김 수반은 나한테 하늘 같은 존재이니 양해를 좀 해주세요."

"아무리 그래도 그렇지."

두 사람은 야당과 여당 출신으로 당적이 달랐지만 사이가 나쁜 편은 아니었다. 그런데 마 장관은 오늘 일로 완전히 토라진 채 청와대 문을 나섰다. 김 수반이 세 장관에게 건넨 정책은 대국민 홍보 강화 측면에서 칼럼 형식으로 작성되었다.

건설, 환경, 교통

건설은 견고하게 짓는 정책이 세워졌다. 이에 따라 아파트나 다세대 주택은 주요 부분마다 철근 삽입량을 사진으로 남겨 행정관청에 제출해야 하고, 벽면과 벽면 사이, 천정과 천정 사이에는 방열, 소음 차단제를 반드시 써야 한다. 이는 위아래 층의 소음을 막아 쾌적한 주거환경을 이루고, 화재 발생 시 불길의 확산을 막아 피해를 줄이려는 김진 정부의 의지가 담긴 보건주택 정책이다.

방열 소음 차단제의 단가를 낮추기 위해 정부의 지원으로 대량 생산 계획도 세웠다. 이런 정책에 따라 무분별한 재개발은 할 수 없게 되었다. 해당 지역의 신축해야 할 정도의 기존 건축물이 60%가 넘어야 재개발 심사를 받을 수 있다. 이 경우 리모델링이 가능한 건축물은 리모델링하여 쓰고, 나머지는 신축을 통해 그 지역의 환경을 유지하면서 재개발로 인한 자원의 낭비를 막자는 취지이다.

환경정책은 탄소배출 감소를 통한 지구환경 보호에 맞춰졌다. 다가올 탄소 중립 시대에서 생존하기 위한 전략이기도 하다. 이에 따라 1회용 컵의 사용이 자제되고, 재활용품의 분류도 세분화되었다.

도로의 휴머니즘 선포는 대한민국 교통문화의 새로운 시작이었다. 이 표어에는 대한민국의 교통문화를 근본적으로 바꿔서 교통사고를 획기적으로 줄이겠다는 김 수반의 의지가 담겼다. 딱딱한 자동차가 오가는 도로에 따뜻한 배려가 오가는 우리들의 마음을 새겨보자는 운동이다. 휴머니즘(Humanism)이란 인간다움을 존중하는 넓은 범위의 사상적 태도이다. 인본주의, 인문주의, 인간주의 등으로도 쓰인다.

- 도로에서 타인에게 불편 주는 행위 일체 안 하기
- 도로는 개인의 소유물이 아닌 다중이 이용하는 공공의 통로라는 것을 깊이 인식하고 운전하기
- 주도로에서는 소통 속도(50km) 이상으로 운전하기
- 본의 아니게 상대방 운전자에게 불편을 끼쳤을 경우 손을 들어 미안함을 표시하기
- 도로가 교차하는 지점을 통과할 때는 앞선 차에 우선 양보하며 주행하기 등

이런 내용을 깊이 인식하고 운전하면 상대방 운전자와 다툴 일도, 싸울 일도 생기지 않는다는 것이 김 수반의 생각이었다. 그런 의

식이 반영된 것이 '앞선 차에 우선 양보, 현대인의 운전수칙'이라는 표어의 탄생이다. 이 표어는 스티커로 제작되어 모든 차량의 뒤 유리에 부착하도록 의무화되었다.

　현행 운전면허시험도 강화되었다. 필기시험에 교통안전과 관련된 내용이 대폭 강화되었고, 실기시험엔 가상운전 시스템을 도입하여 폭우, 폭설, 빙판길, 짙은 안개 시의 운전 능력을 기를 수 있도록 가상운전시험을 추가하였다.

　'쉽게 딴 운전면허는 생명도 쉽게 잃는다.'
　이것이 김 수반의 신념이었다.
　배려 운전은 자신과 타인의 생명을 지키는 보호 장비다. 서로 독려하고 본받아서 대한민국의 교통문화로 만들어야 한다. 이런 인식의 확산으로 교통사고가 획기적으로 줄어 훗날 복지 강국으로 도약하는 밑거름이 된다.

국민안전행정(안전! 대한민국)

　우리는 안전하게 살고 싶은 생각은 가지고 있지만 안전하게 살려는 노력이 부족하다. 여기서 파생된 것이 안전불감증이다. 사고가 나면 그때뿐이고, 시간이 지나면 금방 잊어버린다. 어떤 사고가 나면 그와 관련된 법을 하나 제정해서 문제를 해결해 보려고 하지만 그렇게 해서는 안전사고를 획기적으로 줄일 수가 없다. 각종 사고를 획기적으로 줄이기 위해서는 국민 각자가 가지고 있는 안전장비가 잘 작동되도록 해야 한다. 그것이 안전의식이다. 이 안전장비가 제대로 작동되지 않아서 해마다 엄청난 재물적 손실과 소중한 생명을 잃고 있다.

　김 수반의 이런 의지에 따라 안전에 대한 대국민 홍보 강화와 함께 현 소방조직이 개편되었다. 소방 개념에서 국민안전 개념으로 명칭과 직제가 바뀐 것이다. 소방청은 국민안전청, 소방경찰은 국민안전경찰, 소방관은 국민안전관, 119구급대 및 소방대를 119국민안전대로 바꿔서 각종 화재 및 사고에 대한 인식을 새롭게 하였다. 아울러 안전경찰에게 관련 사고에 대한 수사권을 부여하고, 유사시에 각종 사고를 능동적으로 대처하기 위해 국민안전청의 협조 요청은 관할을 불문한다. 사고현장에서 가장 가까운 경찰서, 파출소, 지자체가 사고 위험(발생) 지역으로 가장 먼저 출동해야 하는 것이다.

　국민안전교육원은 안전사고 예방에 관한 연구와 안전전문가 양성, 각종 사고 발생자에 대한 교육으로 사고가 되풀이되는 것을 방지하기 위해 설립되었다. 이런 방침에 따라 119국민안전교육 이동센터도 가동되었다. 각종 사고를 예방하기 위해서는 움직이는 안전교실이 필요하다는 취지에서이다. 이에 따라 화재 취약 시설인 전통시장과 물류센터, 군부대 등에 안전교육 차량이 정기적으로 방문하여 안전사고 및 화재 예방, 소화기 사용법, 노후 전선 및 콘센트 관리, 심폐소생술 등을 교육한다.

　특히 군부대 교육에서는 재난현장 투입 시 안전한 구조활동에 초점이 맞춰졌다. 소화기 사용법의 집중교육은 화재가 발생하면 그것을 효과적으로 진압할 주체가 그 현장에 있는 사람, 그 불길을 최초로 목격한 사람이라는 김 수반의 생각이 반영된 것이다. 불길을 처음 발견한 사람이 소화기를 제대로 사용할 줄 아느냐, 그렇지 않느냐에 따라 불길의 강도가 달라진다는 점에서 시사하는 바가 크다.

국민안전앱의 개발은 전 국민을 안전전문가에 준하는 사람으로 만들었다. 이 앱에서는 국민안전 지식이 수시로 전달되고, 자신이 원할 경우 국민안전에 관한 시험도 볼 수 있다. 시험 내용은 안전사고 예방지식, 사고 발생 시 대처요령, 응급처치 방법 등이다. 시험 결과 60점 이상이면 합격되고, 커피 쿠폰 1매가 모바일로 지급된다. 커피 쿠폰은 시험 성적에 따라 추가로 지급받는다. 80점 이상은 +1, 100점은 +2이다. 이런 제도의 도입으로 국민안전앱에 있는 모바일 국민안전 생활노트 쓰기가 일상화되었다. 이 노트에 작성할 내용은 안전사고 예방지식, 소화기 사용 방법, 심폐소생술, 우측 보행의 생활화(지키면 보행 시 서로가 편안하고, 안 지키면 군중 밀집 시 압사의 위험이 뒤따른다), 사고 발생 일자 및 원인, 피해 규모 등이다.

국민안전제보제의 도입은 각종 사고를 획기적으로 줄이는 원동력이 되었다. 국민안전에 대하여 제보할 것이 있으면 글이나 사진을 찍어서 국민안전제보란에 올리면 된다. 심사는 월초에 지난달에 제보된 것을 대상으로 한다. 심사 결과 채택되면 사안의 경중에 따라 1만 원에서 10만 원까지 온누리 상품권이나 주유 상품권 중 원하는 것을 받을 수 있다. 사안에 따라 중요한 내용은 포상금을 별도로 지급하고, 월 3회 이상 채택되면 사안별로 10만 원에서 100만 원까지 온누리 상품권 또는 주유 상품권을 지급한다.

　　김진 정부의 이 같은 안전정책으로 훗날 K-안전체계가 전 세계로 수출되는 성과로 이어진다. 수출 내용은 국민안전청과 국민안전교육원, 119국민안전교육 이동센터, 국민안전앱과 국민안전 생활노트 쓰기, 국민안전제보제 등이다.

대한민국 의료체계

　　김진 정부의 의료정책은 예방에 중점을 두었다. 과거의 의료체계는 치료 중심이었다. 그렇다 보니 호미로 막을 병을 가래로 막는 경우가 비일비재했다. 예방의약 의료체계의 도입이 절실한 이유다. 예방의약 의료체계란 국민의 질병을 국가가 앞장서서 막는 의료체계이다. 그런 관계로 질병 예방과 치료, 가벼운 수술은 1차 진료기관인 공공의료의 예방병원이 맡고, 그 외의 치료 및 수술은 2차 진료기관인 비공공 의료의 치료병원이 맡는다. 김진 정부의 이런 의료정책에 따라 보건소와 국립의료원이 질병 예방의 첨병 역할을 하게 된다.

　　국민건강연구소도 설립되었다. 국민의 건강증진, 각종 질병 예방, 이를 위한 실험, 국민건강앱을 통한 질병 예방 및 건강정보 알림 서비스, 모바일 국민건강 생활노트 쓰기, 각종 바이러스 및 백신 연구, 잦은 백신 접종이 자연면역 및 치유력에 미치는 영향 등을 연구하고 홍보하기 위해서다. 이와 함께 해열, 진통, 소염제의 과다 복용이 인체에 미치는 영향, 좌식 의자(바닥) 사용 시 척추와 관절에 미치는 악영향, 부채가 온열질환 예방에 어떤 효과가 있는지 등을 연구하여 국민에게 홍보한다. 해열, 진통, 소염제를 과다 복용하면 인체에 안 좋은 것으로 알려져 있지만 그것이 인체에 어떤 악영향을 주는지 구체적으로 밝혀진 것이 없다. 국민건강연구소는 이러한 것을 적극 연구하여 각종 질병을 예방하고, 무분별한 의료비 지출을 막아 복지 강국 시대를 여는 데 일조하게 된다.

김진 정부의 의료인력 수급정책의 핵심은 자율공급이다. 이를 위해 각 의료기관에는 의료인력수급협의회가 설치되었다. 현업에 종사하는 의료인들이 필요한 수효를 정기적으로 파악하여 정부에 보고하면 그 자료를 바탕으로 심사하여 의대 정원 등이 결정된다. 이것이 의료인력 자율공급체계이다. 이 체계의 독단을 막기 위해 정부 내에는 의료인력조달위원회가 설치되었다. 이에 따라 응급실 등에 의료인력이 부족하여 문제가 발생하면 의료인력 조달 행정권이 발동된다. 이때에는 전문가의 의견을 들어 정부가 의대 정원 등을 결정하게 되고, 의료단체는 정부의 행정명령을 반드시 따라야 한다. 이것을 거부하면 형사 처벌과 함께 손해배상 책임이 뒤따른다.

예방의료체계와 관련해서 김진 정부가 특히 신경 쓴 분야는 치과 질환이다. 이 분야는 대부분 치료 단가는 높은 데 반해 건강보험 미적용 항목이 많기 때문이다. 이런 점을 해결하기 위해 국민건강 앱에는 질병 예방 홍보란을 두어 국민가글 3~5수칙이 지속적으로 홍보된다. 국민가글 3~5수칙이란 아무리 작은 양의 음식물을 섭취한 경우라도 물로 최소한 3~5회 가글하여 음식물 찌꺼기가 입 안에 남아 있지 않게 하는 구강건강 국민행동 수칙이다. 이것만 꾸준히 실천해도 노후에 발병할 수 있는 고가의 구강 질환을 막을 수 있다는 것이 김 수반의 생각이다.

국민건강앱 질병 예방 홍보란에서는 대상포진도 지속적으로 홍보한다. 이 병은 면역력이 떨어지면 쉽게 걸리는 피부 질환이다. 증상은 포도 알갱이 같은 작은 물방울 모양의 염증이 빨갛게 나타난다. 이때 이것을 대수롭지 않게 생각하고 방치하면 신경세포가 파괴되어 참기 힘든 고통이 찾아온다. 대상포진을 치료하기 위해 병원 복도에서 대기 중이던 환자들이 고통을 참지 못하고 괴성을 지를 정도이다. 이처럼 무서운 질병을 예방지식이 없는 국민에게 맡겨두는 것은 국가가 질병 예방 책무를 다하지 않는 것이라 여기고 대국민 홍보에 박차를 가한다. 이와 함께 국민건강앱에서는 질병 예방 및 치유 사례를 공모하여 채택된 사람에게는 5만 원에서 50만 원까지 온누리 상품권을 지급하는 등 국민 질병 예방에 총력을 기울인다.

지방의료 소멸을 막기 위해 공공의료제도도 마련되었다. 공공의료제도란 공공의료법에 따라 지방마다 공공의료원을 설립하고 지방대학에 공공의료학과를 신설하는 제도를 일컫는다. 이를 통해 소아과 같은 기피 의료인력을 양성하여 지방의 환자들이 신속하게 치료받을 수 있도록 한다. 가벼운 치료는 보건소에서, 심할 경우 공공의료원에서 치료받게 된다. 공공의료학과를 졸업하고 보건소나 공공의료원에서 5년 이상 근무하면 일반 병원으로의 이직이 가능하다. 계속 근무하는 공공의사에겐 혜택이 주어진다. 20년 이상 근무 시 근무 연수에 따라 연금 수령액이 높아지는 공공의료연금의 수급 자격이다. 보건소나 공공의료원에서 30년 이상 근무하면 노후생활 보장연금까지 받게 되어 퇴직 후 취업에 대한 걱정을 할 필요가 없다. 공공의료 인력의 공백을 최소화하기 위해 공공의사는 본인이 원하지 않는 한 공익 근무로 군 복무가 대체된다. 김 수반은 지방의 공공의료원에서도 각종 암 수술을 안심하고 받을 수 있도록 의료장비를 개선하고 우수 인력도 확보하라고 지시하였다.

바이러스 창궐 시대를 위한 K-방역플랜도 세워졌다. 1, 2, 3단계의 간편한 매뉴얼이 핵심이다.

1단계는 예방체계다. 이 체계는 국내에는 바이러스가 발생하지 않았지만 타국의 바이러스 발생으로 국내 감염이 우려될 때 내려지는 행정조치다. 이 체계에서는 손 씻기와 마스크 착용, 사람 간 거리 두기가 규제가 아닌 자율적으로 이루어진다.

2단계는 대응체계다. 이 체계는 감염자 수가 일정 수치에 도달하면 자동으로 내려지는 행정명령이다. 경제적 손실은 최소화하고, 방역 효과는 최대화하기 위한 조치다. 이 체계에서는 방역과 관련된 단속이 강화되고, 70세 이상과 병약자에겐 외출 자제령이 내려진다. 개인의 공간이 아닌 곳에서 마스크를 쓰지 않거나 바르게 착용하지 않으면 50만 원의 벌금이 부과되고, 정부에서 지급하는 각종 복지 혜택도 일정 기간 지급이 정지된다. 모든 시설은 개방을 원칙으로 하되 마스크를 쓰기 어려운 목욕탕이나 수영장 등은 잠정 폐쇄한다. 단, 자체적으로 소독과 방역을 철저히 지키는 시설과 업소는 예외지만 확진자가 나오면 즉시 폐쇄되고, 일정 기간 영업정지 처분도 내려진다. 이 체계에서 국민은 각자 면역력 증진에 힘써야 하는데 규칙적인 생활, 운동의 생활화, 면역력 증진에 도움이 되는 음식물 섭취가 권장되고, 한 달에 일정 수량까지 활성 비타민의 보험급여가 적용된다.

3단계는 폐쇄체계이다. 이 체계는 바이러스 창궐 시에 내려지는 행정명령이다. 대응체계로 도저히 감당이 안 될 때 어쩔 수 없이 내려지는 극약처방인 것이다. 이에 따라 모든 업무는 비대면과 재택근무로 이루어지고 약국, 병원, 생필품 마트 등 필수 업종을 제외한 시설은 폐쇄되고, 국민은 집에서 쉬면서 바이러스가 진정될 때까지 대기하게 된다. 이 기간 동안은 정부의 재정이 허용되는 범위에서 전 국민에게 재난지원금을 지급한다.

김진 정부는 식당이나 편의점 같은 음식물 섭취 공간에 대한 방역대책도 세웠다. 정부가 자금을 지원하여 식당 등에서 쓸 수 있는 초강력 바이러스 살균기의 개발을 주문한 것이다. 가급적이면 에어컨에서 병행 작동될 수 있게 개발하라는 말도 덧붙였다. 이 개발 프로젝트가 성공하면 초강력 바이러스 살균앱을 개발하여 이 앱을 설치한 스마트폰 소지자에게는 바이러스가 침투할 수 없게 하는 계획도 세웠다.

다음날부터는 국방, 통일외교, 농림산업, 해양수산, 노동경제, 법무행정, 미래교육 순으로 좌담회가 진행되었다. 국방부 좌담회에서 김 수반이 강조한 것은 자주국방이었다. 대한민국의 국방을 계속 미국에 의존할 수 없다는 이유에서였다. 이에 따라 군의 무기체계가 현대화되고, 핵폭탄을 능가하는 한국형 무기개발 계획이 세워졌다.

통일외교에서는 남북 관계에 초점이 맞춰졌다. 자유통상, 자유왕래가 핵심이다. 지금 우리에게 필요한 건 통일이 아닌 자유통상, 자유왕래라는 것이 김 수반의 생각이었다. 이를 위해 가급적 비공개 회담을 자주 하라는 지시도 있었다. 이날 특히 강조된 것은 한중러 또는 한미일의 냉각 구도를 만들지 말라는 것이었다. 한중러가 뭉쳐서 미국과 일본을 견제하면 미일은 각종 지원책으로 북한을 끌어들여 3 대 3 냉각 구도가 형성되고, 반대로 한미일이 뭉쳐서 중국과 러시아를 견제하면 북중러가 뭉쳐서 한반도는 늘 불바다가 될 수 있는 위험한 상황에 처하게 된다는 지적이었다. 이러한 통일외교 정책에 따라 대한민국은 철저한 중립주의의 길을 가게 된다. 민주주의 나라인 미국, 유럽과 잘 지내는 것은 물론 공산주의 나라인 중국, 러시아와도 잘 지내야 한다. 그것이 국익에도 이롭고 자유통상, 자유왕래를 하루라도 빨리 열 수 있으며, 통일도 앞당길 수 있다. 이것이 김 수반의 생각이었다.

농림산업은 명칭이 말해 주듯 농업도 산업처럼 중요하게 생각하라는 김 수반의 의지가 담겨 있다. 이에 따라 첨단 농업이 집중적으로 육성되고, 홍수 때를 대비하여 수경 재배와 고지대 스마트팜이 권장되었다. 이 밖에 농민들이 생산한 농산물이 제값을 받을 수 있도록 정부가 수급 조절에 신경 쓰고, 쌀이 남아돈다는 이유로 식량 안보를 소홀히 해서는 안 된다는 당부도 있었다.

해양수산에서는 바다 경영이 강조되었다. 바다 생태계의 지속적인 관찰과 연구, 삼면이 바다인 대한민국의 특성을 고려하여 잡는 어업에서 기르는 어업 쪽으로 방향을 전환하라는 것이었다. 이렇게 해서 근거리 조업이 이루어지면 이동 시간과 연료비가 절약되어 어민과 소비자 모두에게 도움이 된다는 생각이었다.

김진 정부의 이런 정책에 따라 바다 오염이 심해질 경우를 대비한 대책도 세웠다. 어촌계별로 민물고기 사업단을 결성하여 인근에 대규모 양식장을 운영할 수 있도록 정부가 적극 지원하라는 것이다.

노동경제에서는 국민노사조정기구의 설립을 지시했다. 노와 사, 지자체와 지역민 간의 갈등을 조정 기간 안에 합리적으로 조정하여 시위와 파업이 없는 대한민국을 만들기 위해서다. 이유야 어떻든 파업이 발생하면 파업 당사자는 물론 국가와 국민도 피해를 보게 된다. 이 기구의 정식 명칭은 국민노사조정위원회, 상위 기구인 국민노사조정재판소를 두어 불합리한 조정 현안을 철저히 구제하게 된다.

법무행정에는 휴먼법치주의가 도입되었다. 법을 강화하여 선한 사람을 보호하고 범죄자를 엄하게 처벌하자는 취지이다. 김 수반은 이것을 대한민국 휴먼법치주의라 명명했다. 대한민국 휴먼법치주의는 범죄 없는 세상을 지향한다. 힘없고 억울한 사람, 착하고 정직한 사람들이 법의 보호를 받으며 안심하고 살 수 있는 세상을 지향한다. 그러기 위해서는 법이 강해져야 한다. 아무리 가벼운 범죄라도 그것이 의도적이고 상습적이면 중형에 처해야 한다. 김 수반은 순간적인 실수로 선한 사람들이 중형에 처해지는 것을 막기 위해 정당방위를 적극 인정하고, 심성검사제 등을 통해 철저히 구제하라고 지시했다.

다음으로 거론된 것은 국민수호단의 발족이었다. 20~40대의 격투기 유단자들로 구성된 조직이다. 3인 1조로 편성되어 번화가나 범죄취약지역을 순찰하며 범죄현장을 목격하면 제압해서 경찰에 넘기는 일을 수행한다. 특전사나 특공경찰 출신이 제대 후에 이 조직에서 근무할 수 있도록 연봉과 식대, 활동비 등을 지급해서 국민수호에 만전을 기하게 할 생각이다. 민간인 복장을 한 이들의 활동이 알려지면 그것만으로도 범죄 예방 효과가 클 것이라는 것이 김 수반의 생각이었다.

국민수호단의 도입과 함께 의인(義人)에 대한 포상과 의사자(義死者)를 적극적으로 인정하면서 일명 개인 국민수호단의 활동이 활발해져 범죄 예방에 크게 기여하게 되었다. 의인으로 선정되어 포상을 받게 되면 국민수호단원의 결원 시 채용될 수 있어서 범죄자들에겐 무서운 감시자 역할을 하게 되었다.

김 수반은 현 양형(量刑) 기준으로는 처벌의 한계가 올 수 있다며 가석방 없는 종신형, 성폭행범의 거세형, 흉악범의 강제노역형

등의 도입을 적극 검토하라고 지시했다. 이에 따라 피해자의 동의 없는 공탁금을 무효로 하는 등 범죄자의 처벌과 피해자의 보호를 강화하는 법체계가 구축되었다.

대한민국의 교육은 기본교육에 방향이 맞춰졌다. 대한민국의 기본교육이 제대로 서 있지 않다는 지적이었다. 이에 따라 영어보다 안전교육을 더 중요시하는 교육정책이 세워졌다. 인간에게 있어 먹고사는 문제 다음으로 배워야 할 것이 안전이라는 것이 김 수반의 생각이었다. 안전지식은 인간이 천명을 다하는 날까지 함께해야 할 교과목이다. 안전지식이 없으면 각자에게 주어진 안전장비가 작동되지 않아 늘 위험에 노출될 수밖에 없다. 집에서는 가스사고, 전기사고, 그로 인한 화재사고, 산업현장에서는 각종 산업재해, 도로에 나가면 교통사고, 밀집된 공간에선 압사사고, 물가에 가면 물놀이 사고, 산에 가면 등산사고, 바다에선 익사사고, 선박사고 등등 이런 위험 속에서 안전지식은 천명이 다하는 날까지 가급적 덜 다치고, 덜 불구가 될 수 있는 보배 같은 수단이다.

이와 같은 교육정책에 따라 초등학교부터 고등학교까지 안전교사제도가 도입되어 매주 1시간 이상은 반드시 안전교육을 실시해야 한다. 특히 학교 앞 스쿨존에서의 교통사고를 막기 위해 '자동차는 운전자의 성향, 운전 능력에 따라 언제든지 흉기로 변할 수 있다'는 교육을 통해 횡단보도를 건널 때에는 녹색등이 들어왔다고 급히 건너지 말고 좌측을 먼저 살피고, 우측을 살피면서 급히 달려오는 자동차가 있으면 계속 건너지 말고 피해야 한다는 안전교육이 집중적으로 실시된다.

이 밖에 담배, 마약폐해 교육, 인성교육, 칭찬교육, 적성 능력 개발교육, 한자교육, 환경교육, 상생교육, 기초 천문교육을 통해 안전지식과 건강상식, 자율학습이 몸에 배도록 초등학교부터 철저히 교육하라고 지시했다.

담배, 마약 폐해교육은 안전교육의 일환으로 진행된다. 담배에 대한 폐해교육은 초등학교부터, 마약의 폐해는 중학교에서 고등학교까지 철저히 교육한다. 이는 앞으로 살아가면서 닥쳐올 담배와 마약의 유혹으로부터 자신을 보호할 수 있도록 하기 위해서다. 마약에 중독되면 자신을 망치고, 가정을 망치고, 사회를 병들게 한다는 점이 강조된 자기방어 수단교육이다.

인성교육은 한 인간이 참되고 올바르게 살아가는 방법을 가르치는 교과목이다. 이 교육이 결여되면 어린이가 어른을 공경하지 않게 되고, 이것은 결국 자신을 가르치는 선생님도 우습게 여기는 풍조가 조성될 수 있다는 점에서 결코 소홀히 해서는 안 된다. 인성교육에서 중점을 두어야 할 것은 충효와 인정, 칭찬 교육이다. 나라를 사랑하고, 부모님을 공경하는 일은 가정과 사회와 국가가 올바른 방향으로 나아가는 기본 요소다. 이것이 결여된 교육은 아무리 뛰어난 내용을 담아도 언젠간 빛을 잃고 퇴보하게 된다.

인정, 칭찬 교육은 바른 것을 인정하고 잘하는 것을 칭찬해 주는 교과목이다. 이것이 결여된 개인, 기업, 국가는 퇴보할 수밖에 없다는 것이 김 수반의 생각이다.

적성 능력 개발교육도 강조되었다. 이 교과목은 한 인간이 인생을 성공적으로 사느냐, 그렇지 않느냐를 결정짓는 매우 중요한 교육이다. 담임교사와 학부모가 유기적인 관계를 유지하여 학생들의 적성 능력이 잘 발휘될 수 있게 하라는 김 수반의 당부가 있었다.

　한자교육도 지시했다. 초등학교 900자, 중학교 1,200자, 고등학교 1,800자를 필수적으로 가르치라는 것이다. 한자를 알면 국어를 이해하기가 쉽고, 중국어나 일본어를 못해도 필기를 통해 의사소통이 가능하다는 점이 부각되었다. 무엇보다 한자는 우리 민족이 창제한 문자이기 때문에 900자 정도는 필수적으로 익혀야 한다는 것이 김 수반의 생각이다.

　환경교육은 환경이 죽으면 인간도 살 수 없다는 점을 깊이 인식할 수 있도록 초등학교 때부터 가르쳐야 한다고 강조했다. 가정에서, 직장에서, 거리에서 어떻게 하면 환경을 잘 보호할 수 있는지를 생각해 보고 해법을 모색하는 시간이다.

　상생교육은 어떻게 하면 인간과 인간이 서로 도우며 함께 잘살 수 있는가를 생각해 보는 교과목이다. 특히 착하고 정직한 사람이 열심히 살아오다 좌절의 순간을 맞이했을 때 여유 있는 사람들이 적극 도와야 한다는 것을 가르친다. 이런 교육의 효과가 대한민국을 넘어 전 세계로 확산되면 인류는 지금보다 훨씬 더 평화롭게 살아갈 수 있다는 것이 김 수반의 생각이다. 타인으로부터 도움받은 사람은 자신이 성공하면 자신과 비슷하게 좌절을 겪고 있는 성실한 사람을 보고 그냥 지나치지 않는다는 점이 강조되었다. 이러한 마음이 새끼치고 새끼치면 전쟁의 포성까지도 멈출 수 있다는 것이다.

　기초 천문교육도 강조되었다. 우리 민족은 대대로 천손 민족이기 때문에 초등학교부터 가르쳐야 한다는 것이다. 우리가 사는 지구 및 재미있는 별 이야기, 태양이 우리 인간에게 주는 고마운 점 등을 가르치면 세상을 보는 눈이 넓어져 무분별한 맹신주의에 쉽게 빠지지 않아 자신을 망치고 가족까지 곤경에 빠뜨리는 것을 막을 수 있다는 생각이다.

　현 교육에 대하여 마지막으로 지적한 것은 학부모들의 자녀교육비 부담, 특히 사교육비 부담을 경감시키라고 지시했다. 이것을 그냥 방치하면 훗날 인구절벽 시대를 맞을 수도 있다는 것이었다. 이러한 환경에서 자란 사람들은 자녀교육비 문제로 결혼을 미루게 되고, 결혼을 하더라도 자녀 출산을 기피한다는 지적이었다.

　김 수반은 현 대학 4년제를 폐지하고 학비 부담이 적은 2년제 온라인 대학을 개설하라고 지시했다. 이에 따라 사교육비의 주범인 수능시험이 폐지되고, 학제도 초등교 6년, 중고등교 3년, 대학교 2년, 대학원 3년의 6-3-3-2-3의 학제로 개편되었다. 이렇게 됨으로써 고등학교까지는 무상교육이고, 2년제 온라인 대학만 학비 부담을 하면 누구나 대학 졸업장을 받을 수 있다.

　온라인 대학의 설립은 기존 대학들이 연대하여 온라인 대학 통합 플랫폼을 만들고, 입학 희망자는 자신이 원하는 대학을 선택하여 교육받으면 된다. 입학시험은 없지만 졸업시험에 합격해야 졸업장을 받을 수 있다.

3년제 대학원은 오프라인 교육이다. 2년제 온라인 대학을 졸업한 사람은 누구나 입학할 수 있고, 응시자가 많을 경우엔 입학시험을 봐야 한다. 교육은 이론보다 실무 위주로 진행되고, 졸업하면 관리자로 바로 일할 수 있는 전문가 양성이 주목적이다. 학문연구를 희망하는 사람은 학문연구 대학원에, 취업을 목표로 하는 사람은 취업전문 대학원에 입학하여 자신의 꿈을 펼치면 된다.

  김 수반은 건전한 교육환경을 위해 학생에겐 학습권, 교사에겐 교육권(생활지도권)이 보장될 수 있도록 학습교육보장법을 제정하라고 지시했다. 이에 따라 교사가 훈육을 목적으로 한 생활지도는 고발의 대상이 될 수 없고, 이에 대한 진정서를 관할 교육청에 내야 한다. 이와 관련된 내용으로 경찰에 고발해도 관할 교육청으로 이첩된다. 관할 교육청은 진정서의 내용을 철저히 조사하여 학생에게 잘못이 있으면 정학 및 퇴학 조치를, 교사에 과실이 있으면 감봉 및 해직 처분을 내리게 된다. 단, 폭력이 동반된 사건은 바로 고발이 가능하다.

  학습교육보장법에는 처벌받은 학생의 학부모는 교육청에서 실시하는 가정훈육 및 학생과 교사보호 교육을 받도록 규정하고 있다. 또한 학부모들의 상담은 자녀의 적성과 진학 문제에 국한되고, 다른 것의 상담은 처벌 대상이 된다. 상담은 증거가 남을 수 있는 방문이나 서신, 문자, 메일 등으로만 해야 한다. 이와 함께 학생과 교사 간에 벌어지는 폭언, 폭행 등은 단순히 나이가 어리다고 처벌하지 않는 촉법소년법은 적용되지 않는다.

김 수반은 이와 같은 법 제정의 취지를 학생과 교사, 학부모들에게 적극 알려서 건전한 면학 분위기가 조성될 수 있도록 하라고 지시했다. 훗날 학습교육보장법에서 정한 촉법소년법이 효과를 발휘하면서 적용 연령이 하향 조정되어 만 5세 이상은 촉법소년법이 적용되지 않아 범죄를 저지르면 처벌받게 된다.

모든 일이 그렇듯 교육도 첫 단추를 잘 꿰어야 한다. 그래야만 어떤 어려움에 처했을 때 쉽게 흔들리지 않고 올바른 판단을 할 수 있다. 그렇게 되기 위해서는 교권이 바로 서야 하고, 그에 걸맞는 교사들의 처우도 뒤따라야 한다. 이와 함께 어릴 때부터 영어 공부에 너무 치중하는 학습 풍토는 지양되어야 한다. 이제 영어가 능사인 시대는 변곡점을 지났다. 언젠가는 한국어가 그 자리를 대신할 것이다. 그런 날을 위해 한국어를 깊이 들여다보고 연구하는 자세가 필요하다. 한국어의 구성과 특성, 한국어가 얼마나 위대한 언어 문자인가를 밝혀서 어릴 때부터 가르쳐야 한다. 특히 태극기에 담긴 뜻과 잘못된 우리 역사를 바로잡아 자라나는 2세들에게 올바른 우리 민족의 역사를 가르쳐야 한다. 이것이 진정한 대한민국의 기본교육이다.

김진 정부가 출범한 지 2년이 되면서 국가 재정이 많이 좋아지자 감원되었던 공무원들을 전원 복직시켰다. 이와 함께 공무원 직무 능력 승진제를 도입하여 학벌이나 줄에 의한 승진이 아닌 국가와 국민을 위해 노력하는 공무원, 성과를 내는 공무원들이 대우받도록 법과 제도를 만들었다. 그리고 주권자인 국민과 언론을 탄압하고 나라를 도탄에 빠뜨린 전직 대통령과 그의 정책에 앞장섰던 비서관과 수석, 국무총리, 장관과 차관, 방통위장과 방심위장에 대한 형이 집행되었다. 이들에겐 가석방 없는 형을 구형했다. 전직 대통령은 종신형, 국무총리와 비서관, 수석은 30년, 장관과 차관, 방통위장과 방심위장에게는 각각 20년의 형이 선고되어 재직 시에 받았던 연봉 총액의 50%를 국고로 환수했다.

최종 판결에서 대법원은 주권자인 국민과 언론을 탄압하고 나라가 어려운 상황에 처했는데도 국가의 부채를 줄인다는 미명하에 추경 등을 통해 민생을 적극 돌보지 않아 아사자(餓死者)가 다수 발생한 점, 인명 피해가 발생한 참사가 잇따랐는데도 적극 대처하지 않고 책임을 회피한 점, 국가를 부도 상태에 이르게 한 점 등이 중형을 선고한 이유였다.

이 같은 대법원의 판결로 피고인들은 고개를 떨구었고, 방청석에서는 그동안 탄압받아 울분이 쌓였던 국민이 환호성을 질렀다.

"대법원 만세!"

"대한국민 만세!"

그들은 눈물을 흘리며 법이 이제 국민의 편이 되었다고 기뻐했다. 대한민국에 새날이 열리는 순간이었다.

"수반님, 안 좋은 보고가 하나 들어왔습니다."

수반관 집무실로 들어서며 칭 보좌관이 한 말에 김 수반은 걱정스런 눈빛으로 물었다.

"무슨 일인가?"

"일본 정부에서 우리나라에게 수출 금지에 해당하는 조치를 취했습니다."

"수출 금지? 좀 더 자세히 말해 보게."

"네, 우리나라 반도체 제조에 쓰이는 소재와 부품, 장비의 수출을 일본 기업이 쉽게 할 수 없도록 백색 국가의 지정을 해제하였습니다."

"우리 대법원의 판결 때문인가?"

"네, 그런 것 같습니다."

"알았네, 그만 나가 보게."

"네, 수반님."

칭 보좌관이 나가자 김 수반은 두 주먹을 불끈 쥐었다. 파탄 직전의 대한민국을 추슬러 놓았는데 일본의 백색 국가 해제는 청천벽력 같은 소식이었다. 명목은 대한민국으로 수출된 일본 기업의 소재들이 북한으로 흘러 들어가 핵무기를 개발하는 데 쓰일 수 있다는 것이었지만 속내는 대한민국의 대법원이 위안부 할머니들에게 배상하라고 일본 기업에게 내린 판결문이 결정적인 이유였다.

대한민국이 백색 국가에서 제외됨으로써 1주일 이내에 수출 허가와 심사가 이루어지던 것이 90일로 늘어나 사실상 수출 금지 조치에 해당하는 충격적인 사건이었다. 자동차의 일부 부품도 일본 기업에 의존하는 상황이라서 이번 백색 국가 해제 사태는 심각한 국면으로 접어들고 있었다. 김 수반은 잠시 생각에 잠긴 뒤 박 총리에게 전화를 걸었다.

"총리님도 일본 정부가 내린 조치에 대해 보고를 받으셨지요?"

"네, 조금 전에 받았습니다. 아니, 오랜 기간 수교해 온 우리나라에게 어떻게 이런 조치를 취할 수가 있습니까?"

"일본이란 나라가 그런 집단입니다. 그렇기 때문에 우리 민족에게 35년 동안 참을 수 없는 고통을 안겨주었음에도 사과조차 안 하고 있는 겁니다."

전화를 건 김 수반의 침착한 목소리에 비해 박 총리의 목소리는 당황한 빛이 역력했다.

"지금 바로 내각회의를 소집하십시오. 그리고 벨기에 정부와 접촉해서 협조를 요청하십시오. 벨기에가 소부장(소재, 부품, 장비) 제조에 상당한 능력을 갖고 있기 때문에 협조만 해준다면 급한 불을 끄는 데 도움이 될 겁니다. 아울러 일본으로 사람을 급파해서 우리나라에 소부장을 수출하는 기업들을 설득하여 국내로 공장 이전을 추진하십시오."

"네, 알겠습니다, 수반님."

과거 청와대 입성을 꿈꾸었을 때 소부장 왕국을 세워보겠다고 마음먹었던 김 수반으로서는 묘한 감정을 느끼지 않을 수 없었다. 김 수반은 마음속으로 수없이 곱씹었다. 언젠가는 이 보복을 반드시 되갚아주겠다고, 이번 조치로 일본이 얻는 것보다 잃는 게 더 많다는 것을 꼭 보여주겠다고, 김 수반은 다짐하고 또 다짐했다.

많은 전문가들이 일본 정부와의 교섭을 통해 소부장을 공급받아야 한다고 주장했지만 김 수반의 생각은 달랐다. 우리 대법원의 판결을 철회하지 않는 한 시간 낭비에 불과하다고 단언했다. 지금 급한 건 실의에 빠진 기업과 국민의 마음을 추스르는 일이었다. 김 수반은 위로와 독려가 함축된 표어를 정책 입안지에 적었다.

힘내라! 대한민국!
힘내라! 대한국민!

동족상잔의 비극을 이겨낸 민족이다.
폐허의 잿더미 속에서도 결연히 일어선 대한민국이다.
무엇이 위기인가? 무엇이 두려운가?
움츠린 어깨를 활짝 펴고 다시 일어서는 거다.

힘내라! 대한민국!
힘내라! 대한국민!

김 수반은 이 표어를 인터넷에 올리고 현수막으로 제작하여 전국 곳곳에 걸으라고 지시했다.

일본의 수출규제 조치가 있고부터는 김 수반의 행보가 빨라졌다. 오늘은 해외로 수출을 주로 하는 기업의 대표들이 청와대 수반관 회의실로 초청되었다. 수출과 관련된 향후 대책을 논의하기 위해서였다. 기업 대표들은 김 수반의 초청으로 방문은 하였지만 별다른 대책이 없어서 어깨가 축 처진 채 김 수반이 나타나기만을 기다렸다. 잠시 후 김 수반이 모습을 드러내자 기업 대표들은 자리에서 일제히 일어나 인사했다.

"어려운 시기에 저의 초청에 흔쾌히 응해 주셔서 감사합니다. 자, 모두들 앉으시죠."

김 수반은 의자에 앉으면서 기업 대표들의 표정을 살폈다. 하나같이 희망을 잃어버린 모습이었다. 김 수반도 무거운 표정으로 말문을 열었다.

"정부에서 다각도로 해결책을 강구하고 있으니 부디 용기 잃지 않기를 바랍니다. 오늘 이 자리는 위기에 처한 우리 기업들의 활로를 찾기 위해 마련되었으니 기탄없이 말씀들 해주셨으면 합니다."

기업 대표들이 서로 눈치만 보며 말을 못하자 김 수반이 말을 이었다.

"저는 이번 사태를 전화위복의 기회로 삼고자 합니다. 일본의 수출규제는 우리 기업에게 기회일 수도 있습니다. 어쩌면 일본이 더 큰 것을 잃었을 수도 있습니다. 그것이 신뢰입니다. 일본은 이번 수출규제로 신뢰를 잃었습니다. 우리 기업들이 해외에서 일본 기업과 수주 경쟁을 벌일 때 이것을 전략적으로 잘 이용하면 좋은 결과가 있을 것으로 생각됩니다."

기업의 대표들은 김 수반의 말이 이어지는 동안 반신반의하는 표정을 보였다. 그리고 그러한 표정은 수반관을 나서는 순간까지도 바뀌지 않았다. 이번 사태를 헤쳐 나갈 걱정과 수주 전략의 기대가 교차된 얼굴이었다.

다음날은 반도체 회사와 자동차 3사, 방위산업 분야에 진출해 있는 H그룹의 회장을 수반궁 회의실로 초청했다.

"어서들 오세요. 자, 앉으시죠."

김 수반이 회장단 일행을 반갑게 맞았지만 그들의 얼굴은 근심으로 가득 차 있었다.

"이번 수출규제에 대하여 정부에서 다각도로 해법을 모색하고 있으니 부디 용기 잃지 않기를 바랍니다."

김 수반의 격려 말에 회장단 일행은 일제히 감사하다는 말로 화답하였다.

"지금 우리나라의 친환경 자동차 개발은 어느 수준에 와 있습니까?"

김 수반의 질문에 1위 업체의 회장이 답했다.

"현재 수소차와 전기차를 개발 중입니다만 기술은 기초 단계에 머물러 있습니다."

"수소차와 전기차의 장단점에 대해 말씀해 주실 수 있습니까?"

김 수반의 질문에 1위 업체의 회장이 머뭇거리자 2위 업체의 회장이 답했다.

"둘 다 연료비가 많이 안 든다는 장점이 있습니다만 충전소와 충전 시간이 필요하고, 전기차의 경우에는 폐배터리 처리가 골칫거리로 남을 가능성이 있습니다."

"그래요? 그럼 이것을 공동 출자해서 함께 개발해 보는 건 어떻겠습니까?"

김 수반이 회장단에게 건넨 것은 공압식 엔진의 작동원리였다. 한때 직업 운전자의 삶을 살았던 김 수반이 공압식 엔진 개발의 가능성을 예견한 것은 대형 트럭을 운전할 때였다. 그 당시 타이어 펑

크 수리차 들르게 된 곳에서 공기로 타이어를 탈부착하는 것을 보고 개발 가능성을 예견한 것이다. 무한대의 공기가 연료가 되어 굴러가는 자동차! 개발만 된다면 충전소도, 충전 시간도 필요 없는 친환경 무공해 꿈의 자동차였다.

김 수반이 건넨 공압식 엔진의 작동원리를 접한 회장단의 반응은 제각각이었다. 어떤 사람은 눈이 뚫어지게 보기만 하고, 또 어떤 사람은 의아한 표정만 짓고, 또 어떤 사람은 눈이 휘둥그레지는 등의 표정을 지었다. 아무리 자동차 업계에서 내공을 쌓은 그들이었지만 난생처음 보는 공압식 엔진의 작동원리 앞에서 당황해하는 빛이 역력했다.

"제가 여러분들께 드린 자료는 과거 화물차 타이어의 탈부착을 공압식 기계로 하는 것을 보고 메모해 두었던 것입니다. 그 자료를 참고로 하여 세계에서 하나뿐인 자동차 엔진을 개발해 주셨으면 합니다. 아울러 공압식 발전기 개발에도 도전해 보시고, 기후산업 쪽에도 관심을 갖고 대한민국이 기후제어 능력 국가로 성장할 수 있도록 노력해 주실 것을 당부드립니다."

김 수반의 설명을 들은 회장단 일행은 설레임 반 두려움 반으로 과연 될까 하는 의문을 품은 채 수반관 문을 나섰다. 김 수반이 회장단 일행에게 건넨 자료의 핵심은 에어인젝터이다. 디젤엔진의 핵심인 연료 분사펌프에 해당한다. 이 펌프가 연료를 분사하여 연소-폭발 순으로 피스톤을 내리쳐서 동력을 얻는 것처럼 에어인젝터의 초고압 공기로 피스톤을 내리쳐서 동력을 얻는 원리이다. 이 엔진이 개발되면 연료비 걱정이 사라지고, 충전소를 설치할 필요가 없어서 새로운 자동차 시대를 맞게 된다.

 다음날 김 수반은 서둘러 자유의 집을 찾아갔다. 어젯밤 텔레비전 뉴스에서 위안부 할머니들의 흐느끼는 모습을 보았기 때문이었다. 어젯밤 할머니들은 그곳을 찾은 기자 앞에서 일본이 과거사에 대해 사과도 제대로 하지 않고, 배상도 하지 않더니만 이젠 수출규제로 우리나라를 또다시 괴롭히고 있다면서 흐느껴 우는 것이었다. 김 수반이 자유의 집으로 들어서자 할머니들은 놀라움과 반가움이 교차된 마음으로 일어서서 김 수반을 맞았다. 그리고 이내 바닥에 주저앉아 통곡하기 시작했다.
 "수반님, 이 일을 어쩌면 좋습니까? 저놈들이 또다시 우리나라를 괴롭히고 있으니 이 일을 어쩌면 좋단 말입니까?"
 김 수반은 그 모습을 보고 두 눈을 감은 채 한참을 그대로 서 있었다. 그러다가 결심한 듯 말문을 열었다.
 "제가 여러분들에게 위로를 드리려고 찾아왔는데 제가 위로를 받는 것 같아 송구한 마음 금할 길 없습니다. 제가 오늘 여러분을 찾아온 것은 일본 정부를 대신하여 사죄를 드리고 배상을 해드리기 위해섭니다."
 김 수반의 말에 할머니들은 어리둥절해하며 무슨 말을 해야 할지 혼란스러웠다. 그러다가,
 "안 됩니다, 수반님. 그놈들이 사죄하고 배상해야지, 왜 수반님께서 사죄하고 우리 정부가 배상한다는 겁니까? 그건 절대로 안 됩니다."

"흥분을 가라앉히시고 제 말을 좀 들어보십시오. 여러분들이 과거 씻을 수 없는 고통을 겪게 된 것은 나라가 힘이 없었기 때문입니다. 따라서 그 당시 나라를 이끌었던 사람들의 과오를 인정하지 않을 수 없습니다. 저 김진은 대한민국의 국가수반으로서 그때 나라를 이끌었던 사람들을 대신하여 진심으로 사죄의 말씀을 올립니다."

김 수반이 허리를 90도로 굽혀서 예를 표하자 할머니들이 김 수반 곁으로 다가와 말렸다.

"수반님, 정말 왜 이러십니까? 수반님이 무슨 죄가 있다고 이러시는 겁니까? 어서 자세를 바로 하세요."

김 수반은 굽혔던 허리를 바로 세운 뒤 비장한 각오로 말했다.

"앞으로 빠른 시일 안에 여러분들이 일본 정부에게 요구한 금액을 대한민국 정부가 배상할 겁니다. 그리고 그 금액은 훗날 대한민국 정부가 반드시 되돌려 받을 겁니다. 그러니 여러분들께서는 그 돈으로 남은 여생을 편하게 보내시기 바랍니다. 여러분들의 가슴속에 맺힌 한은 저 김진이 대한민국 국가수반의 명예를 걸고 반드시 풀어드리겠습니다. 일본보다 더 강하고, 일본보다 더 힘 있는 나라를 만들어서, 여러분들 가슴속에 응어리진 한을 풀어드리겠습니다."

김 수반의 말을 듣고 난 할머니들은 더 이상 김 수반의 제안을 거부하지 못했다. 오히려 대한민국 정부가 배상을 해준다는 말에 한없는 고마움으로 눈물을 흘렸다. 그 속에서 무엇이 더 값지고, 무엇이 더 옳은지도 깨닫게 되었다. 지금 당장 일본 정부에게 사과와 배상을 받는 것보다 김 수반이 한 말 중에서 일본보다 더 강하고, 일본보다 더 힘 있는 나라를 만들겠다는 그 말이 한 맺힌 할머니들에겐 그 어떤 것보다 큰 위로가 되었던 것이다.

일본의 수출규제가 있은 후 김진 정부는 역사의식을 강화하기 위해 문화체육부를 문화관광부와 체육진흥부로 나누고 일제의 잔재 지우기에 나섰다. 일본식 명칭을 모두 한국식으로 바꾸고, 일제시대에 친일 행각으로 취득한 재산을 전부 국고로 환수시켰다. 그 과정에서 한강(漢江)과 대한문(大漢門)도 한강(韓江)과 대한문(大韓門)으로 바꾸었다. 한강(漢江)이 한강(韓江)으로 바뀐 것은 대한문(大漢門)이 대한문(大韓門)으로 바뀌면서 자연스럽게 이루어졌다. 대한문(大漢門)은 과거에 문제가 되었던 명칭이다.

그 시점은 일제 식민통치 시대로 거슬러 올라간다. 과거 이 문을 보수공사할 때 이 명칭이 좋지 않으니 다른 명칭으로 바꿔야 한다는 주장이 있었지만 그렇지 않다는 주장이 나오면서 대한문의 개명은 이루어지지 않았다. 대한문이 안 좋다는 주장은 한수 한(漢) 자의 의미 중 사내 또는 놈을 뜻하는 의미가 들어 있으므로 고종황제를 얕잡아 '큰놈이 사는 궁궐의 문'이라는 뜻이 된다는 것이었다. 이에 대한 반론은 대한문은 고종황제의 칙명으로 개명된 것이고, 그 뜻도 은하수를 의미하므로 큰놈이 사는 궁궐이 아닌 '큰 하늘을 떠받드는 문'이라는 주장이었다.

대한문(大漢門)의 전 명칭은 대안문(大安門)이다. 나라가 평안하고, 백성들도 평안하기를 바라는 뜻으로 1593년 선조 임금이 행궁을 정하면서 동문에 걸게 했다. 그 후 고종이 경운궁(慶運宮)에서 국호를 조선에서 대한제국으로 선포하고 황제에 올라 원구단으로 통하는 대안문을 정문으로 하였다.

대한제국의 외교권이 박탈된 것은 1905년 11월의 일이었다. 을사늑약으로 일제에게 외교권을 빼앗기고 이름만 있고, 힘이 없는 나라가 되었다. 대한문(大漢門)은 다음해인 1906년 5월에 일제로부터 남작의 벼슬을 받은 남정철이 직접 써서 걸었다.

이러한 역사적 배경이 대한문(大漢門)을 나쁜 쪽으로 보는 이유였다. 특히 경운궁 화재와 아무런 관련이 없는 대안문이 대한문으로 바뀐 배경에 많은 사람들이 의문을 제기했다.

일부 민족주의 학자들은 초대 통감으로 부임한 이토 히로부미를 지목했다. 이토 히로부미는 과거의 지명인 태전(太田)을 지금의 대전(大田)으로 바꾼 인물이다. 태전이라는 지명이 너무 세다는 것이 이유였다. 이런 인물이 대한제국에게 좋은 뜻의 이름을 짓게 할 리가 없다는 것이었다. 국내 언어학자 중에는 고종이 국호를 조선에서 대한제국으로 바꾸고 황제에 오른 것이 궁궐문의 명칭이 바뀌게 된 이유라는 주장을 펴기도 하였다.

나라를 잃고 힘도 없는 자가 감히 황제의 자리에 올랐다며 못마땅하게 여긴 이토 히로부미의 의중이 담긴 궁궐문의 명칭이 대한문(大漢門)이라는 것이다. 한수 한(漢) 자는 해석하는 학자에 따라 엄청난 차이가 있다. 좋게 해석하면 은하수를 떠올리지만 한자의 형성상 은하수를 뒷받침할 만한 근거가 희박하다. 오히려 재난, 재앙 쪽에 더 무게가 실린다. 한수 한(漢) 자는 삼수변, 곧 물 수(水)+어려울 난(難)의 줄임으로 되어 있다. 직역하면 물로 인한 어려움이다. 여기에 큰 대(大) 자가 붙으면 홍수, 물난리라는 뜻이 된다. 이것을 바꾸어 해석하면 조선의 내부 갈등으로 혼란을 일으켜 일본의 식민지배를 영영 벗어날 수 없음을 의미한다. 한강(漢江)이 한강(韓江)으로 명칭이 바뀐 것도 홍수를 우려한 조치였다.

얼마 후 김 수반은 유상준 문화관광부 장관을 수반관 응접실로 불렀다. 유 장관은 문화재 쪽의 전문가로 역사에도 조예가 깊은 60대의 건강한 체구를 가진 인물이다.

"그간 안녕하셨습니까? 수반님."

"어서 오세요, 유 장관님."

김 수반은 응접실로 들어오는 유 장관을 반갑게 맞으며 소파에 앉았다.

"제가 유 장관님을 오시라고 한 것은 민족의 성지(聖地) 같은 것을 건설했으면 해서입니다. 자라나는 2세들에게 우리 선조들이 일제 시대 때 겪었던 고통을 잊지 않게 하기 위해서는 그런 곳이 하나쯤은 있어야 될 것 같아서요. 국내에 적당한 곳이 있습니까?"

"네, 있긴 합니다만 성지라고 하기엔 미흡한 점이 많은 곳입니다."

"거기가 어딥니까?"

"독립기념관이라는 곳입니다."

"내일 방문할 수 있도록 준비를 좀 해주시기 바랍니다."

"네, 알겠습니다. 수반님."

다음날 문화관광부 장관과 관계자들을 대동하고 독립기념관에 도착한 김 수반은 차에서 내리는 순간 이상한 기분이 들었다. 무언가 민족의 정기가 서려 있지 않은 느낌이었다. 그 같은 감정은 독립기념관이라고 쓰여진 상징 건물 앞으로 다가갈수록 더 강하게 느껴졌다. 한발 한발 다가갈수록 왠지 모르게 그 간판이 눈에 거슬렸다. 마침내 김 수반과 간판과의 거리가 좁혀지면서 그 간판이 그곳에 걸려 있어서는 안 된다는 것을 알게 되었다.

"유 장관님, 이 건축물과 간판이 부조화를 이루고 있다는 생각이 안 드십니까?"

"글쎄요, 전 잘 모르겠습니다만."

"제가 보기엔 이 한옥과 독립기념이라는 간판이 너무 안 맞는 것 같습니다. 무언가 민족혼이 단절된 것 같아요. 대한민족관이라면 모를까 저 명칭은 아니라는 생각이 듭니다."

김 수반의 말에 유 장관과 동행한 사람들은 머리만 긁적일 뿐 아무 말도 하지 못했다. 그때 마중 나와 옆으로 서 있던 60대의 그곳 관장이 자기소개를 한 뒤 말을 이었다.

"수반님께서 정확하게 보셨습니다. 저도 부임 초에 명칭에 대한 문제점을 인지하고 대한민족관으로 바꾸자고 정부에 건의하였습니다만 받아들여지지 않았습니다."

"이유가 무엇입니까?"

"개념이 정립되어 있지 않은 명칭을 쓰는 것은 적절하지 않다는 지적이었습니다."

"그럼 지금 우리나라에 대한민족이라는 개념이 정립되어 있지 않다는 말입니까?"

"네, 그렇습니다."

관장의 말에 김 수반은 적잖이 충격을 받았다. 가슴속에서는 한탄조까지 흘러나왔다.

'이럴 수가 있는가? 어떻게 이럴 수가 있는가? 대한민국이라는 국호를 쓰고 있는 나라에 대한민족이라는 개념이 정립되어 있지 않다는 게 말이 되는가?'

김 수반은 그 자리에서 스마트폰으로 국어사전을 검색했고, 결과는 관장의 말 그대로였다. 김 수반은 말없이 하늘만을 응시한 채 한참을 서 있었다. 그 속에서 자신이 중국에서 꿈을 접고 조국으로 돌아온 것이 참으로 다행이라는 생각을 했다. 지금 기분 같아서는 독립기념관 내부를 보고 싶은 생각이 없었지만 온 김에 한 번 둘러보기로 하고 관계자들과 함께 안으로 들어섰다. 전시실 내부는 김 수반의 생각대로였다. 독립운동 쪽에 초점을 맞추다 보니 민족의 정기를 느낄 수 없는 공간이었다. 군사독재정권 때 붙여진 명칭이라는 것을 보고받지 않았어도 충분히 감지할 수 있는 일이었다. 처음부터 대한민족관이라는 간판을 걸고 전시실마다 그에 걸맞는 이름을 붙였어야 했는데, 그렇지 못하다 보니 제1전시실, 제2전시실, 제3전시실, 이런 식으로 이름이 정해져 있어서 전시물도 살아나는 느낌을 받을 수 없었다. 김 수반은 밖으로 나와 부대 시설 몇 곳을 살펴본 뒤 서둘러 그곳을 떠났다.

실망한 마음으로 청와대로 돌아온 김 수반은 수반관 집무 의자에 앉아서 대한민족에 대한 개념 정립에 들어갔다. 중국에서 문화

관광 자원화 사업을 기획할 때 대한민국의 고대사와 한자를 탐독한 김 수반에게 이것을 정립하는 건 어려운 일이 아니었다. 김 수반은 정책 입안지에 이에 대한 것을 거침없이 적었다.

대한민족(大韓民族)
고대의 배달민족, 한민족, 동이족 등 환(桓)의 정신을 계승한 대한민국

대한민족의 개념이 정립됨으로써 독립기념관은 대한민족관이 되었고, 내부의 전시실 명칭도 제1, 제2, 제3전시실이 아닌 상고시대실, 삼국시대실, 고려시대실, 근조선시대실, 독립투쟁실 등으로 바뀌었다. 아울러 흑성산 기슭의 유휴지를 개간하여 삼국시대촌, 고려시대촌, 근조선시대촌을 만들고, 입촌한 사람들이 그 시대의 생활방식대로 살아볼 수 있게 하라고 지시했다. 특히 일제 식민통치 체험마을을 만들어서 나라 잃은 설움과 선조들이 겪었던 고통을 체험해 봄으로써 민족의식을 드높이는 계기로 삼으라고 강조하였다.

더 나아가 이곳에 대규모 국민 리조트와 풀장을 건설하여 방학 때면 청소년들이 이곳에 와서 조상들의 지혜와 슬기를 배우고, 호연지기를 키울 수 있는 민족의 성지로 만들라고 말했다. 김 수반은 민족의 단결력을 키울 수 있는 전쟁 행사 같은 것을 매월 1회 이상 개최하고, 대한민족관 상징 건물 앞에 독립투쟁 만세광장을 만들어 매주 1회 이상 만세 관련 행사도 개최하라고 지시하였다.

훗날 독립투쟁 만세광장 조성사업을 펼치는 과정에서 논란이 일어나게 되었는데, 원인은 독립영웅 흉상 설치 때문이었다. 독립영웅 5인인 홍범도 장군, 지청천 장군, 이희영 선생, 이범석 장군, 김좌진 장군의 흉상을 독립투쟁 만세광장은 물론 국방부 청사 앞과 육군사관학교 충무관 앞에도 설치하라고 한 것이 문제가 되었다. 일부 보수파 국회의원과 극우단체에서 홍범도 장군이 1927년 소련 공산당에 입당한 것과 자유시 참변에 가담한 경력을 문제 삼아 육사생도 교육 시설인 충무관 앞에 홍범도 장군의 흉상을 세워서는 안 된다고 주장한 것이었다. 독립영웅 흉상 조성사업이 차질을 빚자 김 수반은 역사전문가들을 청와대 수반관으로 초청하여 직접 의견을 들었다.

　수반관 회의실에서 탁자를 마주하고 앉은 이들은 독립영웅 흉상 설치를 놓고 치열한 논쟁을 벌였다. 그러나 논쟁만 있을 뿐 결론은 나지 않았다. 흉상 설치 반대파는 홍범도 장군이 소련 공산당 가입은 물론 자유시 사태 때 수백 명의 독립군을 죽게 했다는 주장이고, 흉상 설치 찬성파는 홍범도 장군이 소련 공산당에 가입할 당시는 소련이 미국과 연합 관계에 있었기 때문에 공산당 가입은 문제될 것이 없고, 자유시 참변도 홍범도 장군이 그곳에 없는 날 벌어진 일이기 때문에 자유시 참변과는 아무런 관계가 없다는 주장이었다. 상황이 이렇게 되자 김 수반은 수십 년간 홍범도 장군을 연구해 온 역사전문가의 강연을 듣기로 하였다.

　"러시아의 자유시 참변은 봉오동 전투와 청산리 전투를 승리로 이끈 대한독립군단이 보복을 하기 위해 몰려오는 일본군을 피해 러시아 자유시로 들어간 것이 화근이었습니다. 그 당시의 러시아는 자유 세력과 공산 세력이 나뉘어 있었습니다. 두 세력 중 대한독립군단에게 도움을 주기로 한 쪽은 공산 세력이었습니다. 일본군과의 전투에서 승리하면 독립운동에 필요한 땅을 내어주겠다는 것이었습니다. 그러나 일본군과의 전쟁에서 승리했지만 그들은 땅을 내어 주지 않았습니다. 그런 와중에 공산 세력은 독립군단이 소지한 무기가 여러 나라의 것이 섞여 있어서 앞으로 일본군과의 전투 시 효율이 떨어진다며 무장 해제를 요구하였습니다. 대한독립군단이 소지한 무기 전체를 러시아제로 바꾸어 준다는 것이 명분이었습니다.

이 일로 인해 독립군단의 의견이 충돌하였습니다. 한쪽은 섣부른 무장 해제는 위험하다는 것이었고, 또 한쪽은 러시아는 우리 편이기 때문에 무장을 해제해도 괜찮다는 것이었습니다. 결국 양쪽의 대립은 격화되었고, 총격으로까지 번져 수백 명의 사상자가 발생하였습니다. 총성이 멎은 뒤 자유시로 돌아온 홍범도 장군은 널브러진 시체를 보면서 탄식을 했다고 합니다. 그 와중에 일본군이 진격해 오자 러시아는 독립군단원들의 외모가 일본군과 구분하기 힘들어서 전쟁에 불리하다며 조선인 30여 만 명을 강제로 열차에 태워 황무지나 다름없는 연해주에 버렸습니다. 그러나 우리 조선인들은 그런 절망 속에서도 땅굴을 파서 잘 곳을 만들고, 황무지를 개간하여 채소와 곡식을 심어 살아남았습니다. 지금 고려인으로 불리고 있는 사람들이 바로 그들입니다.

홍범도 장군이 버려진 곳은 지금의 카자흐스탄이고, 그곳에서 소련 공산당에 가입하였습니다. 그래야만 연금이라도 받아서 어려운 삶을 헤쳐 나갈 수 있고, 우리 조선인들에게 도움을 줄 수 있다고 생각했기 때문입니다."

역사전문가의 강연을 듣는 동안 김 수반의 두 주먹엔 힘이 잔뜩 들어가 있었다. 강연이 끝나자 독립영웅 흉상 설치를 반대하는 역사전문가들에게 "지금도 흉상 설치에 반대하느냐?"고 물었고, 그들은 고개를 숙인 채 답변을 하지 못했다.

이 일이 있은 후 독립유공자의 명예를 훼손하는 자에 대한 처벌이 강화되었다. 애국 및 독립지사, 국가유공자의 업적을 사실과 다르게 폄하한 것이 밝혀지면 사안의 경중에 따라 이념 논쟁으로 인한 국론분열죄가 적용되어 중형에 처해지게 되고, 국외 추방령까지 내려져 대한민국 국민의 자격이 상실된다.

훗날 대한민족관 독립투쟁 만세광장에는 홍범도 장군, 지청천 장군, 이회영 선생, 이범석 장군, 김좌진 장군 외에 안중근 참모 준장, 윤봉길 의사, 유관순 열사의 흉상을 추가로 설치하여 독립정신의 숭고한 뜻을 기렸다. 아울러 독립기념관과 같은 기관의 장은 독립 및 국가유공자 후손이 임명될 수 있도록 시험이나 면접 시 가산점을 부여하기로 하였다. 또한 독립운동과 민주화 운동 관련 표어를 대형 비석으로 제작하여 뜻있는 곳에 세웠다.

3.1운동 표어는 만세운동 발상지인 탑골공원과 서대문형무소, 숭동교회에, 민주화 표어는 4.19묘원, 5.18묘원, 옛 전남도청 앞에 세워져 숭고한 희생정신을 기렸다.

3.1운동 헌정 표어

횃불로 타올라 만세로 꽃피웠다

횃불로 타오른 3.1운동 만세로 꽃피운 대한독립

4.19 헌정 표어

값진 희생 빛난 민주, 자랑스런 대한국민

5.18 헌정 표어

값진 희생 빛난 민주, 자랑스런 광주시민

제2부

열정의 나날

밤이 깊었지만 수반관 집무실의 불은 꺼지지 않았다. 김 수반은 퇴근도 잊은 채 집무 의자에 앉아 깊은 생각에 잠겼다. 그 속에서 독립기념관 관장과 나눴던 대화가 자꾸만 떠올랐다.

"수반님께서 정확하게 보셨습니다. 저도 부임 초에 명칭에 대한 문제점을 인지하고 대한민족관으로 바꾸자고 정부에 건의하였습니다만 받아들여지지 않았습니다."

"이유가 무엇입니까?"

"개념이 정립되어 있지 않은 명칭을 쓰는 것은 적절하지 않다는 지적이었습니다."

김 수반은 이와 같은 것이 정치의 부재에서 비롯되었다고 생각했다. 정치가 바로 서지 않아 나라가 바로 서지 않았고, 나라가 바로 서지 않아 역사가 바로 설 수 없어 대한민족이라는 개념이 정립되지 않았다고 결론지었다. 정치개혁! 이것은 김 수반이 반드시 풀어야 할 숙제였다. 그 핵심은 여야 정당정치의 종식이었다. 대안도 없이 정쟁을 일삼는 정당정치를 청산하지 못하면 대한민국 프로젝트 2045도 공허한 메아리에 그칠 것이고, 국가도 국민도 중병에서 헤어날 수 없다고 생각했다.

생각이 여기까지 미치자 김 수반의 마음이 급해졌다. 그러나 밤이 깊어갈수록 번민만 쌓여갈 뿐 정당정치를 청산할 해법이 떠오르질 않았다. 그러던 중 순간적으로 조선 시대의 과거시험장 모습이 스쳐 갔다. 그때 김 수반은 주먹을 불끈 쥐었다.

"그래! 이것이다!"

김 수반은 마치 울분을 토해내듯 정책 입안지에 해법을 칼럼 형식으로 써 내려갔다.

대안정치 시대
정쟁정치는 절망을 낳고 대안정치는 희망을 낳는다.

정쟁정치는 국가 발전만 저해하는 것이 아니다.
국민의 마음까지도 멍들게 한다.
이제 지긋지긋한 여야 정당정치를 끝내야 한다.
그래야만 창틀에 갇힌 대한민국이 비상하고
상처받은 국민의 마음이 치유될 수 있다.

대한민국 의회의원 제도
(대한민국의 새로운 국회, 국회의원 제도)

국회의 간판부터 바꾸어 달자

대한민국 국회 간판을 들여다보고 있다 보면 여야 정치인들의 대립하는 모습이 그려진다. 우리나라 여야의 정치사는 대립과 투쟁의 역사다. 어떤 세력이든 야당이 되면 정부 여당의 발목을 잡는다. 이렇게 야당으로부터 발목을 잡혀본 여당은 자신들이 야당이 되면 똑같은 방법으로 여당의 발목을 잡는다. 마치 다람쥐가 쳇바퀴를 돌듯 그렇게 굴러온 것이 대한민국의 정치사다.

그렇다면 우리의 정치가 왜 이렇게 안 좋은 쪽으로만 흘러온 것일까? 그것은 일제의 영향이 크다고 봐야 한다. 우리 민족은 일제 식민통치 35년 동안 주인의식을 잃어버렸다. 열심히 노력해 봐야 일본 제국주의만 좋아지는 결과가 나온다는 의식이 밑바탕에 깔려 있었기 때문이다. 그렇게 살다가 갑자기 해방을 맞았고, 그 과정에서 공산주의와 민주주의로 양분되어 동족상잔의 6.25를 겪었다. 이러한 어려운 환경이 우리의 정치가 바로 서지 못하고 오늘에 이르렀다는 생각이다. 물론 친일청산이 제대로 이뤄지지 않은 탓도 있다. 이것만 정리가 되었어도 우리의 정치는 지금보다 훨씬 더 발전된 모습을 보였을 것이다.

본인은 무신론자이기 때문에 미신을 잘 믿지 않는다. 그러나 대한민국 국회의 간판을 보면 국회 안에 두 개의 국가가 들어 있다는 느낌을 지울 수 없다. 국회 안에 두 개의 국가가 들어 있다면 대한민국 국회는 필연적으로 싸울 수밖에 없는 형국이 된다. 그러한 것은 차치하고라도 나라 국(國) 자가 서로 겹치는 것은 보기가 좋지 않다. 그렇다면 어떤 간판을 걸어야 할까? 우리나라 의회가 걸어야 할 간판은 따로 있다. 그것이 대한의정원, 곧 대한민국 의정원(大韓民國 議政院)이다. 이 명칭은 과거 임시정부에서 쓰던 의회 명칭이다. 독립운동의 고통 속에서 조국 광복의 날을 고대하며 대한민국 의회의 얼굴이 될 날만을 손꼽아 기다렸다. 그러나 불행하게도 이 의회 명칭은 아직까지 우리 곁에 돌아오지 못하고 있다. 광복과 함께 이 의회 명칭이 우리 곁에 돌아왔다면 친일청산은 자연스럽게 이루어졌을 것이고, 대한민국의 역사도 바로 섰을 것이다.

이 의회 명칭은 대한민국 국회 명칭보다 모든 면에서 낫다. 대한민국 국회가 나랏일을 위해 모인다는 뜻을 가진 반면, 대한민국 의정원은 나랏일을 의론하는 큰집이라는 뜻을 지녔다. 또한, 선대들의 숭고한 애국정신이 깃들어 있으니 대한민국 의회 명칭은 당연히 대한민국 의정원이 되어야 한다.

늘 입던 옷을 벗어 던지고 새 옷으로 갈아입으면 마음도 새로워지는 것이 인간의 심리다. 우리 의회가 대한민국 의정원이라는 새로운 옷을 입고 세계를 향해 힘차게 비상할 그날을 소망해 본다.

정치 전문가 시대

지금은 전문가의 시대다. 정치라고 해서 예외가 될 수는 없다. 탤런트를 하다가, 가수를 하다가, 변호사를 하다가, 혹은 돈이 많아서 정치판에 뛰어들어 정치를 하는 것이 아니라, 정치에 뜻을 가지고 오랜 기간 그 분야의 공부를 해온 사람들이 정치를 해야 한다. 그러려면 새로운 정치 텃밭이 필요하다. 국가의 발전을 가로막고 있는 기존의 여야 정당정치의 텃밭을 갈아엎고 새로운 씨앗이 자랄 수 있는 새로운 정치 텃밭을 만들어야 한다. 그것이 의정원 고시다.

의정원(議政院) 고시(高試)란 응시하고자 하는 분야의 전문지식과 입안 능력을 갖춘 인재들을 선발하는 제도다. 1차 시험은 공통과목 및 응시 분야의 전공과목이고, 2차 시험은 입안(문제해결) 능력시험, 3차는 의과학을 통한 인성 검증과 국제 문제를 대하는 안목 및 문제해결 능력시험(면접)이다. 이렇게 해서 응시자의 국가관, 애국심 등을 참작하여 최종 합격 여부를 결정한다. 이렇게 탄생된 인재들을 바탕으로 대한민국 의회의원 제도의 밑그림을 그리면 다음과 같다.

의결의원

준비된 국가정책 입안의원이다. 의결의원은 입안 및 의결권을 가지며 의정원 고시를 통해 선발한다. 의결의원으로 선발된 사람은 업무 관련 행정기관에서 1년간 민원 처리 체험을 거쳐야만 의결의원으로 선임될 수 있다. 임기는 5년이며, 입안 및 의결 실적이 일정 기준에 미달되면 재시험을 봐야 한다. 의결의원으로 재직 중인 사람은 정부 부처에 입각할 수 없으며, 자격 검증 과정에서 친일 매국 및 반국가적 행위, 독립운동가의 업적 폄훼 등으로 국론을 분열하고 일본 제국주의를 지지, 옹호하는 등의 행적과 각종 비리, 범죄 사실이 드러나면 자격이 취소된다. 이와 같은 것은 준의원과 참여의원에게도 동일하게 적용된다. 의결의원은 입안 및 의결 업무 외에 국정감사와 국정조사에 참여하여 정부 행정이 문제없이 돌아갈 수 있도록 심사한다.

준의원

의결의원의 공백을 채우기 위한 시험제도이다. 준의원은 2차 입안 능력시험을 제외한 시험에 합격한 사람으로 평상시엔 의결의원을 보좌하고, 비상시엔 의결의원을 대신하여 의결권을 행사한다. 아울러 각 상임위에 참석하여 참여의원과 함께 청문회를 진행하고, 참여의원 결원 시에도 각 상임위에 참석하여 국정조사 등의 업무를 수행한다.

참여의원

준비된 정부 각료를 배출하기 위한 제도이다. 현행 국회의원 선거방식으로 선출한다. 참여의원은 입안권과 의결중지권만 있고 의결권은 없다. 지자체장 선거 때 함께 선출한다. 주요 업무는 의회 감시, 국정조사 등이다. 비고정급직이며, 의정활동에 참여한 날엔 참여수당과 의정활동 일수에 따라 의정활동비를 받는다. 참여의원은 비고정급직이지만 자신들의 의정활동 실적에 따라 세금 감면, 자녀들의 학자금 등 다양한 혜택이 주어지고, 의정활동 평가점수에 따라 정부 부처 입각의 기회가 주어진다. 양(의결 및 참여) 의원의 통칭은 의정의원이다.

원로의원

의결의원이나 참여의원으로 활동 중 자신이 입안한 기획안으로 국가 발전에 크게 기여한 사람이다. 이러한 업적이 있는 사람은 심사를 통해 자동 위촉된다. 원로의원으로 위촉되면 의정활동 중 국가 발전 기여도에 따라 평생 공훈연금을 받는다. 원로의원은 대한민국의회 의장에 출마할 자격이 주어지고, 의결의원과 참여의원 동수의 투표로 의회 의장을 선출한다. 임기는 4년이며, 의회 의장의 결원 시에는 재직 연수가 가장 높은 원로의원이 의장직을 맡아 의회를 개원한다.

원로회의

서로 의견이 충돌되는 법과 제도 등을 최종적으로 의결하는 기구이다. 여기서 의결된 안건은 이의를 제기할 수 없다. 의결의원들이 의결할 안건에 문제가 있다고 판단되면 참여의원들은 자신들에게 주어진 의결중지권을 발동하여 의결을 중지시키고 (이 경우 안건의 제목 및 의결을 중지시킨 사유서를 원로회의로 제출) 재검토 및 시정을 요청할 수 있다. 이때 의결의원들은 그 안건을 강제로 통과시킬 수 없고, 원로회의로 보내서 이 기구의 최종 결정에 따라야 한다.

의정활동평가원

사회 각계각층의 전문가들로 구성되어 의정의원들의 의정활동을 평가하고 점수를 매기는 기구다. 의정의원들이 입안한 법과 제도가 국가 발전과 국민의 삶에 얼마나 많은 영향을 주었는가를 평가한다. 이들 평가단에 의해 의결의원들의 재임용 여부, 원로의원들의 위축 등이 결정된다.

정당

정당 설립은 자유지만 국고 지원은 없다. 대신 중앙 및 지방의정원, 행정관청 등에 참여의원들이 사용할 수 있는 사무실을 국가가 무상으로 제공한다.

현행 여야 및 국회의원 제도로는 100년이 지나도 정치가 획기적으로 발전할 수 없다. 이것은 사람만의 문제가 아닌 시스템의 문제다. 정치가 발전하지 못하면 국가가 발전할 수 없고, 국가가 발전하지 못하면 국민의 삶은 그만큼 더 고달퍼진다. 위에 적은 의정원 고시제도는 돈이 없어도 누구나 정치에 참여하여 국가와 국민을 위해 자신의 능력을 펼칠 수 있는 제도이다. 또한 의결의원들은 입안 및 의결 활동에, 참여의원들은 의회 감시 및 국정조사 활동에 전념케 함으로써 여야의 대립으로 국회가 멈춰 서는 것을 근본적으로 차단할 수 있는 제도이기도 하다.

우리나라 정당정치의 가장 큰 폐단은 국민의 정서를 양극단으로 몰아넣어 국론을 분열시키는 데에 있다. 이런 구태정치를 청산하기 위해서는 대한민국 의회 의원제도를 도입해야 한다. 그렇게 되면 여야가 대립을 일삼는 정당정치가 막을 내리게 된다. 이제 정쟁을 일삼는 정당정치는 종식되어야 한다. 이런 구태정치가 계속되는 한 대한민국의 발전은 한계에 부딪힐 수밖에 없다. 능력 있는 대통령, 지역에 밝은 지자체장을 선출하기 위해서도 여야가 대립을 일삼는 정당정치는 하루빨리 종식되어야 한다.

  여야의 정치가 정쟁을 일삼으면 국민을 좌절시켜 절망정치가 되고, 대안 제시로 토론을 일삼으면 국민이 꿈을 키우는 희망정치가 된다. 현 국회의원들이 우국충정의 마음으로 의정원 고시제도를 도입하여 입안 능력이 뛰어난 사람들에게 정치 입문의 길을 열어준다면 국민으로부터 존경받는 정치인으로 남을 것이다.

  김 수반이 대한민국 의회 의원제도와 관련된 글을 마무리 지은 것은 자정을 넘겨서였다. 본인 스스로 만족감을 느끼며 안도의 한숨을 내쉬었다. 의정원 고시제도는 국회의원이 갖춰야 할 두 가지 덕목을 충족시킬 수 있는 제도이다. 두 가지 덕목이란 첫째가 국가와 국민을 생각하는 마음이고, 둘째는 입안 능력이다. 이 두 가지 덕목은 겸비할 때만 효력이 발생한다. 아무리 국가와 국민을 생각하는 마음을 가지고 있어도 입안 능력이 없으면 뜻한 바를 이룰 수가 없고, 아무리 뛰어난 입안 능력을 가지고 있어도 국가와 국민을 생각하는 뜨거운 열정이 없으면 무용지물이 될 수밖에 없다. 그런 점에서 의정원 고시제도는 하루빨리 이 땅에 뿌리내려야 할 합리적인 의원제도이다.

  의정원 고시제도 말미에 정부 각료 중 70%는 참여의원 중에서 평가점수가 높은 순으로 등용되는 규정이 추가되어 국회로 보내졌고, 그 소식을 접한 여야 국회의원들은 정쟁을 멈춘 채 침울한 표정을 감추지 못했다. 일부 의원은 좋은 세월 다 갔다며 한탄하기도 하였다. 그런 가운데 다음날 오전엔 국회에서 김 수반의 연설이 진행되었다.

"정치는 성직(聖職)입니다. 자신이 입안한 법과 제도로 국가가 발전하고, 국민의 얼굴에서 행복한 웃음이 흘러나온다면 이것을 어찌 성직이라 아니할 수 있습니까?

얼마 전 한 텔레비전의 뉴스에서 긴급국민대출을 받고 눈물을 글썽이며 기뻐하는 국민의 모습을 보았습니다. 저는 그 대출제도를 입안한 사람으로서 무어라 형언하기 어려운 희열을 느꼈습니다. 여러분들 중 상당수의 의원이 밑 빠진 독에 물붓기라며 반대하였지만 시행 1년이 지난 지금 대출 재원은 여유가 있고, 대출받은 국민은 긴급국민대출의 운영 주체가 국민이라는 것을 인식하고 원금과 이자를 꼬박꼬박 잘 내고 있습니다. 이러한 것으로 볼 때 의원 여러분들은 그동안 국회의원이라는 막중한 직분을 망각한 채 당리당략에만 몰두해 왔다는 것을 지적하지 않을 수 없습니다.

고작 30만 원을 대출받은 젊은이가 2~3개월 후엔 수천만 원의 빚을 지고 신용불량자가 되어 정상적인 사회활동을 못하고 있는데도 의원 여러분들은 당리당략에 사로잡혀 대립과 투쟁을 일삼았습니다. 어쩌면 이것은 여러분들의 잘못만이 아닌 여야로 양분된 우리나라의 국회의원 제도인 시스템의 문제일 수 있습니다.

저 김진은 이 땅에 존경받는 정치문화를 만들기 위해 새로운 국회의원 제도를 만들었습니다. 아마도 내일쯤이면 그 안건이 여러분들의 책상 위에 놓이게 될 것입니다. 이 제도의 시행은 여러분들이 국회의원직을 잃는 것이 아닌 국민의 사랑을 얻는 일입니다.

제가 입안한 새로운 국회의원 제도는 국회의원이 갖추어야 할 두 가지 덕목을 겸비한 의원을 선발할 수 있는 제도입니다. 국회의원의 두 가지 덕목이란 국가와 국민을 생각하는 마음과 입안 능력입니다. 다른 나라에 없는 제도라고 해서 주저할 필요는 없습니다. 선진정치의 문을 열기 위해서는 다른 나라가 가보지 못한 정치의 길을 가야 합니다. 그래야만 대한민국이 세계 초일류 국가가 될 수 있습니다. 그때쯤이면 정치 한류의 바람이 거세게 몰아칠 것입니다. 의원 여러분들이 그 초석을 만들어 주십시오. 간청드립니다."

김 수반은 연설을 중단하고 단상 옆으로 나가 국회의원들을 향해 큰절을 올렸다. 그러자 국회의원들, 특히 원로 정치인들은 불편한 심기를 감추지 못했다.

"아~ 이거, 김 수반께서 왜 이러시나?"

"아~ 이거, 가시방석에 앉아서 절 받는 기분이구만."

절을 마친 김 수반은 다시 연설을 이어갔다.

"제가 의원 여러분께 큰절을 올린 것은 의원 여러분의 아름다운 선택을 권유하기 위해서입니다. 저는 오늘 이 자리에서 의원 여러분께 간절히 요청드립니다. 훗날 후배 정치인들이 국민으로부터 존경받는 정치인이 될 수 있도록 길을 열어주십시오. 의원 여러분께서 그렇게 해주신다면 지금까지 잘못한 정치의 허물을 벗고 아름답게 퇴장하는 길이 될 것입니다. 그럼 의원 여러분의 현명한 선택을 기다리며 연설을 이만 마치겠습니다."

김 수반이 연설을 마치고 퇴장하자 여기저기서 국회의원들의 술렁임이 있었다. 그중에는 김 수반이 무슨 말을 했는지 이해를 못하는 의원도 있었다.

"정 의원, 방금 김 수반이 한 말이 무슨 뜻이야?"

"자리를 내어주라는 뜻이잖아요."

"뭐, 자리를 내어줘?"

국회를 나서는 국회의원들은 어두운 표정으로 무거운 발길을 옮겼다. 다음날 국회로 출석한 국회의원들은 자신의 책상에 놓인 정치개혁안을 읽어보고 할 말을 잃었다. 그중에는 망연자실한 채 국회 천장만 바라보는 의원도 있었다. 그러나 그 정치개혁안은 거부할 수 있는 것이 아니었다. 또한, 반발을 할 수 있는 내용도 아니었다. 능력 있는 의원은 의정원 고시에 응시하여 의결의원으로 활동할 수가 있고, 그렇지 못한 의원은 참여의원에 출마하여 정치활동을 계속할 수 있는 길이 열려 있었기 때문이다. 변한 게 있다면 앞으론 의결활동을 방해할 수 없고, 과거 화려했던 권한과 연봉을 내려놓아야 하며, 국가와 국민을 위해 열심히 일할 수밖에 없는 처지가 된 것뿐이었다.

국회 연설이 끝나고 며칠이 지나도 정치권이 아무런 반응도 보이지 않자 김 수반은 칭 보좌관을 자신의 집무실로 불렀다.

"칭 보좌관, 지금 국회 상황이 어떠한가?"

"지금까지 아무런 움직임도 없는 것 같습니다."

"알았네. 그만 나가 보게."

"네, 수반님."

칭 보좌관이 나가자 김 수반은 잠시 생각에 잠겼다. 정치권 스스로 모든 것을 정리하기를 원했던 그로서는 실망할 수밖에 없었다.

김 수반은 하루만 더 기다려 보기로 하였다.

다음날 날이 밝자 정치권의 움직임이 빨라졌다. 국회의원들은 의회 역사상 유례를 찾아볼 수 없는 특별국회를 소집하여 의정원 고시제도를 의결하기로 하였다. 이 같은 소식에 국민의 눈과 귀는 텔레비전으로 중계되는 국회로 쏠렸다. 이미 언론을 통해 의정원 고시제도를 알고 있었기 때문에 국민의 관심은 더욱 컸다. 잠시 후 의결의 순간이 다가오자 국회의원들은 무덤덤한 표정으로 결정을 내렸다. 결과는 100% 참석 의원 전원일치로 의정원 고시제도를 가결하였다. 국회의원들로서는 어쩔 수 없는 선택이었다. 우선 의정원 고시제도의 내용이 너무 좋았고, 자신들이 그 안건을 부결시킨다고 해도 김 수반은 국가수반에게 주어진 국민투표 시행 권한을 행사하여 자신의 뜻을 관철시키려고 할 것이기 때문이었다.

의정원 고시제도가 국회를 통과했다는 소식에 텔레비전을 지켜보던 국민은 서로를 얼싸안고 환호했다. 언론들은 어둠 속에 갇혀 있던 대한민국의 정치가 새로운 세상을 맞이할 수 있게 되었다며 대서특필하였다. 이런 가운데 얼마 전 국회에서 열정적으로 연설하던 김 수반의 모습이 나오자 국민은 주먹을 불끈 쥐며 김진을 연호했다. 가정에서, 직장에서, 거리에서, 기차역에서, 버스터미널에서 국민의 함성은 전국으로 메아리쳤다.

"김진! 김진! 김진!"

이날 누구보다 기쁜 사람은 김 수반 자신이었다. 의정원 고시제도를 입안할 당시 김 수반은 그 어느 때보다 비장한 각오로 임했다. 국가 발전을 가로막고 있는 정당정치! 국민도, 정치권도, 대통령도 대안을 찾지 못해 흘러온 세월! 김 수반 자신이 지금 이 문제를 해결하지 못한다면 영영 수수께끼 같은 존재로 남아 있을 것 같은 무거운 마음이 김 수반을 괴롭게 했었다. 그랬던 그였기에 그 기쁨과 감동은 무어라 형언하기 어려운 것이었다.

다음날 김 수반은 전날의 감격에서 벗어나지 못한 채 서둘러 담화문을 발표했다.

"먼저 뜨거운 성원을 보내주신 국민 여러분께 감사의 말을 표하고자 합니다. 아울러 의정원 고시제도를 만장일치로 통과시켜 주신 국회의원 여러분께도 감사의 마음을 표합니다. 저는 오늘 이 자리에서 대한민국 프로젝트 2045의 완성을 위해 분골쇄신하겠다는 다짐을 드립니다.

광복 100주년이 되는 서기 2045년까지 대한민국을 세계 초일류 국가로 만들어서 국민께 바치겠습니다. 지금 시점에서 보면 이것이 공허한 메아리 같지만, 국가와 국민이 하나 되어 함께 뛴다면 결코 못 이룰 꿈이 아닙니다. 국민 여러분의 보다 많은 관심과 협조를 당부드립니다. 감사합니다."

김 수반의 담화문이 발표되자 국회에서 텔레비전을 지켜보던 국회의원들은 뜨거운 박수로 화답했다. 이제야 지도자다운 통수권자가 나왔다며 환하게 웃기도 하였다. 이미 모든 것을 내려놓은 국회의원들은 전혀 딴사람이 되어 있었다. 앞으로 의결의원이 배출되면 현 국회의원들은 본인의 희망에 따라 일정 기간 동안 선거를 치르지 않고 참여의원으로 활동하게 된다. 자신들이 가결하여 만든 의

정원 고시제도를 성공적으로 정착시키기 위해서다. 대한민국 국회에 모처럼 훈풍이 불었다.

김 수반의 대국민 담화문을 지켜본 국민은 순간적으로 현실과 이상세계를 넘나드는 착각에 빠지기도 하였다. 어찌 보면 꿈을 꾸고 있는 것 같기도 하고, 또 어찌 보면 영화 속의 한 장면을 보고 있는 것 같기도 하였다. 그렇게 국민의 가슴속에서는 희망과 기대가 성큼성큼 자랐다.

1년여의 세월이 흐른 뒤 제1회 의정원 고시가 국민의 뜨거운 관심 속에 전국의 중고등학교에서 치러졌다. 의결의원 200명, 준의원 100명을 뽑는 시험에 30만 명이 넘는 응시자가 몰려 대한민국 최고의 고시에 걸맞는 열기를 보였다. 합격하여 선임만 되면 의결의원 1억 3천만 원, 준의원 8천 5백만 원의 연봉이 보장되기 때문에 취업을 준비 중인 사람들에게는 포기할 수 없는 시험이었다.

이날 시험은 아무 이상 없이 치러졌고 2, 3차 시험을 거쳐 능력 있는 인재들이 배출되었다.

내일이면 대한민국 국회 간판이 내려진다는 소식에 국민은 너나 할 것 없이 마음이 들떴다. 마침내 역사적인 날이 밝자 각 방송사는 역사적인 순간을 담기 위해 분주히 움직였다. 오전 10시가 가까워지자 김 수반이 탄 승용차가 모습을 보였고, 차에서 내린 김 수반이 국민을 향해 손을 흔들자 국회 광장에 모인 사람들은 일제히 자리에서 일어나 뜨거운 박수로 김 수반을 맞았다.

잠시 후 김 수반이 서 있는 쪽으로 두 사람이 인사하며 걸어 나왔다. 둘 중 한 명은 기존의 국회의원을 대표하는 사람이고, 또 한 명은 이번에 의정원 고시를 통해 선임된 의결의원이다.

이제 장막을 걷어야 할 시간, 세 사람이 장막을 힘차게 걷어내자 대한민국 의정원(大韓民國 議政院)이라고 쓰여진 간판이 모습을 드러냈다. 순간, 국회 광장에 모인 사람들의 뜨거운 박수가 이어졌고, 그 장면을 텔레비전을 통해 지켜보던 국민도 열렬한 박수와 함께 두 팔을 치켜세우며 환호성을 질렀다. 국민은 하나같이 대한민국에 새로운 정치 시대가 열렸다며 기뻐했다. 이런 가운데 김 수반의 축하 연설이 시작되었다.

"이제 대한민국에 새로운 정치 시대가 열렸습니다. 과거 우리의 정치는 국가와 국민을 위해서 정치를 어떻게 해야 하는지 알면서도 여야가 대립할 수밖에 없는 정치체제에 발이 묶여 국민으로부터 존경은커녕 야유와 비판의 대상이 되었습니다. 저는 과거에도 말했듯이 정치는 성직(聖職)이라고 생각합니다. 저에게 지구상에서 가장 멋진 직업이 무엇이냐고 묻는다면 저는 단연코 정치라고 말할 것입니다.

기업이나 개인이 열심히 일해서 많은 성과를 낸다면 그 또한 기쁜 일이지만 정치인이 정치를 잘해서 이뤄낸 성과물과는 비교가 안 된다고 생각합니다. 자신이 입안한 법과 제도로 국가가 발전하고, 국민의 얼굴에서 행복한 웃음이 흘러나오게 하는 일이야말로 그 어떤 직업도 따라올 수 없는 지구상에서 가장 멋진 직업이라고 생각합니다. 이번에 선발된 의정의원들은 이와 같은 정치, 정치인의 소명을 충실히 이행해 나가리라 믿습니다."

이날 김 수반의 연설은 30분 넘게 이어졌다. 그의 연설이 이어지는 사이사이 국회 광장에 모인 사람들과 텔레비전을 지켜보던 국민은 뜨거운 박수로 화답했다. 김 수반의 연설이 끝나고 그가 퇴장할 즈음 생중계를 맡았던 KBS의 카메라가 국회 광장에 놓인 큼직한 비석을 정면으로 잡았다.

대한민국 의정원 헌장

(大韓民國 議政院 憲章)

아무리 뛰어난 법과 제도라도
국가 발전을 저해하고 국민에게 불편과 고통을 주는
안건은 의결할 수 없다.

대한민국 의정원 헌장이 새겨진 비석은 의정의원들이 등원하면 마주칠 수 있는 위치에 세워져 있어서 입법과 제도를 입안하고 의결하는 의정의원들의 마음가짐을 다지는 주춧돌이 된다.

며칠 후 수반관 응접실에서 조간신문을 펼쳐 보던 김 수반의 표정이 굳어졌다. 그 신문의 1면에는 '수도권 과밀화 심화! 지방소멸 가시화!'라고 쓰여 있었다. 김 수반은 기사의 내용을 다 읽어본 뒤 깊은 생각에 잠겼다. 그 신문의 기사는 현실 직시와 함께 문제점을 상세하게 지적했다.

수도권과 지방이 함께 소멸하는 시대가 다가오고 있다. 지금 정신 차리고 대처하지 않으면 서울과 경기, 지방이 함께 소멸하는 공멸을 맞을 수 있다. 지금과 같은 수도권의 인구 집중이 계속되면 공멸은 피할 수 없는 현실이다. 대안은 수도권의 개발을 제한하는 일이다. 현재 수도권은 지방의 인구를 빨아들이는 블랙홀 역할을 하고 있다. 대한민국 인구의 50% 정도가 서울, 경기 지역에 집중되어 있으니 가히 공룡 서울, 경기라고 할 만하다. 이런 현상은 일자리를 찾아 수도권으로 몰리게 되고, 그런 인구를 수용하기 위해 아파트를 짓고 또 짓는, 밑 빠진 독에 물붓기식 악순환의 고리이다. 사람으로 치면 최고도 비만을 넘어 몇 차례의 사망 진단을 받고도 남을 일이다. 이런 현상은 지방의 인구를 감소시켜 지방소멸을 재촉한다. 반대로 수도권은 계속 비대해져서 전월세 가격이 폭등하고, 그로 인해 살기가 점점 더 어려워진다. 상황이 이렇다 보니 결혼을 미루게 되고, 결혼을 하더라도 주거비와 양육비 부담 때문에 아이 낳는 것을 기피하게 된다. 인구절벽을 부르는 폐단의 주범이다. 이와 같은 문제를 해결하기 위해서는 수도권의 개발을 제한하는 정부와 정치권의 결단이 필요하다.

김 수반의 생각은 점점 더 깊어졌다. 수도권의 개발을 제한하는 것은 인구 집중을 완화하는 정책이긴 하지만 수도권의 경기를 위축시킬 수 있는 문제점을 안고 있었다. 김 수반은 박 총리를 수반관 응접실로 불렀다.

"그간 안녕하셨습니까? 수반님."

"어서 오세요, 박 총리님."

김 수반은 자리에서 일어나 박 총리를 반갑게 맞았다.

"혹시 수도권 인구 집중에 관한 기사를 읽어보셨습니까?"

"네, 오늘 아침에 읽어보았습니다."

"이 문제에 대해 총리님은 어떤 견해를 가지고 계십니까?"

"과거 정권 때부터 수없이 문제 제기가 있었던 사안이라 해법 찾기가 쉽지 않을 것 같습니다."

"그럼 제가 내려갈 수밖에 없겠군요."

"아니, 어디로 내려가신다는 건지?"

"청와대와 정부 부처를 지방으로 옮겨가야겠습니다. 그러니 오늘 중으로 내각회의를 소집하여 국토의 중심부쯤에 적당한 터가 있는지 알아봐 주시기 바랍니다."

"네, 알겠습니다, 수반님."

박 총리는 김 수반의 말에 아무 의견도 제시하지 못하고 서둘러 수반관을 나섰다.

박 총리로부터 연락이 온 것은 이틀 후였다. 국토의 중심부 정도에 두 군데의 후보지가 있다는 보고였다. 다음날 김 수반은 정부 관계자와 풍수지리 전문가를 대동하고 대형 헬기를 이용해 첫 번째 후보지를 답사했다. 그곳이 신도안(新都內)이다. 근조선을 창건한 이성계가 이곳에 신도(新都)를 세우려고 했던 곳으로 계룡산 동남쪽 기슭에 위치해 있다. 헬기에서 내려 지형을 살펴본 김 수반은 아니라는 듯 고개를 저었다. 결국, 청와대 및 정부 부처 이전지로 부적

합하다는 판단을 내리고 다음 후보지로 이동하였다. 그곳은 서대전이었다. 인근에 호남고속도로가 지나고 있어서 수도권에서의 접근도 용이한 후보지였다. 김 수반은 만족감을 표시하며 서대전 서남쪽 자락의 유휴지를 개간하여 대한민국 전체를 발전시킬 요람으로 만들기로 결심하였다. 서둘러 헬기에 몸을 싣는 김 수반의 표정은 그 누구보다도 밝았다.

청와대 및 정부 부처 이전에 관한 내용은 국가번영법에 반영되어 정권이 바뀌더라도 차질 없이 추진될 수 있도록 명문화하였다. 그러나 김 수반의 그런 걱정은 기우였다. 다음해에 치러진 대통령 선거에서 90%에 가까운 득표율로 연임에 성공했기 때문이었다. 후보 등록만 해놓고 선거 운동 대신 국정 업무에 전념한 결과였다.

그 후 김 수반의 하루하루는 서대전 시대에 대한 기대와 설렘의 연속이었고, 첫 삽을 뜬 지 3년 반 만에 서대전 정부 행정단지가 완공되었다. 정부 부처와 청와대는 이전을 마쳤고, 오늘 김 수반만 떠나면 청와대는 국민의 품으로 돌아가게 된다.

오전 9시가 되어 김 수반이 탄 승용차가 청와대 문을 나서자 주민들은 김진을 연호하며 김 수반과의 작별을 아쉬워했다. 청와대에서 발표된 정책이 시행되어 대한민국이 바뀌는 것을 곁에서 지켜본 주민들이었기에 서울의 인구가 줄어 집값이 내려갈 수 있다는 이점으로는 아쉬운 마음을 달랠 수 없었다. 김 수반은 인도에서 열렬히 손을 흔드는 시민들을 향해 손을 흔들어 답례하며 정들었던 청와대 생활을 마감하였다.

김 수반이 탄 승용차가 서대전 톨게이트를 빠져나와 민가로 접어들자 인도에는 많은 주민들이 김진을 연호하며 대전 시대의 서막을 축하했다. 김 수반도 손을 흔들어 답례한 뒤 정부 행정단지 입구에 세워져 있는 큰 비석 앞에서 내렸다. 그곳에는 박 총리를 비롯한 정부 부처의 장관들이 나와 있었다. 그들은 김 수반이 차에서 내리자 큰 박수로 김 수반을 맞았다. 김 수반은 그들과 일일이 악수하며 비석 앞으로 다가섰다. 그리고 결의에 찬 눈빛으로 비석을 쓰다듬었다. 그 비석에는 김 수반이 지시한 문구가 큰 글씨로 새겨져 있었다.

흥(興)하라, 대전!
흥(興)하라, 대한민국!

이 문구에는 대전을 흥하게 하여 대한민국을 흥하게 하겠다는 김 수반의 의지가 들어 있다. 일제 식민통치 시대에 조선 총독으로 부임한 이토 히로부미가 당시 태전을 대전으로 바꿔 기(氣)를 눌렀던 것에 대한 반발이었다.

김 수반은 정부 행정단지를 살펴보기 위해 앞으로 걸었다. 맨 먼저 마주한 건물은 정부 행정단지 본원이었다. 앞서 본 비석의 의미를 담아 한옥 모양으로 지었다. 정중앙의 작은 원 형태의 건물은 국토의 중심 대전을 상징하며 국무총리 집무실이다. 이 건물을 기준으로 대한민국 네 글자를 상징하는 부총리실이 동서남북 사방위로 들어섰다. 이것을 바탕으로 큰 원 형태를 띠고 들어선 것이 정부 각 부처의 건물이다.

뒤쪽을 향해 더 걷자 무궁화 형상의 대한민국 의정원이 눈에 들어왔다. 김 수반이 모습을 보이자 의정원 관계자들이 큰 박수와 함께 김 수반을 맞았다. 김 수반은 이들과 악수한 뒤 조금 더 걸었다. 정부 행정단지의 마지막 건물 국가수반궁이다. 김 수반이 지시한 대로 태극 모양으로 지었다. 건물 앞으로 다가가자 직원들이 도열하여 뜨거운 박수로 김 수반을 맞았다. 맨 끝에는 수반궁 정책실 직원들이 나와 있었다. 김 수반은 이들과 일일이 악수한 뒤 새로운 다짐을 위한 의지를 표명하자고 말하자 일제히 함성을 터트렸다.

"흥(興)하라, 대전! 흥(興)하라, 대한민국!"

그들의 함성 속에는 대한민국을 세계 초일류 국가로 만들겠다는 강한 의지가 담겼다.

대전에서 첫 주말을 보낸 김 수반은 월요일 오전에 대전시장과 충남 및 충북 지사를 수반궁으로 초청하여 회의를 가졌다. 이들은 50대 중후반으로 대전, 충청의 토박이들이다.

"먼저 대전시장님께 묻겠습니다."

"네, 말씀하시죠."

"지금 대전시에서 가장 하고 싶은 사업이 무엇입니까?"

김 수반의 질문에 쉽게 답을 못하자 김 수반이 말을 이었다.

"혹시 원도심을 살리는 일이 아닙니까?"

김 수반의 말에 대전시장은 맞장구를 쳤다.

"네, 네. 맞습니다."

"원도심을 살리지 못하는 이유가 무엇입니까? 혹시 예산 문젭니까?"

"아닙니다. 대전시 차원에서 다각도로 연구를 해보았지만 이렇다 할 방안을 찾지 못하고 있습니다."

"대전이 흥하려면 원도심이 살아나야 하는데 그것참 아쉬운 일이군요. 정부 차원에서 해법을 찾아볼 테니 좀 더 관심을 갖고 연구해 주시기 바랍니다."

"네, 알겠습니다, 수반님."

두 지사는 김 수반의 시선이 자신들에게로 향하자 다소 긴장된 모습으로 김 수반의 다음 말을 기다렸다.

"이번엔 충남도지사님께 묻겠습니다. 장기적으로 봤을 때 충청남도가 해야 할 일이 무엇이라고 생각하십니까?"

충남지사가 쉽게 답을 못하자 김 수반이 말을 이었다.

"혹시 지역소멸 문제 아닙니까?"

"아~ 네, 맞습니다."

"이번엔 충북도지사님께 묻겠습니다. 혹시 충청북도도 같은 문제에 봉착해 있는 거 아닙니까?"

"네네, 맞습니다."

김 수반의 질문에 세 사람의 이마는 이미 땀으로 젖었다.

"이제 정부와 대전시, 충청도는 하나가 되어야 합니다. 그래야만 대전과 충청이 흥할 수 있고, 대한민국도 흥할 수 있습니다. 정부의 정책을 적극 수용하겠다는 협약만 가지고는 안 됩니다. 보다 적극적인 참여와 호응이 있어야 합니다."

김 수반이 세 사람에게 정책 입안지를 건네자 그것을 받아본 대전시장은 밝은 표정을 지은 반면 두 지사의 표정은 어두웠다. 정책 입안지에 담긴 내용은 이러했다.

1. 대전광역시를 대전특별행정시로 바꿔서 대한민국 행정의 롤모델이 되게 한다. 여기서 나온 우수한 행정 시스템을 전국 지자체로 전파하여 전국이 함께 발전하는 시대를 연다.
2. 충청남도와 충청북도를 통합하여 충청광역도로 한다. 이에 따라 지금의 두 도청은 충청광역도 남부권역청과 북부권역청이 되고, 두 청의 인재들을 선발하여 대전에서 통합행정을 펼친다. 이 조직의 명칭은 충청광역도 통합행정청으로 하고, 도지사의 지위를 그대로 유지한다. 단, 통합행정청장은 선출직, 두 권역 청장은 통합청장이 임명하는 임명직으로 한다. 이는 원활한 통합행정으로 두 지자체를 함께 발전시키기 위함이다. 이를 위해 정부는 대전특별행정시에는 특별행정 수행에 따른 재정 지원을, 충청광역도에는 지역 현안 해결을 적극 지원한다.

김 수반이 건넨 정책 입안지의 내용을 다 읽어본 세 사람은 바쁜 일정이 있다는 핑계로 이마에 땀방울이 맺힌 채 서둘러 수반궁을 빠져나왔다. 경쾌한 대전시장의 발걸음에 비해 두 도지사의 발걸음은 다소 무거웠다.

김 수반이 두 지자체를 통합한 것은 충청북도를 배려한 조치였다. 같은 충청권이지만 남도와 북도는 많은 차이가 있었다. 충청북도가 충청남도에 비해 군은 1개가 많지만 시는 5개가 적고, 인구도 60여 만 명이 적었다. 또한, 전국 지자체 중에서 유일하게 바다를 접하고 있지 않아 지역소멸의 위험이 높았다. 수도권 과밀화와 지방 소멸을 막기 위해 청와대와 정부 부처를 대전으로 이전한 김진 정부로써는 당연한 결정이었다.

세 사람이 나간 후 김 수반은 대전 원도심 활성화를 위한 대책 마련에 들어갔다. 그러나 아무리 생각해도 대전 하면 쉽게 떠오르는 이미지가 없었다. 대전의 상징이 과학도시이긴 하지만 원도심 활성화와는 거리가 멀었다. 그때 문득 '대전 부르스' 노래가 생각났다.

잘 있거라 나는 간다~
이별의 말도 없이~
떠나가는 새벽 열차~
대전발 0시 50분~

김 수반의 시선이 멈춘 것은 0시였다. 이것을 바탕으로 원도심 활성화 방안을 정책 입안지에 적었다.

대전 0시 시장
개최 일시 : 매주 금요일 저녁 7시~일요일 아침 7시
개최 장소 : 대전역 동광장 일원
취급 품목 : 옛날 가락국수, 옛날 과자 등 대전의 주요 음식 및 상품
부대 시설 : 0시 시장에 대전 부르스 극장을 세워 1950년대에

제작한 대전발 0시 50분 영화를 금요일 저녁부터 일요일 아침까지 상영하여 대전역의 옛 정취를 느끼게 한다. 아울러 0시 시장에 대전의 옛 모습이 담긴 사진을 전시하여 향수를 느끼게 한다.

 김 수반은 이와 같은 것을 바탕으로 대전의 제빵, 제과를 선물용으로 판매하고, 카페 거리를 조성하여 남녀노소가 즐길 수 있는 문화공간으로 만들 계획이다. 이에 따라 소제동 전체가 리모델링되고, 일제 강점기 때 지은 철도 관사촌도 옛 모습을 간직한 채 새롭게 바뀐다. 또한 원도심을 중심으로 1년에 한 번 0시 축제를 개최하여 0시 시장의 인지도를 높일 생각이다.
 이와 함께 기획한 것은 '고기 맛있게 먹는 도시, 대전'이다. 이를 위해 식당연합회 김치조합을 설립한다. 대전의 식당들이 연합회를 결성하여 김치조합을 설립하고, 중국산 김치 대신 맛있고 몸에 좋은 국산 조합김치만을 취급하기 위해서다. 이들 업소에는 '맛있는 조합김치 사용업소'라는 스티커가 식당 문과 식당 안에 붙는다. 1~3만 원짜리 포장용 김치도 판매한다. 단, 0시 시장을 제외한 식당에서의 포장용 김치 판매는 전통시장으로부터 일정 거리 이내의 식당에서는 할 수 없다. 이는 전통시장의 상권을 보호하기 위함이다.
 김 수반이 기획한 '대전 0시 시장'은 훗날 큰 성공을 거두어 원도심과 한빛탑 주변으로까지 확대하게 되는데, 그 비결은 '맛있는 조합김치'에 있었다. 삼겹살에 적당히 익은 맛있는 김치는 먹어 본 사람은 다 아는 사실이다. 그렇기 때문에 '대전 0시 시장'은 시간적

여유가 있는 사람들이 대전역에 내려서 삼겹살과 소주를 즐기고 가는 명소로 거듭났다.

특히 외국인들은 포장용 조합김치를 필수 쇼핑 품목으로 정할 만큼 명성이 높다. 자국으로 돌아가서는 택배 주문으로 이어져 식당 매출 증대에 큰 도움이 된다. 이러한 것을 기반으로 조합김치를 '대전조합김치'로 브랜드화하여 세계 각국으로 수출하는 성과도 올린다. '대전 0시 시장' 제도는 청주 육거리종합시장 일대는 물론 충청도의 전통시장마다 지역의 특산물을 이용한 먹거리 타운 형성의 원동력으로 작용한다.

식당연합회 김치조합은 정부와 대전시가 자금을 지원하여 김치조합 공장을 설립하고 배추와 김장 재료를 대량으로 구입해 김치를 제조해서 연합회에 가입한 식당에 저렴한 가격으로 공급하는 제도이다. 이 제도는 전국으로 확대 시행되어 관광 대국 달성에 일조하게 된다.

오후에는 아이디어뱅크와 국민의 꿈도 기획했다. 아이디어뱅크의 설립은 아이디어로 꿈을 키우게 하자는 취지에서 비롯되었다. 현대 사회에서 입신할 수 있는 길은 좋은 대학을 나오고, 좋은 직장에 들어가는 것이 정설로 되어 있다. 이렇게 되기 위해서는 기본적으로 부모가 재산이 있어야 한다. 이런 풍토이다 보니 부모가 재산이 없는 자녀들은 입신의 꿈을 이루기가 매우 어렵다. 그런 관계로 이러한 현상을 계속 방치하면 소득 불균형이 더욱 심화되어 극단적인 선택을 하는 사람들이 증가하게 된다는 것이 김 수반의 생각이었다. 따라서 이런 폐단을 없애기 위해서는 또 다른 입신의 길이 필요하다는 것이다.

참신하고 뛰어난 아이디어의 개발 및 등록으로 많은 사람들, 특히 청년들이 꿈을 키우게 해주어야 한다는 생각이다. 이를 위해 3개의 기구 설립이 기획되었다. 아이디어 등록 연구센터와 아이디어 개발교육실, 아이디어뱅크다.

아이디어 등록 연구센터는 개발된 아이디어를 등록하기 위해 다듬는 곳이다. 아이디어 개발자가 일정 기간 머무르며 각종 장비를 무료로 이용할 수 있다. 아이디어 개발교육실은 어떻게 하면 좋은 아이디어를 개발할 수 있는지를 교육해서 아이디어 개발을 활성화하는 데 목적이 있다. 이 기구는 별도로 설치하지 않고 아이디어 등록 연구센터 내에 두기로 하였다.

아이디어뱅크는 개발된 아이디어의 꿈을 실현시키는 곳이다. 기능과 운영은 참신하고 뛰어난 아이디어를 개발한 사람은 이곳에 등록을 신청하면 된다. 신청비용은 무료다. 절차는 신청 → 전문가 심사 → 선정 → 등록이다. 이곳에 자신의 아이디어가 등록되면 준특허를 취득하게 되어 일정 기간 동안 특허를 취득한 것과 같은 효력을 갖게 된다.

운영은 아이디어 개발자가 창업을 원하면 투자자를, 매도를 원하면 매수자를 연결해 준다. 이때 거래가 성사되면 아이디어뱅크는 거래 당사자로부터 수수료를 받고 공증을 대행해 준다. 일정 기간 동안 투자자나 매수자를 찾지 못한 아이디어는 정부가 적극 검토하게 되는데, 등록된 아이디어가 국가 경제에 많은 도움이 된다고 판단되면 정부가 투자자나 매수자 역할을 맡게 된다. 아이디어 개발자가 창업을 원하면 자금 지원을, 매도를 원하면 정부가 매수하여 제품을 생산할 기업을 지정한다.

　아이디어뱅크는 잘 운영하면 많은 사람들에게 꿈을 심어줄 수 있다. 그들이 키운 꿈은 창업으로 이어져 일자리가 창출되고, 국가 경제에도 일조할 수 있게 된다. 좋은 대학을 나오지 못하고, 좋은 직장에 들어가지 못해도 참신하고 뛰어난 아이디어 개발로 입신할 수 있는 사회! 이것이 김 수반이 꿈꾸는 대한민국이다.

　아이디어뱅크가 정착된 후 전국의 시, 도에는 중소기업 소상공인 아이디어 상품몰이 설치되어 전국 어디에서나 아이디어 상품을 만날 수 있게 되었다.

　국민의 꿈이란 사업은 정년 연장의 부작용을 타파하기 위한 김 수반의 작품이다. 정년을 60세에서 65세로 연장하여 국민의 노후 소득을 늘려야 한다는 여론이 강했지만 김진 정부로써는 섣불리 추진할 수 없는 고민이 있었다. 정년을 연장하면 국민의 노후 소득은 늘어나지만 기업의 임금 상승 부담과 청년들의 일자리가 줄어드는 문제점을 안고 있었다. 김 수반은 이러한 점을 감안하여 국민의 못 이룬 꿈을 이루게 하여 정년퇴직 후의 소득 창출과 정부의 세수도 증가할 수 있는 국민의 꿈 사업을 기획했다.

　누구나 어릴 때 한 번쯤은 꿈을 갖게 된다. 의사, 변호사, 연예인, 작가, 기업인 등등. 그러나 그 꿈을 이루면서 사는 사람은 그리 많지 않다. 이러한 꿈은 나이가 들어서도 아련한 기억 속에 아쉬움으로,

또는 한으로 남는다. 이처럼 못 이룬 국민의 꿈, 새롭게 이루고자 하는 국민의 꿈을 국가가 나서서 도와주는 제도가 국민의 꿈이다.

사회적 기업 형태로 운영하면 국가지원기업 국민의 꿈, 국가가 운영하면 국민의 꿈 희망센터 ○○본부, ○○지부가 된다. 이 사업이 성공을 거두면 국민의 능력이 한 단계 더 높아져서 노숙자로 전락하는 것을 막고, 고독사도 줄일 수 있다는 것이 김 수반의 생각이다.

이와 같은 김진 정부의 정책에 따라 지자체별로 국민의 꿈 사업이 적극적으로 펼쳐졌다. 명칭은 국민의 꿈 청년센터, 중년센터, 노년센터로 정했다. 통합 명칭은 국민의 꿈 희망센터다. 그 안에는 청년부, 중년부, 노년부로 구성되었고 취업그룹, 창업그룹, 프리랜서그룹으로 짜여졌다. 10~40대까지는 청년의 꿈, 50~70대까지는 중년의 꿈, 80대부터는 노년의 꿈에 가입하여 각자 못 이룬 꿈을 이루기 위해 도전하면 된다. 작가, 미술가, 음악가를 꿈꾸는 사람, 자신의 적성에 맞는 직업을 갖거나 창업을 꿈꾸는 사람들이 언제든지 방문하여 상담받을 수 있도록 했다. 훗날 국민의 꿈 사업은 대성공을 이루어 일자리 창출과 국민의 소득, 행복지수, 정부의 세수가 함께 증가하는 효과로 나타났다. 좌절하는 국민은 있어도 절망하는 국민이 없는 나라, 이것이 김진 정부의 의지다.

퇴근 시간이 지나 정책실 직원들이 다 퇴근하였지만 김 수반은 집무 의자에서 일어서지 못하고 있다. 두 도지사에게서 들은 지역소멸 문제 때문이었다. 한참 생각에 잠겨 있던 김 수반은 지역소멸을 막기 위해서는 수도권과 비슷한 생활 환경이 필요하다는 것을 절감하고 그 대책을 정책 입안지에 적었다.

대전 충청 메가시티 구축 전철망

서대전 청주공항선(서대전-청주공항 간)
서대전 정부행전단지-유성-반석-조치원-KTX 오송역-청주공항

구암청주선(구암-청주 간)
구암-유성-대덕-신탄진-문희-청주

반석영동선(반석-영동 간)
반석-판암-옥천-영동

옥천제천선(옥천-제천 간)
옥천-보은-괴산-충주-제천

서천청주선(서천-청주 간)
서천-부여-공주-조치원-청주

서천신탄진선(서천-신탄진 간)
서천-부여-공주-계룡-유성-대덕-신탄진(경부선역)

서산천안선(서산-천안 간)

서산-당진-합덕-예산-아산-천안(경부선역)

천안수안보선(천안-수안보 간)

천안경부선역-대한민족관(구 독립기념관)-병천-진천-증평-괴산-수안보(부발-문경선역)

천안조치원선(천안-조치원 간)

(1호선 청량리-천안 간을 조치원역까지 연장 운행)

 이와 같은 전철망 구축과 함께 서대전-청주공항 경유 제천 간 고속도로 건설도 기획했다. 이는 메가시티 구축과 더불어 기업의 본사와 첨단 기업을 대전에 유치하기 위해서다. 각종 세제의 혜택과 함께 비즈니스 활동의 지리적 이점을 부각시킬 생각이다.
 대덕특구의 자료를 살펴본 김 수반은 항공우주연구원이 있는 대전에 우주항공청을 설립하여 우주산업의 시너지 효과를 높이기로 하였다. 이런 정책에 따라 과학자들의 처우가 개선되고, 연구비도 증액된다. 과학기술 원원 전략상 제도도 도입하여 과학기술의 발전을 꾀하기로 하였다. 과학기술 원원 전략상이란 비슷한 기술을 가진 개인이나 단체가 서로 협력하여 우수한 성과를 낼 경우 심사를 통해 포상하는 제도이다.
 얼마 후 조간신문을 훑어보던 김 수반의 시선이 보건복지 면에서 고정되었다.

2023년부터 건강보험 적자 시작!
2057년 국민연금 기금 고갈!
2060년 388조 원 적자 예상!

　기사의 내용을 다 읽어본 김 수반은 깊은 생각에 잠겼다. 그 속에서 내린 결론은 국민에게 사랑받는 국민연금, 건강보험을 만들어야 한다는 것이었다. 그런 관계로 전문가들이 갑론을박을 벌이고 있는 국민연금 수령 시기의 연장, 더 내고 더 받기 같은 정책은 썩은 나무의 가지치기에 불과했다.
　특히 노인의 기준 연령을 75세로 하여 정년을 연장하면 일을 더 할 수 있어 국민의 소득이 늘어나고, 정부의 세수 증대와 복지 재정 지출을 크게 줄일 수 있다는 일부 단체의 주장은 일고의 가치도 없는 것이었다. 그러한 정책은 생활이 어려운 서민들을 죽음으로 내몰 뿐이었다.
　더욱이 80세가 넘으면 자유로운 여행이 힘들다는 점에서 국민의 노후생활을 침해하는 일이었다. 김 수반은 이와 같은 폐단을 막기 위해 복지 수급 연령은 현행 65세로 하고, 노인 연령을 75세로 못 박고, 정년 연장은 노사 합의의 원칙을 정한 뒤 국민연금과 건강보험 문제해결에 집중했다. 관건은 미래 세대에게 짐이 되지 않는 국민연금, 건강보험으로의 개혁이었다. 국민연금 납입액과 보험료 인상은 최대한 억제하고, 더 받는 국민연금을 만드는 일이었다.
　생각이 여기까지 미치자 김 수반은 이 현안을 대한민국 노후생활 국책사업으로 정하고, 두 기업을 수익을 내는 기업으로 만들기 위해 그 대책을 정책 입안지에 적었다.

1. 국민연금과 건강보험의 통합 : 두 조직을 통합하여 국민건강생활사업부를 발족하고 그에 걸맞는 사업을 전개한다.
2. 국민건강마을, 국민건강 도시마을 조성

정부가 자금을 지원하여 시골엔 국민건강마을, 도시에는 국민건강 도시마을을 건립하여 국민의 건강을 정부가 챙기겠다는 발상이다. 김진 정부의 노후생활 설계도 정책에 따라 두 마을 안에는 입주자들이 직접 채소를 기르고 수확한 것을 먹을 수 있도록 텃밭을 제공한다. 이를 통해 건강한 생활을 영위하게 하고 노래교실, 서예교실, 탁구장, 당구장, 테니스장 등을 필수적으로 갖추게 하여 노년을 활기차게 보낼 수 있도록 돕는다.

이렇게 하여 입주한 사람들이 건강한 노년을 보내게 되면 의료비 지출이 크게 줄어 기금 고갈의 위험을 낮출 수 있다는 생각이다. 특히 장기요양보험금 지급의 대폭 감소는 건강보험이 수익을 내는 기업으로 성장할 수 있게 해준다. 여기에다 정부미 등을 저렴하게 공급하면 국민건강생활사업부의 재정이 더욱 튼튼해질 것이라는 것이 김 수반의 생각이었다. 두 마을 안에는 규모에 따라 비수익형 양한방 의원과 약국이 갖추어져 수술이 필요한 환자 외에는 굳이 외부로 나갈 필요가 없다.

국민건강마을의 입주 자격은 국민연금 수령 연령인 65세가 되어야 한다. 이 시기가 되면 당사자는 선택해야 한다. 입주금을 지급하고 국민건강마을에 입주하여 취미활동을 통해 자신이 먹을 채소를 심고, 좋아하는 꽃을 가꾸고, 동식물을 키우면서 남은 여생을 의식주에 구애받지 않고 사후 장례 서비스까지 제공받으면서 이곳에서 살 것인가, 아니면 연금을 수령하여 개별적인 삶을 살 것인가의 여부다. 이곳의 운영은 동일 입주금에 동일 서비스 제공이 원칙이다. 단, 공동이 아닌 단독 주거 시설을 원할 경우, 추가비용이 발생한다.

입주금의 납부는 매월 납부하는 분납식과 평균 수명일까지를 한꺼번에 납부하는 완납식 중 선택하면 된다. 분납제의 경우 매월 연금 수령액이 100만 원이고, 입주금이 70만 원이라면 매월 30만 원의 연금을 받을 수 있다. 문제는 국민연금의 완납인데, 이와 관련하여 1년간 성실하게 납부한 저소득층에게는 정부가 월 납부액의 50%를 지원해 준다. 독립 및 국가유공자와 그 유가족은 연금 수령 자격과 상관없이 무료로 국민건강마을에 입주할 수 있다. 나라가 어려울 때 나라를 위해 헌신하신 분과 그 유가족들을 보살피는 일은 그 어떤 복지정책보다 우선되어야 한다는 김진 정부의 의지다. 두 조직의 통합 명칭도 정했다.

노년을 건강하게, 인생을 행복하게
국민건강연금보험

두 조직의 통합 명칭과 슬로건에는 병이 나면 단순히 치료비를 할인해 주는 차원을 넘어 국민의 건강을 꼼꼼히 챙겨 국민을 위한 국민의 기업으로 거듭나겠다는 의지가 담겼다. 인간은 움직이지 않으면 죽음에 이르게 된다. 요양병원에 누워서 생활하다 보면 없던 병도 생긴다. 국민건강마을은 병들어 누워 있는 환자가 없는 대한민국을 지향한다. 이런 꿈이 실현되면 국민도 국민건강연금보험도 정부도 수익을 낼 수 있다는 것이 김 수반의 생각이다.

새로 태어난 국민건강연금보험은 간판만 바꾸고 기존의 사업장을 그대로 사용한다. 다만, 내부 조직은 개편이 불가피하다. 연금사업부, 보험사업부, 건강사업부로 개편하여 한 공간에서 연금과 보험 업무를 같이 볼 수 있도록 했다. 건강사업의 총괄은 본부에서, 각 지부는 해당 지역에 있는 국민건강마을을 관리한다.

김 수반은 두 조직의 인원을 감원하지 말고 지금까지 쌓아온 직원들의 노하우를 수익을 내는 기업으로 탈바꿈하는 데 쓰라고 지시했다.

관절팔팔운동은 국민건강연금보험의 의지가 담긴 '노년을 건강하게, 인생을 행복하게'의 상징이다. 나이가 들면 각종 관절 고통으로 힘들어하는 국민이 많다는 점에 착안했다. 그런 노력이 국민건강연구센터와 합동으로 남녀 20~70대를 대상으로 실험을 펼쳐 거둔 관절 운동의 효과는 매우 컸다.

인체의 5대 관절인 목관절, 어깨관절, 허리관절, 고관절, 무릎관절을 대상으로 하였다. 참가자 500명이 5년간 꾸준히 운동한 결과 정형외과 내원 횟수를 획기적으로 줄여 노년을 건강하게 보낼 수 있게 되었다. 국민건강연금보험은 이 같은 결과를 언론에 공개하고, 그 운동법을 국민건강앱에 실어서 공간에 구애받지 않고 언제든지 자유롭게 관절 운동을 할 수 있게 하였다.

관절팔팔운동

매일 하는 것을 원칙으로 하고, 부득이한 경우 일주일에 4일 이상은 해야 한다. 모든 운동의 기본은 걷기이므로 이 운동을 통해 관절팔팔운동의 효과를 배가시킨다.

목관절 운동

양손으로 허리 옆을 잡고 회전 운동을 제외한 전후좌우 운동을 각각 10~30회 한다.

어깨관절 운동

양팔을 가볍게 움직여 점차로 세게, 전후 회전 운동을 10~30회 한다.

고관절 운동

두 손을 각각 무릎 위에 대고 다리찢기 운동 10~30회, 바닥에 앉아서 다리찢기 운동 10~30회, 서서 다리 들어 앞차기 운동을 5~10회 한다.

허리관절 운동

두 손을 열중쉬어 자세로 맞잡은 상태에서 전후로 구부리는 운동을 30~50회 한다.

무릎관절 운동

양손을 무릎 위에 얹고 굽혔다 펴기 50~100회, 의자에 앉아서 다리 들어 굽혔다 펴기 20~40회 한다.

관절팔팔운동의 확산은 관절 건강의 대혁신으로 이어졌다. 고관절이 안 좋은 사람이 입식 의자가 없는 맛집에서 음식을 즐길 수 없었는데 관절팔팔운동으로 고관절이 치유되어 그런 맛집에서도 맛있는 음식을 즐길 수 있게 되었다. 이에 힘입어 국민건강마을에서는 체류형 건강체험 관광상품을 내놓았고, 외국인 관광객들이 문전성시를 이루어 국민건강연금보험의 재정이 튼튼해지는 결과를 낳았다.

무첨가 건강식품의 실현은 국민건강연금보험을 부자 기업으로 만들었다. 그 발단은 건강한 국민, 튼튼한 재정이라는 고민에서 시작되었다. 그러던 중 지금의 대한민국 음식문화가 국민을 병들게 하는 것은 아닌가 하는 의구심을 갖게 되었다. 그 증거가 선대들의 건강한 삶이었다. 과거 못 먹던 시절에도 암이나 당뇨병 같은 질병이 지금보다 월등히 적었다는 자료가 시발점이 되었다.

이에 따라 식약처에서는 현재 유통되고 있는 식품의 전수조사를 실시했고, 첨가물에서 발암물질이 검출되었다. 김진 정부는 이러한 자료를 바탕으로 식품의 50%는 식품 본연의 맛을 살린 무첨가 식품을 제조하도록 행정명령을 내렸다. 이는 식품의 첨가물을 전면 금지할 경우 상품 판매 부진으로 인한 기업의 어려움을 감안한 조치였다. 아울러 국민실험단을 모집하여 무첨가 식품만 섭취하는 실험도 단행하였다. 그 결과 암과 당뇨병 환자 수가 일반 그룹에 비해 50% 이상 줄어드는 결과를 낳았다.

김진 정부는 이와 같은 자료를 바탕으로 전 식품의 유해성 첨가물을 전면 금지하는 조치를 취하였다. 이에 따라 모든 식품의 포장지에는 소비자들이 쉽게 알아볼 수 있도록 '식약처 인증, 무첨가 건강식품'이라는 표시가 의무화되었다. 이 일로 가장 큰 변화를 보인 것은 떡과 막걸리였다. 떡 중의 떡인 인절미에 설탕을 첨가해서 인절미 본연의 맛을 잃어버렸었는데, 이제 당뇨병 걱정 없는 인절미를 되찾게 된 것이다. 막걸리도 단맛을 첨가하는 바람에 막걸리 고유의 맛을 잃어버리고, 장기 음용할 경우 당뇨병 같은 질병에 노출될 수 있었는데 무첨가 식품의 전면 시행으로 시큼새콤 건강 막걸리로 거듭나 국내는 물론 세계인의 건강주로 많은 사랑을 받게 되었다.

주말이라서 정책실 직원들은 다 퇴근했지만 김 수반은 집무 의자에서 일어나지 못하고 있다. 오늘 오전에 텔레비전 뉴스에서 생활고로 사망한 중년 여성에 대한 보도를 보았기 때문이었다. 굶어 죽는 사람이 없는 대한민국! 이것을 실현하기 위해서는 막대한 재정이 필요한데 그 방안이 떠오르질 않았다. 한참을 생각에 잠겨 있던 김 수반은 무엇엔가 이끌리듯 그 방안을 정책 입안지에 적었다.

K-기본소득

K-기본소득은 국가와 국민, 기업이 함께 만들어 가는 휴먼 상생

복지제도이다. 이 제도는 저출산 대책과 함께 기획되었다. 전 국민을 대상으로 매월 50만 원 이상, 최대 100만 원까지 지급을 목표로 한다. 이 제도가 시행되면 아사(餓死) 예방 외에 취약계층 복지증진, 각종 질병, 사고, 범죄, 아동학대 예방, 출산 장려, 인구수 조절, 지방소멸 방지 등을 위해 활용할 수 있다.

K-기본소득 재원
월 25조 원, 연 300조 원

재원 조달 방법
1. 정부 사업에 의한 재원 조달
2. 정부 및 산하기관, 지자체의 낭비되는 예산 절감으로 인한 재원 조달
3. 개인 및 기업의 기부금을 통한 재원 조달

주체
K-기본소득은 6개의 주체로 구성되어 각 주체에게 이익이 돌아가는 장점이 있다.

주체 1. 정부
정부는 전 국민에게 매월 50만 원 이상의 기본소득을 지급하면서도 정부 재정을 가급적 투입하지 않아 그 예산을 다른 곳에 쓸 수 있는 여유가 생긴다.

주체 2. 국민건강보험

국민건강보험은 정부와 함께 질병 예방 운동을 펼치게 되어 그 결과 치료비 지출이 대폭 줄어 많은 이익을 낼 수 있다. 이는 국민건강연금보험의 재정을 튼튼하게 하는 원동력이 된다.

주체 3. 손해보험사

손해보험사들은 정부와 함께 각종 질병 및 사고 예방 운동을 펼치게 되어 그 결과 보험금 지출이 대폭 줄어 많은 이익을 보게 된다.

주체 4. 지방자치단체

전국의 지자체들은 불필요한 재정, 특히 잦은 보도블록 교체, 도로포장, 덜 필요한 시설물 설치 등의 지출을 막고, 그 실적에 따라 다음 연도의 재정을 정부로부터 더 많이 배정받을 수 있어 지방 재정 운영에 도움이 된다.

주체 5. 기업

기본소득 재원 조달금을 많이 내는 기업일수록 국민의 사랑을 받게 되어 그 기업이 생산한 제품은 더욱 잘 팔리고, 기업은 매출이 증대되어 더욱더 성장하게 된다. 이는 내수시장 활성화와 일자리 창출로 이어져 국가 경제에 도움이 된다.

주체 6. 국민

정부의 각종 질병 및 사고 예방 운동에 적극 참여한 국민은 각자의 건강을 지키고, 재산 손실 및 비용 지출을 막으면서 매월 50만 원 이상의 기본소득까지 받게 되어 생활에 큰 도움이 된다.

조력체 1. 기본소득은행

K-기본소득 통합 계좌의 운영 주체로 시중은행들로 구성되어 각 주체로부터 입금되는 기본소득 재원 조달금을 관리하고, 해당 국민에게 기본소득을 지급한다.

조력체 2. 기본소득사업본부

이 기구는 K-기본소득 제도가 성공적으로 정착되어야 본격적으로 가동될 수 있다. 국내에서 성공한 기본소득 운영 노하우를 세계 각국에 전수해 주고, 관리비 명목으로 K-기본소득 사용료를 받는다.

시행 방법

1. 정부사업

건강보험공단, 손해보험사들과 업무협약을 체결한 뒤 정부와 양사가 각종 질병 및 사고 예방 운동을 펼쳐서 절약되는 금액 중 일정 금액을 K-기본소득 재원 조달금 명목으로 받는다.

2. 지자체의 예산 절약

정부 및 산하기관, 지자체가 낭비되는 예산을 절약하여 K-기본소득 재원 조달금으로 사용할 수 있도록 적극 노력한다. 정부는 이와 같은 것들이 원활하게 추진될 수 있도록 제도를 마련한다.

첫째, 정부는 지자체들이 낭비되는 예산을 절약하여 기본소득 재원 조달금으로 납부할 수 있도록 다음 연도 예산 배정과 재원 조달금 납부 실적을 연계시켜 납부 실적이 좋은 지자체가 다음 연도 예산을 더 많이 배정받게 한다.

둘째, 다음 사항에 해당하는 지자체는 다음 연도의 예산이 감축되거나 예산을 전혀 배정받지 못할 수도 있다. 비리나 재원 조달금 허위 납부, 반복적인 대형 사고 발생, 각종 바이러스 발생 때 늑장 대응 등, 이러한 것은 1년에 1~2회씩 실시하는 특별감사를 통해 결정된다.

셋째, 지자체 환경보존상, 지자체 협력상을 수상한 지자체는 예산 배정에서 우선권을 부여한다. 환경보존상은 불필요한 개발을 막고 환경을 잘 보존한 지자체에게 수여하는 상이고, 지자체 협력상은 둘 이상의 지자체가 서로 협력하여 지역 숙원사업 등을 성공시켰을 때 수여하는 상이다.

개인 및 기업의 기부

기업은 자의적으로 기부가 이루어지지만 개인은 조금 다르다.

자의적 기부

생활 형편이 넉넉한 사람이 형편이 어려운 사람들을 위해 기부하는 제도이다.

자동적 기부

기본소득 재원이 충족되지 못했을 때 지급이 중단되는 중산층 이상의 기부와 수령 중단을 신청했을 때 자동으로 기부 처리되는 것을 일컫는다. 양자 모두 1년간 평균 매월 50만 원 이상 기부한 것이 인정되면 연말 정산을 통해 기본소득 기부 장려금으로 100만 원을 지급한다.

지급 방법

1차 지급

기본소득 지급일 기준으로 정오까지 기본소득 재원이 충족되면 전 국민에게 기본소득 50만 원 이상을 지급한다.

2차 지급

2차 지급은 1차 지급이 중단되었을 때 자동으로 이루어진다. 기본소득 지급일 기준 정오까지 전 국민에게 지급될 기본소득 재원이 충족되지 못했을 때 취해지는 조치이다. 이때에는 정부에서 정해 놓은 일정 규모 이상의 재산, 일정액 이상의 소득이 있는 중산층 이상은 기본소득 지급이 중단되고, 그 금액은 자동으로 기부 처리된다. 단, 출생 등록된 영아에서 대학 졸업까지는 출산 장려를 위해 소득 및 재산 규모에 관계 없이 기본소득을 지급한다.

3차 지급

3차 지급은 중산층 이상에게 기본소득이 중단되었음에도 기본소득 재원이 충족되지 못한 경우이다. 이때에는 정부가 정해 놓은 규정에 위반한 사람은 기본소득 지급이 중단된다. 각종 사고를 많이 내어 보험금 지급을 과다하게 하거나, 각종 질병 예방 운동에 적극 협조하지 않아 건강보험 의료비 지출을 과다하게 한 경우이다. 건강보험에서 암 검진을 받으라고 통보했음에도 미루다가 훗날 치료를 받아 보험급여 지출을 과다하게 한 경우가 이에 해당한다.

4차 지급

4차 지급에서는 정부의 정책을 잘 따라준 중산층 이하의 국민에게 매월 50만 원 이상의 기본소득을 지급한다. 이때에는 기본소득 재원이 충족되지 않더라도 정부가 부족한 재원을 투입하여 기본소득을 지급한다.

지급 가구원 수 제한

K-기본소득은 1가구 4인 기준으로 매월 최저 200만 원이 지급된다. 이에 따라 기본소득 시행일을 기준으로 시행일 후에 태어난 3자녀부터는 기본소득이 지급되지 않는다. 이는 재원 고갈을 막고, 출산 장려 및 인구수를 조절하기 위한 조치이다.

근로소득장려금 지급

K-기본소득 수령자 중 취업하여 일을 하거나 장사를 해서 소득

이 발생하고 세금을 낸 것이 인정되는 자영업자나 소상공인 등은 회계연도 다음해부터 연 2회 50만 원씩 총 100만 원을 근로소득장려금으로 지급한다. 이 금액은 기본소득처럼 현금으로 지급하는 것이 아니라 국민경제카드로 지급한다. 이 카드는 백화점이나 사행성 업종 외엔 전국 어디서나 사용할 수 있다.

기존 복지예산 감축

K-기본소득이 시행되면 차상위 계층은 40%, 기초생활수급자 등은 30%의 복지 혜택을 감축한다.

기본소득 재원 표시

네이버나 다음의 메인 화면, 각 방송사의 뉴스 시간에 기본소득 재원금을 자막으로 표시하여 전 국민이 알 수 있도록 한다.

자의적 기부자 공개

자의적으로 기본소득 재원 조달금을 납부한 개인이나 기업을 공개하여 더 많은 국민, 더 많은 기업이 기부에 참여하도록 한다.

수령 중단 신청

국민의 기부가 자유롭게 이루어지게 하기 위해 기본소득 수령 중단 신청제도를 둔다. 이에 따라 수령 중단을 신청하면 본인이 받게 될 기본소득 50만 원이 자동으로 기부 처리되고, 중단 해지 신청을 하면 그달부터 기본소득이 지급된다.

지급정지, 경감, 취소

K-기본소득은 전 국민에게 지급하는 것이 원칙이지만 다음에 해당되는 행위로 형을 선고받은 사람에게는 기본소득의 지급이 정지되거나 수급 자격이 상실된다.

1. 흉악범죄(폭력, 성폭행, 살인, 살인 미수 등)
2. 경범죄(의도적인 범죄, 상습범 등)
3. 국가 질서 문란범(정당한 법적 절차를 밟지 않고 시위 등으로 국민생활에 불편을 주고, 사회 혼란을 초래하는 경우 등)
4. 국제범죄(해외에서 범죄를 저질러 국가 위상을 실추시킨 경우 등)
5. 국론분열범(국론분열을 조장하는 발언, 행위, 유튜브 등을 통해 대한민국의 국격을 폄훼하거나 대한민국 국민을 폄하하는 발언, 행위 등)
6. 친일 매국 및 반국가적 행위(이 항목은 당사자와 후손에게 대대로 적용된다)

압류금지

K-기본소득은 국민의 기본 복지 급여이므로 압류할 수 없다.

K-기본소득은 안 된다고 생각하면 안 되는 제도이고, 된다고 생각하면 실현 가능한 제도이다. 그러므로 국가와 국민, 기업이 힘을 모아 K-기본소득을 반드시 실현시켜야 한다. K-기본소득이 시행

되면 정부 부처 및 산하기관, 지자체들은 예산을 절감하느라 부담을 느낄 수 있다. 그러나 그해의 예산을 다 소비하기 위해 멀쩡한 도로를 파헤치고, 보도블록을 뜯어내는 일을 없애고, 그것으로 기본소득의 재원을 마련한다는 점에서 보람과 긍지를 가져야 한다.

K-기본소득은 어떻게 활용하느냐에 따라 다양한 효과를 발휘할 수 있는 제도이다. 아사(餓死) 예방 및 복지 사각지대 해소, 아동학대를 포함한 각종 범죄, 사고, 질병, 인구 감소 예방 등 국민의 삶을 혁신적으로 바꿀 수 있다.

김 수반은 이 제도의 시행을 4대 권역으로 나누고 국토의 중심인 대전-충청을 시작으로 광주-전라 기본소득, 부산-경상 기본소득, 서울-경기-강원 기본소득으로 확대해 나갈 생각이다. 이중 서울-경기는 인구 집중이 해소될 때까지 K-기본소득의 지급액을 40% 차감하기로 하였다.

인구절벽에 관한 대책도 세웠다. 자녀를 낳으면 지급하는 출산지원금 등으로는 저출산 문제를 해결할 수 없다는 결론이었다. 그 결과 결혼한 사람, 결혼하여 자녀를 둔 사람들이 혜택받는 사회 환경을 조성하기로 하였다. 이런 정책에 따라 비슷한 나이, 실력자라면 자녀를 둔 사람이 우선적으로 채용되고, 각종 공무원 시험에서도 가산점이 주어진다. 아울러 국가 및 지자체에서는 자녀 양육비를 지급하고, 직장에서는 자녀 양육 수당을 지급하는 등 공무원 사회부터 변화가 시작된다. 전국 곳곳에 무료로 운영되는 공공보육시설을 설치하여 어린 자녀를 둔 부모들이 직장생활을 하는 데 불편함이 없도록 하고, 중산층 이하부터 무료 주택의 입주를 확대하였다.

K-기본소득의 입안을 끝낸 김 수반은 집무 의자에서 일어나 창가에 섰다. 그때 그의 눈앞에서는 기본소득을 지급받고 행복해하는 국민의 모습이 아른거렸다. 그것은 김 수반 자신의 모습이었다.

김진 정부가 들어서고 시간이 흐르면서 모든 분야가 잘 풀려가고 있었지만 역사 쪽은 그렇지 못했다. 이는 김 수반이 다른 문제에 신경 쓰느라 챙기지 못한 탓도 있지만 국내 역사학계의 역사를 보는 인식에 문제가 있었다. 그런 이유로 임나일본부설이 수시로 튀어나와 민족 사학과 강단 사학이 대립하고 있었다. 마침 이 문제가 또다시 수면 위로 올라오자 김 수반은 이들을 수반궁 회의실로 초청하여 토론 과정을 지켜보았다.

이들의 주장은 한결같았다. 강단 사학계는 일본 사학계의 학설을 따랐고, 민족 사학계는 부정으로 일관했다. 일본의 사학자들이 주장하고 있는 임나일본부설(任那日本府說)이란 4세기경에 일본 열도의 왜(倭)가 한반도 남부로 출정하여 가야와 그 주변을 정벌하고, 임나일본부라는 통치기관을 설치하여 200년 가까이 한반도의 남부를 지배했다는 주장이다. 이에 대해 민족 사학계에서는 임나일본부설의 근거가 되는 일본서기(日本書記) 자체가 허구이기 때문에 당연히 인정할 수가 없고, 임나일본부설의 목적이 일제가 조선의 식민통치를 정당화하기 위한 수단으로 이용하기 위한 것이라는 주장이다. 이처럼 지루한 주장이 반복되자 김 수반이 토론을 중단시키고 질문을 던졌다.

"먼저 민족 사학자님들께 묻겠습니다. 단군조선이 실제의 역사입니까, 신화의 역사입니까?"

김 수반의 질문에 제일 연장자가 답했다.

"단군조선은 실제로 존재했던 우리 민족의 역사입니다."

"이번엔 강단 사학자님들께 묻겠습니다. 단군조선이 실제로 존재했던 역사가 맞습니까?"

강단 사학계에서도 제일 연장자가 답하였다.

"그렇지 않습니다. 실제의 역사로 보기에는 자료도 부족하고, 검증되지 못한 부분이 많습니다."

강단 사학자의 답변에 방금 전에 답했던 민족 사학자가 끼어들었다.

"그렇지 않습니다. 환단고기에 마흔여덟 분의 단군이 나라를 다스렸다는 기록이 있습니다."

민족 사학자의 반론에 조금 전에 답했던 강단 사학자가 되받았다.

"환단고기는 위서입니다. 군데군데 현실과 맞지 않는 기록이 나옵니다. 그런 점 때문에 환단고기는 정서로 인정받지 못하고 있는 겁니다."

김 수반은 잠시 생각에 잠긴 뒤 강단 사학자에게 다시 질문을 던졌다.

"그럼 단군조선이 신화의 역사입니까?"

"네, 현재 교과서에도 나와 있듯이 신화로 보는 것이 합당합니다."

강단 사학자의 답변에 김 수반은 씁쓸한 표정을 지었다.

"다시 민족 사학자님께 묻겠습니다. 한자가 중국의 문자입니까, 우리 민족의 문자입니까?"

"한자는 우리 민족이 창제한 문자입니다. 그 주체는 우리 민족의 조상인 동이족(東夷族)입니다."

"이번엔 강단 사학자님께 묻겠습니다. 한자가 우리 민족의 문자가 맞습니까?"

"그렇지 않습니다."

"그럼 한자가 중국이 만든 문자입니까?"

"네, 그렇게 보는 것이 합당합니다. 그렇기 때문에 국어사전에 한자가 중국에서 만든 것으로 기록되어 있고, 국내 어학계에서도 아무런 문제 제기를 하지 않고 있습니다."

강단 사학자의 말에 김 수반의 표정이 굳어졌다. 김 수반은 숨을 크게 한 번 내쉰 뒤 말을 이었다.

"제가 과거 중국에서 인류시원문화 관광자원화 사업을 추진할 때 그 사업단의 단장을 맡고 있는 중국의 사학자를 저의 집무실로 초대하여 둘이 술자리를 가진 적이 있습니다. 저는 그때 그 사학자와 나눈 대화가 지금도 잊혀지질 않습니다."

진진 위원장 : 우리 민족은 어쩌다 대륙의 끝자락 조그마한 땅에 자리를 잡게 되었을까요? 중화 대륙에 비하면 1개 성(省)에 불과한 땅에 둘로 갈라져 대립하고 있으니 참으로 한심하다는 생각이 듭니다.

중국 사학자 : 진 위원장님의 조국은 결코 작은 나라가 아닙니

다. 지금 중화 대륙에 뿌리내리고 있는 문화의 대부분이 진 위원장님의 조상인 동이족의 문화입니다. 물론 한자도 동이족이 만든 문자이고요.

"저는 그때 그 말을 듣는 순간 무어라 형언할 수 없는 희열과 자긍심을 가지게 되었습니다. 그러나 조금 전에 한 강단 사학자님의 말이 맞다면 중국의 사학자가 제게 거짓말을 한 것이 됩니다. 정녕 그런 것입니까?"

김 수반의 말에 강단 사학자는 고개를 숙인 채 아무 답변도 하지 못했다. 김 수반이 두 눈을 감은 채 말이 없자 양측의 사학자들은 김 수반에게 인사한 후 서둘러 회의실을 빠져나갔다. 회의실에 홀로 남겨진 김 수반의 마음속에서는 한탄조가 절로 흘러나왔다.

'역사가 없으면 미래도 없는 것이거늘. 뿌리 없는 나무에서 잎이 자랄 수 없듯 뿌리 없는 민족은 망하고 마는 것이 천지의 이치거늘. 왜 우리 민족이 이 모양, 이 꼴이 되었단 말인가.'

이 일이 있은 후 김 수반은 대한민족의 선조들 보기가 부끄러워 하늘을 똑바로 쳐다보지 못하는 습관을 가지게 되었다. 그의 그런 마음이 대한 역사 복원에 대한 열정으로 이어져 한국어에 능통하고 한자에 조예가 깊은 세계의 학자들을 초청하여 1년여의 기간 동안 환단고기의 진위 여부, 한자 창제 국가의 진실 등을 연구한 끝에 그 결과를 발표하는 날을 맞이하게 되었다.

오전 10시가 되자 이번에 연구를 이끌었던 언어학자와 사학자가 발표문을 낭독했다.

한자 창제 주체에 대한 발표문

"먼저 귀한 연구 기회를 갖게 해준 대한민국 국가수반님과 국민께 감사의 말씀을 드립니다. 이번 연구에 참가한 저희 학자들은 한자 창제 주체에 대하여 면밀한 분석과 광범위한 토론을 벌였습니다. 그 과정에서 뜻하지 않은 수확을 거두게 되었습니다. 그것은 한자와 한글의 연관성이었습니다.

저희 학자들은 문자 창제의 법칙, 음의 배열 등 여러 가지 측면에서 분석한 결과, 한자 창제의 주체가 현 대한민국의 조상인 동이족임을 인정하지 않을 수 없게 되었습니다. 특히 대한민족의 한자에 훈(訓)이 있다는 것은 그 누구도 한자가 대한민국의 문자라는 것을 인정하지 않을 수 없게 만들었습니다.

한자의 훈은 대한민족의 고대 생활어인 한어(韓語)입니다. 이것이 없으면 한자는 그림에 불과한 문자가 되고 맙니다. 저희가 발견한 한자와 한글의 연관성이란 한자와 한글은 모양만 다를 뿐 같은 문자라는 것입니다. 그 이유는 한글은 한자가 존재하지 않으면 한 나라의 언어 문자로써의 기능을 제대로 발휘할 수 없다는 점입니다. 따라서 저희 학자 일동은 한자가 현 대한민국의 조상인 동이족이 창제한 문자라는 것에 동의하지 않을 수 없었다는 점을 말씀드리며, 이에 대한 발표문을 마치고자 합니다."

환단고기 진위에 대한 발표문

"결론부터 말씀드리면 환단고기는 위서가 아닙니다. 그 결정적 증거가 한자에 나와 있습니다. 다시 말씀드리면 한자가 현 대한민국의 조상인 동이족이 창제한 문자라는 것이 밝혀진 이상 환단고기는 위서가 될 수 없다는 얘깁니다.

저희 학자들은 환단고기의 진위를 밝히기 위해 대한민족 계열의 왕들 무덤에서 옥(玉)이 많이 출토되고 있는 점에 주목하였습니다. 이러한 것으로 미루어 볼 때 대한민족은 옥(玉)의 민족임이 분명합니다. 그렇다면 한자에 그 흔적이 남아 있어야 합니다. 저희 학자들은 이 점에 특별히 관심을 갖고 그 흔적을 찾기 위해 한자를 탐독하였습니다. 그 결과 옥과 관련된 한자가 60여 개나 있다는 것을 알게 되었습니다. 그중 아름답게 보여서 만든 한자가 10개, 붉은색이 나는 한자가 4개였습니다.

이와 같은 사실로 볼 때 환단고기는 위서가 아닌 대한민족의 정서로 봐야 합니다. 이처럼 귀중한 연구에 참여하게 된 것을 영광으로 생각하며 발표문을 마치겠습니다."

한자 창제 국가와 환단고기가 진서라는 것이 발표되자 국내 및 세계의 언론들은 앞다투어 보도하였고, 그것을 접한 대한민국 국민의 반응이 다양하게 나타났다. 이게 사실인가 하고 의문을 품는 사람, 기뻐서 환호성을 지르는 사람, 그동안 등한시했던 한자를 눈이 뚫어지게 보는 사람, 한자책을 가슴에 꼭 껴안고 무언가 생각에 잠기는 사람 등등. 김 수반은 이번 연구에 참가한 학자들을 수반궁 영빈관으로 초청하여 오찬을 베풀고 그동안의 노고를 치하했다.

"학자 여러분들 덕분에 위대한 문자 창제 주체에 대한 비밀이 밝혀져서 참으로 기쁩니다. 저는 대한민국의 국가수반으로서 그동안 여러분들의 노고에 진심으로 감사를 표합니다."

이날 오찬은 화기애애한 분위기 속에서 진행되었다. 그 속에서 세계의 학자들은 대한민족 문화의 우수성을 얘기하며 더 많은 연구를 하지 못한 아쉬움을 토로하였다.

한자 창제와 환단고기 진위 여부가 마무리되자 이와 관련된 것들이 일사천리로 진행되었다. 한국어를 유네스코 세계기록유산으로 추가 등재를 추진하는 한편, 문화 강국으로의 도약도 추진되었다. 이에 따라 전국을 4대 문화특구로 지정하고, 문화재 발굴과 보존에 대한 재정 지원을 강화하였다.

김해-고령-상주-문경-안동을 중심으로 한 가야문화특구, 경주를 중심으로 한 신라문화특구, 부여-공주를 중심으로 한 백제문화특구, 서울-경기를 중심으로 한 고려-근조선 문화특구로 개발하여 관광 대국의 자원으로 삼기로 하였다.

역사교과서의 개정도 추진했다. 마고문명에서 시작된 대한민족의 유구한 국통맥을 수록하여 자라나는 2세들에게 대한민족의 자손으로서 자긍심을 가질 수 있게 하였다. 대한민족의 전통 달력인 마고력 달력도 부활시켰다. 이 달력은 기존 달력과 함께 관공서부터 사용한다. 이 달력에는 대한민족의 역년인 환국건기, 개천배달, 단군개국을 서기와 함께 표기하였다.

마고력 달력은 한 달 28일, 1년 13달의 달력으로 날짜와 요일이 항상 일치하여 일정 관리에 아주 편리한 달력이다. 여기에 대한민족의 역사와 문화를 실어서 역사의식을 함양하는 계기로 삼았다.

개국절 명칭도 바꾸었다. 개천배달단군조선절, 약칭 개천건국절로 하여 달력에 함께 표기하였다. 이는 배달국으로부터 시작된 대한민족의 국통이 단군조선으로 이어진 것을 나타내기 위함이다. 이에 따라 대한민국은 배달국의 국통을 이어받은 민주공화국이 되고, 건국일은 기원전 3897년 10월 3일이 된다.

김진 정부는 이를 명확히 하기 위해 3.1운동과 1919년 임시정부, 1945년 8.15광복을 거쳐 오늘에 이르고 있다는 것을 헌법에 못 박았다. 이러한 헌법정신에 따라 대한민국의 건국을 1919년, 1945년, 1948년 등으로 주장하면 국론분열죄가 적용되어 처벌받게 되고, 일제 식민통치를 옹호, 미화하는 주장을 공적인 자리에서 하게 되면 독립투쟁법에 저촉되어 대한민국 국적이 박탈되고, 국외 추방령이 내려지게 된다.

우리말 사전, 국어사전을 통합하여 한국어 사전으로 하고, 대한민족의 고대 생활어인 한어(韓語) 옆에 관련 한자를 표기하여 한자가 대한민족의 고대 생활어인 한어를 모태로 창제된 것을 알 수 있게 하였다.

기존 국어사전상의 다듬잇돌
구김이 없이 반드러워지도록 옷감 따위를 두드릴 때 밑에 받치는 돌

개정 한국어 사전상의 다듬잇돌 砧(침)
구김이 없이 반드러워지도록 옷감 따위를 두드릴 때 밑에 받치

는 돌

한국어 사전에서는 한자(漢字)를 한자(韓字)로 바꾸고, 창제 주체를 명확히 밝혔다.

한자(韓字)
현 대한민국의 조상인 동이족(東夷族)이 창제한 문자로 대한민족의 고대 생활어와 생활상, 만물의 형상을 바탕으로 만든 표의 문자

명절의 명칭도 정리하였다. 신정, 구정을 없애고 양력 1월 1일을 새해 첫날, 음력 1월 1일은 설 또는 설날로 정했다. 구정(舊正)은 일제가 대한민족의 명절을 비하해서 붙인 명칭이다. 일본이 쇠는 양력 1월 1일은 새로운 것이고(신정), 대한민족이 쇠는 음력 1월 1일은 구닥다리 같은 것(구정)이라는 의미가 내포되어 있다.
추석은 중추절, 한가위와 함께 사용하되 정식 명칭은 추석 한가위 태양감사절, 약칭 '추석 한가위'로 정하였다. 한자인 추석과 한어인 한가위를 함께 쓰기로 한 것은 한어와 한자의 우수성을 강조한 것이고, 뒤에 태양감사절을 붙인 것은 하늘에 감사함을 표하며 천제를 올렸던 선조들의 미풍양속을 본받기 위함이다.

해가 바뀌고 한국어가 유네스코 세계기록유산으로 등재되었다. 대전시와 카이스트가 함께 추진했다. 이 일로 대전시는 한국어 문화도시가 되어 해마다 한국어 축제가 열리는 세계적인 문화도시가

되었고, 카이스트는 해마다 한국어 학술대회가 열리는 한국어 연구의 메카로 떠올랐다. 그동안 김진 정부의 지원 하에 민족학자를 중심으로 대한역사연구원과 한국어연구원을 설립하여 자료를 수집하고 열띤 토론을 벌인 결과였다. 이 과정에서 한글이 한자 창제 과정에서 만들어졌다는 것이 명확히 밝혀졌다. 그런 관계로 한국어는 우수한 한어(韓語), 지혜로운 한자(韓字), 과학적인 한글이 결합된 위대한 언어 문자라는 평가를 받았다. 이에 따라 한글날을 한자-한글 한국어의 날, 약칭 '한국어의 날'로 정하여 그 뜻을 기리기로 하였다. 이런 가운데 수반궁에서는 김 수반의 대국민 담화문이 발표되었다.

"국민 여러분, 이번 연구에 참여해 주신 학자 여러분, 감사합니다. 그리고 축하합니다. 그동안 선조들 보기가 부끄러워 하늘을 똑바로 쳐다볼 수가 없었는데 이제 그 멍에를 벗어난 것 같아 한없이 기쁩니다. 한자는 지구상에서 가장 지혜로운 문자입니다. 그런데도 우리는 한자가 남의 나라에서 만든 문자로 알고 버려둔 채 방치하였습니다. 이것은 지혜로운 문자를 창제해 주신 선조들에 대한 불효이고 불충입니다. 그런 의미에서 한국어의 유네스코 등재는 우리가 좀 더 떳떳하게 살아갈 수 있는 길을 열어준 셈입니다.

과거 세계기록유산으로 등재된 훈민정음 해례본은 한글의 우수성만 강조되어 있어 우리 민족 언어 문자의 3분의 1만 등재된 상태였습니다. 한어, 한자, 한글로 구성되어 있는 한국어가 그것을 증명합니다. 더 중요한 것은 우리 민족의 문자인 한자가 중국의 문자로 인식한 상황에서 등재되었다는 점입니다. 또한, 우리 민족의 생활어인 한어의 우수성이 전혀 반영되지 않았습니다. 따라서 한국어의 유네스코 등재는 우리 민족이 문화 대국임을 세계만방에 드러낸 셈이 됩니다.

저 김진은 대한민국의 국가수반으로서 더 열심히 공부하고 연구하여 우리 민족의 저력을 세계만방에 드러내는 일을 게을리하지 않겠습니다. 감사합니다."

대국민 담화를 마친 김 수반은 자신의 집무실로 돌아와 창가에 섰다. 그리고 문화 대국을 빛낼 상상을 하였다. 그 주체는 국토의 중심, 행정의 중심인 대전특별행정시였다. 생각이 여기까지 미치자 김 수반의 마음이 급해졌다. 그의 마음속의 대전은 이미 세계적인 문화도시가 되어 있었다.

한국어가 유네스코에 등재된 후 국민의 마음도 변했다. 얼마 전까지만 해도 대한민국이 과연 세계 초일류 국가가 될 수 있을까 하고 반신반의하였지만 이제는 대한민국이 세계 초일류 국가가 될 수 있다는 쪽으로 마음이 바뀐 것이다. 언제부턴가 국민은 거리에서 아는 사람을 만나면 서로가 서로의 얼굴을 살피는 습관이 생겼다. 전에 비해 활기가 있고, 의욕이 넘치는 서로의 모습을 보면서 대한민국이 진짜 달라지고 있다는 것을 느꼈다.

성실하게 살아온 사람이 어려움에 처하면 앞에서 끌어주고 뒤에서 밀어주면서, 다 함께 잘살아 보자는 쪽으로, 다 함께 세계 초일류 국가의 꿈을 이루어 보자는 쪽으로 마음이 모아졌다. 그런 국민의 마음이 김진 정부와 하나 되어 세계 초일류 국가의 달성이라는 원대한 목표를 향해 뛰고 또 뛰었다.

제3부

K-프로젝트의 완성

　서기 2045년 8.15광복절을 며칠 앞두고 세계 유수의 평가기관들은 대한민국의 국가 경쟁력을 세계 1위로 평가했다. 경제, 문화, 군사 등 거의 전 분야에서 세계 1위를 기록했다고 발표하였다.
　세계의 평가기관들은 대한민국이 세계 초일류 국가가 된 데에는 대한민국의 의회제도가 큰 역할을 했다고 입을 모았다. 그러면서 대한민국 의회제도는 지구상에서 가장 이상적인 의회제도라고 호평했다. 그렇게 된 이유로는 누구라도 열심히 의정활동을 할 수밖에 없는 의회 시스템에 있다고 말하였다. 한 평가기관은 대한민국 의회의 의결 과정을 설명하는 시간을 갖기도 하였다.

　의정원 고시를 통해 선발된 의결의원들은 누구의 방해도 받지 않고 입안과 의결 활동에만 전념할 수 있다. 다만 의회를 감시하는 참여의원들의 의결중지권이 발동되었을 때만 해당 안건을 원로회의로 보내던가, 아니면 해당 안건을 재검토하여 문제점을 보완한 후 의결하면 된다.

　대한민국 의정원에서 의정활동을 하는 의정의원들에게 원로의원들은 하늘 같은 롤모델이다. 원로의원이란 의정의원으로 활동 중 자신이 입안한 법과 제도가 국가 발전에 크게 기여했을 경우 심사를 거쳐 자동 위촉되는 의정의원을 말한다. 원로의원으로 위촉되면 평생 공훈연금을 받으면서 원로회의로 올라온 의결 중지된 안건들을 처리하게 되므로 의정의원들에게는 선망의 대상이 될 수밖에 없다. 따라서 의결의원이나 참여의원들은 언젠간 자신도 원로의원이 될 수 있다는 꿈을 가지고 의정활동을 하기 때문에 결코 게으름을 피울 수가 없는 것이다.

　대한민국 의정원이 이렇게 성공한 데에는 의정활동평가원의 역할을 빼놓을 수 없다. 이들 평가위원들은 철저한 중립주의에 입각하여 합리적인 평가를 하기 때문에 지금까지 이들의 평가에 대하여 이의를 제기한 의정의원은 한 명도 없다. 이들이 평가한 데이터는 의정의원들의 정책입안 수당 결정, 원로의원의 위촉, 참여의원들의 정부 입각자료 등의 평가자료로 쓰이게 된다. 새롭게 리모델링된 대한민국 의정원은 마치 성스러운 정치의 전당 같은 느낌을 지울 수가 없다.

　대한민국 의정원이 개원한 후 국가 발전과 국민의 삶 향상을 위한 법과 제도가 수없이 의결되었지만 국민 노사 조정제도와 항구적 귀어, 귀농, 그린에너지 촉진, 대한민족 DNA 보전, 공정조사제도, 독재 방지, 경찰청 범죄예방센터, 주택거래 안심앱 제도, 검찰조직의 해체는 두고두고 자부심을 가질 만한 정책들이다. 이 9개의 정책은 김 수반이 초안을 작성하여 의회로 넘겼고, 의결의원들의 열정을 담아 제도를 보완하여 특별법인 국가번영법에 넣어 정권 교체와 관계 없이 꾸준히 추진될 수 있게 하였다.

국민노사조정위원회는 정부의 각 부처와 연결된 조직체로 시도별로 설치되었다. 목적은 합리적 조정을 통한 시위와 파업이 없는 대한민국을 만들기 위해서다. 이 제도의 초안은 국민이 시위와 파업을 하는 것은 정부의 책임이 더 크다는 생각에서 시작되었다. 텔레비전 뉴스에 비춰진 비 오는 날의 시위 모습, 그것을 본 김 수반은 '왜 국민이 저 시간에 저 자리에 있어야만 하는가?'라는 질문을 스스로에게 던졌고, 그 결과 시위와 파업을 벌이는 시간에 각자의 자리에서 일을 하게 만들자는 취지로 초안이 작성되었다.

국민노사조정법이 발효된 후 국민노사조정위원회에서 정해준 조정 기간 안에 그와 관련된 시위나 파업을 하면 중한 처벌을 받게 되고, 확정된 조정안을 따르지 않으면 손해배상 책임을 지게 된다. 현재 이 제도는 중앙정부와 지방정부, 정부와 노동계, 의료계 등의 갈등을 합리적으로 조정하여 국민의 삶 향상과 국가 경제에 크게 기여하고 있다.

대한민국의 농촌이 지금까지 활기를 잃지 않고 있는 것은 귀어, 귀농 정책 때문이다. 과거 김 수반은 다가올 미래에 농촌이 황폐화되는 것에 대한 우려에서 귀어, 귀농 정책의 초안을 작성하였다. 이대로 계속 몇 십 년이 흘러간다면 정감 있는 시골 장터와 시골 버스의 정겨운 모습 등은 사라지고, 폐가가 넘쳐나는 을씨년스런 농촌이 되어 김진 정부가 추진하는 관광 대국의 꿈도 요원하다는 판단이었다. 이에 따라 귀어, 귀농 장려법이 제정되었고, 그 법안에는 젊어서 귀어, 귀농할수록, 그 고장 출신일수록 더 많은 지원을 함으로써 농촌이 젊어지도록 유도했다.

수경재배와 스마트팜 같은 첨단 농업 지원을 통해 저비용 고생산 농산물 생산체제를 갖춰 농가 소득은 높이고, 소비자 물자는 낮추는 정책을 펴는 한편, 농업재해보험과 농민연금, 농지연금 등의 튼튼한 노후보장이 이루어지게 하여 농촌에서 태어나 도시로 간 청년들이 중년 전에 농촌으로 돌아와 농업에 종사하는 순환 구조가 형성되었다. 이렇게 됨으로써 대한민국의 농촌은 전 세계인들이 찾아와 민박을 하며 첨단농업을 체험하고, 무공해 음식을 즐기는 관광농업으로 자리 잡았다.

오지마을에 대한 정책은 김진 정부가 국토의 균형 발전과 지방 소멸 방지에 얼마나 많은 관심을 가지고 있는지를 보여준다. 김진 정부는 이러한 문제를 해결하기 위해 전국 행정 단위별로 주민애로센터를 설치했다. 그 결과 나온 정책이 전국의 오지마을에 태양광과 태양열을 이용한 마을 목욕탕을 짓고, 만물상 차를 운행하게 하여 고령자들이 시골장에 가지 않고도 자신이 거주하는 마을 또는 집 앞에서 장을 볼 수 있게 하였다. 이런 정책의 시행으로 오지마을을 떠났던 사람들이 다시 돌아오는 효과로 이어졌다. 아울러 부농(富農)의 꿈도 이루었다. 그 핵심은 논농사, 밭농사와 함께 전기 농사도 짓기 때문이다. 공압식 발전기가 개발되기 전까지는 태양광과

풍력으로 전기를 생산하여 남는 전기를 필요한 곳에 팔았고, 공압식 발전기가 개발되고부터는 공압식 발전기로 대체되었다.

그린에너지 촉진법은 김진 정부가 들어선 후 몇 달 만에 제정되었다. 그 결과 신재생 에너지 후진국으로 전락할 대한민국을 신재생 에너지 선진국으로 만들었다. 과거 김진 정부의 전 정권은 이전 정권이 열정적으로 추진했던 태양광, 풍력발전 같은 신재생 에너지 정책을 거의 폐지하고 원전 건설을 추진하였다. 그 결과 신재생 에너지 분야의 경쟁국들에게 크게 뒤처진 것은 물론 그 피해가 고스란히 국민에게 전해졌다. 각 가정에 태양광을 설치하고 싶어도 믿을 만한 국내업체 찾기가 힘들고, 찾아도 설치비가 이전 정부 때보다 훨씬 비싸서 그 피해를 고스란히 국민이 떠안게 된 것이다. 20가구 다세대 주택의 경우 태양광 미설치 주택의 월평균 전기료가 100만 원 정도 나온 반면, 태양광 설치 주택은 월평균 10~20만 원밖에 안 나오기 때문에 정부가 자금을 지원해서 태양광 설치를 적극 권장해야지, 폐지에 가까운 정책을 펼 일은 아니었다. 태양광이 지금은 보조 발전 수단이 되었지만 그 당시엔 국민, 특히 중산층 이하에겐 없어서는 안 될 필수 발전 수단이었다.

대한민족 DNA 보전법은 선조들이 못 이룬 홍익인간의 꿈, 곧 인류 평화의 실현을 위해 제정되었다. 김 수반이 이 법의 제정을 앞당기라고 지시한 것은 한류문화 확산의 영향이 컸다. 지금 이대로 다문화 정책이 계속된다면 대한민족의 우수한 유전자가 소멸되어 한류문화도 쇠퇴할 것이라는 우려였다. 이에 따라 혼인 비율은 국제결혼 30%까지만 허용되었다. 이것은 1년 단위로 관리되어 한 해에 국제결혼 건수가 일정 수치를 초과하면 국제결혼 총량제에 묶여 그 해에는 혼인신고 접수가 불허된다. 이 밖에 동족혼 우대정책의 일환으로 결혼비용 및 주택 구입비 지원 등의 혜택을 부여해 동족혼의 비율을 70%로 유지하고 있다.

공정조사처는 보수와 진보의 편 가르기식 악습을 청산하기 위한 김 수반의 결단으로부터 시작되었다. 대부분 국민의 진정서 제출로 조사가 이루어진다. 이 부처의 신설로 대한민국 사회에서 보수와 진보의 편 가르기 악습이 사라졌다. 공정조사처는 특별검찰의 권한을 갖는다. 이에 따라 공정한 조사를 통한 공정사회 정립을 목표로 활동한다.

공정조사의 대상은 옳은 것을 옳다고 말하지 않고, 그른 것을 그르다 말하지 않는 것이다. 각종 언론의 편파 보도, 사설, 칼럼 등의 편파적 서술, 역사 왜곡, 의회 청문회에서의 허위 진술, 청문자료 미제출, 진술 거부, 국무위원의 미출석, 경찰의 불공정 수사, 검찰의 무리한 기소, 감사원, 선관위, 방통위와 방심위의 불공정 운영 등이 이에 해당되고, 고위공직자의 비리 등도 공정조사의 대상이다. 위에 해당하는 경우 불공정 방지법에 따라 처벌되고, 언론사의 단순한 오보는 제외되지만, 계획적인 오보, 잘못된 것을 잘못되었다고 쓰지 않고 사실과 다르게 계속 쓰면 영업정지 처분이 내려지고, 심할 경우 허가 취소 처분이 내려진다. 이러한 활동으로 지속적인 불공정 방송, 특정 집단 세력을 비호, 옹호하는 풍토가 사라져 보수와 진보의 극한 대립도 자취를 감추었다.

불공정 방지법은 특별법으로 제정되어 의정의원의 불체포 특권과 대통령의 불소추 특권이 적용되지 않는다. 따라서 선거 때 유권자를 속여 표를 얻어 당선되었다면 당연히 공정조사의 대상이 된다. 공정조사처장은 독재방지법에 따라 경찰청장, 검찰총장, 대법원장, 감사원장, 선관위장과 함께 참여의원 선거 때 국민 투표로 선출되고, 중대한 문제가 있을 경우 국민소환제가 적용된다. 이 6개의 기관장은 선거에 출마하기 전에 선관위로부터 출마 자격 검증을 받아야 하며, 과거 일본 제국주의를 지지, 옹호하는 등의 행위를 한 사실이 드러나면 선거에 출마할 수 없다. 이들 기관장에게도 의결의원의 결격사유가 그대로 적용된다.

경찰청 범죄예방센터의 설립은 대한민국 경찰의 품격을 한 차원 높여 놓는 결과를 낳았다. 여기에는 국민의 사기 피해, 특히 보이스피싱 피해를 막겠다는 김진 정부의 강한 의지가 반영되었다. 경찰청 범죄예방센터는 각종 범죄연구, 범죄대응, 범죄상담팀으로 구성되어 상호보완 작용으로 움직인다. 네이버나 다음, 각 방송사의 TV 화면에는 경찰청 범죄예방센터의 전화번호가 상시 게시되어 있어서 미심쩍은 행위를 하기 전에 경찰청 범죄예방센터에 먼저 전화하는 것이 습관화되었다.

이것은 결국 국민의 사기 피해를 획기적으로 줄이는 효과로 이어졌다. 경찰청 국민안심계좌는 사기 피해 예방을 위한 이중장치이다. 만약을 위해 상대방이 요구하는 금액을 경찰청 국민안심계좌에 입금하여 범죄예방센터의 확인 후 찾아가는 제도이다. 물론 해당 사건이 종결되면 입금된 금액은 입금자의 계좌로 입금되어 사기 피해로부터 보호받게 된다.

각종 중고품의 인터넷 거래도 사이트 개설 시 하자 보증금을 납부해야 허가가 나기 때문에 중고품을 안전하게 거래할 수 있다. 특히 중고품의 대금을 사이트의 안심계좌로만 주고받을 수 있게 함으로써 중고 거래의 사기 피해를 근본적으로 차단하였다. 즉, 구매자가 정상적인 중고품을 받았다는 것이 확인되었을 때 매도자에게 중고품 대금이 입금되는 제도이다.

주택거래 안심앱 제도는 부동산 지식이 없는 국민이 자신이 거주할 집을 선택할 때 전세나 임대차 사기 피해를 당하지 않게 하겠다는 김진 정부의 의지이다. 이 앱은 국토교통부에서 운영하고 있고, 국민은 전세나 임대차계약을 하기 전에 이 앱에 접속하여 이상유무를 확인한 후 계약을 체결하면 된다. 이 앱에서는 4가지의 서비스가 제공되는데 계약체결 전 임대인의 주소와 인적사항을 입력하면 된다.

안심 거래

임대인과 건물 소유주가 동일하고, 여러 채의 임대 건물을 소유하지 않았으며, 등기부상의 하자가 없는 경우이다.

조사 필요

임대인과 건물 소유주가 동일 인물이지만 여러 채의 임대 건물을 소유하고 있고, 등기부상에 각종 설정등기가 되어 있는 경우이다.

요주의

임대인과 건물 소유주는 동일 인물이지만 등기부상에 하자가 있는 경우이다.

거래 불가

임대인과 건물 소유주가 상이하고, 등기부상에 하자가 있는 경우이다.

주택의 매매나 상업용 건물의 전세 및 임대차는 정부의 출자로 설립된 부동산 보증신탁에 의뢰하면 안전하게 거래할 수 있다. 아울러 주택의 경우 안심 거래 판정이 나왔어도 만일의 경우를 대비해 전세금 보증신탁 설정이 권유되고, 안심 거래 판정 내용의 범위 내에서 사고가 발생하면 정부로부터 피해액을 지원받을 수 있다.

검찰조직의 해체는 전 정권과 밀착하여 편파 수사를 일삼은 검찰의 자업자득이다. 검찰조직의 해체로 정치검찰이라는 말은 역사 속으로 사라졌다. 대신 무리한 수사, 공소권 남발, 판결의 과오로부터 국민의 피해를 막는 제도가 마련되었다. 김진 정부의 이러한 법무정책에 따라 기존의 판검사 제도가 폐지되어 법원에는 3법관 체계가 세워졌고, 경찰조직에는 기소국, 기소심사국, 기소경찰, 특임 경찰제도가 신설되었다. 아울러 공정기소, 공정재판제도가 확립되어 국민의 사법 피해를 막는 데 일조하고 있다.

판결 법관

판결 법정을 구성하는 법관들이다. 대부분 기존의 검사들로 구성되어 사건을 심사하고 양형한다.

심리 법관

심리 법정을 구성하는 법관들이다. 기존의 판사들로 구성되었고, 판결 법정으로부터 넘어온 사건의 형량을 조정하고 양형한다. 이 법정에서는 기소경찰의 공소장과 해당 사건의 변호인이 제출한 최종 변론장을 대조하는 등의 철저한 심사를 통해 수사경찰의 무리한 수사나 기소경찰의 공소권 남발로부터 억울한 국민이 발생하지 않도록 최선을 다한다.

변호 법관

일정 규모 이하의 재산, 소득이 있는 저소득층을 대상으로 무료로 변호해 주는 제도이다. 법관 재직 후 정년이 되면 자동으로 임명된다.

재판 규정

이 규정의 정식 명칭은 공정재판 규정이다. 수사경찰이나 기소경찰이 해당 사건의 변호인에게 압수자료 등을 공개하지 않음으로써 피해 보는 국민이 생기는 것을 막기 위한 조치이다. 이러한 법무정책에 따라 수사경찰과 기소경찰은 해당 사건의 압수자료를 사건 변호인에게 반드시 공개해야 하고, 그것을 공소장에 기재해야 공소가 성립된다. 이러한 것은 해당 사건의 법정에도 그대로 적용되어 재판 시작 전에 해당 사건의 변호인에게 압수자료의 조회 여부를 확인한 후 재판을 진행해야 하고, 해당 사건의 판결문에 변호인의 압수자료 확인 여부를 기록해야 판결이 성립된다. 이러한 것은 군사재판에도 그대로 적용된다.

기소경찰
수사경찰이 수사한 내용을 면밀히 검토하여 법원에 재판을 청구하는 특별경찰, 일명 기소관이다. 종전의 검찰 업무에서 수사 업무가 배제되었고, 기소의 남발에 대한 책임이 강화된 직책이다. 이에 따라 피의자가 무죄를 선고받은 건수가 일정치가 되면 담당 경찰에게는 감봉이나 직무 정지 처분이 내려진다. 불기소를 남발하여 기소 규정에서 정한 기소 건수 이하일 경우에도 같은 처분이 내려진다.

기소국
수사경찰로부터 넘겨받은 사건을 검토하여 구형한 후 해당 사건을 기소심사국으로 보내는 일을 담당한다.

기소심사국
수사경찰의 무리한 수사, 기소경찰의 과도한 구형으로 피해 보는 국민을 구제하기 위해 기소심사관들로 구성된 조직이다. 기소국으로부터 넘겨받은 사건과 공정조사처가 요청한 사건을 법원에 제출될 기소장과 변호인의 변론서를 대조하고 심사하여 무리한 수사를 바로잡고 과도한 구형량을 조정한다.

기소 규정

이 규정의 정식 명칭은 공정기소 규정이다. 이러한 법무정책에 따라 수사경찰이나 기소경찰이 해당 사건의 변호인에게 사건의 압수자료를 미공개함으로써 재판상의 불이익이 생길 경우 해당 사건의 경찰은 정직 또는 파면의 중징계를 받게 된다. 이러한 것은 군사수사경찰, 군사기소경찰에게도 그대로 적용된다.

특임경찰

경제사범 및 정치사범, 공직자 비리 등 비중 있는 사건을 다루는 경찰의 특수조직이다. 일명 특별수사팀으로 불린다. 검찰조직의 해체 과정에서 판결 법관이 적성에 맞지 않는 검사들은 특임경찰과 기소경찰, 공정조사처의 공정조사관으로 임명되어 국민을 위한 봉직자로 거듭났다. 신규로 지원하는 특임경찰, 기소경찰, 공정조사관은 사법시험에 준하는 시험에 합격해야 한다.

대한민국이 경제 대국이 된 것은 공압식 엔진 덕분이다. 물론 반도체나 전자, 조선, 방산 분야 등도 큰 역할을 했지만 공압식 엔진의 기여도는 압도적이다. 김 수반의 제안으로 시작된 공압식 엔진 개발의 도전사는 세계적인 전설로 남아 있다. 자동차 2개 사와 H그룹, 과학의 요람 대덕특구의 합작품이다.

공압식 자동차가 처음 개발되었을 때에는 시속 80km에 불과했다. 그 후 연구를 거듭하여 시속 150km의 에어카를 개발하였다. 이후 공압식 엔진의 단점으로 지적되었던 소음 문제가 해결되면서 공기를 연료로 하는 친환경 무공해 자동차를 탄생시켰다. 세계의 평가기관들이 호평한 것처럼 공압식 자동차는 연료 주입이나 충전할 필요가 없고, 폭발 위험도 없으며, 혹한이나 혹서에도 지장을 받지 않는 지구상에서 가장 안전한 자동차이다.

특히 지구상에 전자대란이 일어나도 끄떡없이 굴러간다. 디지털이 작동하지 않아도 아날로그는 작동할 수 있게 설계되었기 때문이다. 기존의 휘발유차나 경유차처럼 배터리로 시동을 하는 순간 초고압의 공기가 피스톤을 내리쳐서 동력을 얻는다. 이 공압식 엔진을 장착한 에어카가 오늘도 전 세계의 도로를 누비고 있다.

자동차 2개 사와 H그룹, 대덕특구는 여기서 멈추지 않고 김 수반이 제안한 공압식 발전기 개발에도 도전장을 던졌다. 그 결과 캠핑용 초미니 공압식 발전기부터 산업용 초대형 공압식 발전기까지 개발되어 인류를 구한 제품으로 명성이 높다. 이에 따라 공압식 발전기를 생산하는 대전의 대덕단지는 세계적인 산업단지가 되었다. 전 세계가 탄소배출 제로에 가까운 시대를 맞게 된 것은 이 때문이다.

공압식 발전기의 개발은 전선 시공의 대혁신도 이뤘다. 집단 공급 방식이 개별 공급 방식으로 바뀐 것이다. 이에 따라 가정이나 공장, 마을 단위로 직접 전기 공급이 가능해져 악천후에도 전기가 안정적으로 공급된다. 어디라도 공압식 발전기만 설치하면 전기료 걱정 없이 전기를 사용할 수 있게 되었다. 가스보일러가 전기보일러로 대체되면서 가정마다 전기료와 난방비 부담 없이 여름은 시원하게, 겨울은 따뜻하게 보낼 수 있게 되었다.

기존의 태양광 발전은 비상시를 위해 일부 활용하고, 댐 관리에서 발생되는 수력발전은 대규모 전기 공급이 필요한 곳에만 사용된다. 공압식 자동차, 발전기의 개발로 캠핑카 하우스족이 늘어나면서 집값과 전월세 가격이 안정되는 효과도 거두었다. 바야흐로 주거와 자동차 주행의 연료비 0원, 난방비 0원 시대를 맞이하게 된 것이다.

대한민국은 관광 대국의 꿈도 이루었다. 그 원동력은 5년 전에 완성한 관광 대국 철도망에 있다. 이 철도망이 구축됨으로써 자가용이 없어도 전국을 여행하기가 아주 편해졌다. 내국인은 물론 외국인들이 탄 열차가 남해의 다도해(多島海)를 통과할 때면 감탄사가 절로 나온다. 수도권에서 전철을 이용하여 동해로 갈 수 있는 것도 여행객들에게는 매력적인 일이다. 의정부역에서 경기북부 순환 전철을 타고 김화나 철원역에서 동해내륙 전철로 갈아타면 동해로 갈 수 있다. 이곳에서는 유럽까지 연결된 대륙열차를 탈 수 있어 세계인의 발길이 끊이질 않는다.

이들이 가는 곳마다 다양한 지역축제와 먹거리가 있고, 시골 민박집에서 맛본 시골밥상은 잊을 수 없는 추억으로 남는다. 특히 문경(점촌)발 예천-하회마을-안동-청송-영덕행 전철을 이용하면 하회마을의 전통문화 체험과 청송에서 약수 및 옻닭을 맛볼 수 있고, 주왕산의 정취까지 느낄 수 있어 많은 여행객의 발길이 이어지고 있다. 문경발 영덕행 전철은 내륙관광과 해안관광이 함께 활성화되기를 바라며 기획되었다. 이러한 김 수반의 생각이 실현되어 영덕은 물론 포항과 경주, 울산과 부산으로 이어지는 내륙해안 관광벨트가 구축되어 지방소멸 예방과 지역경제 활성화에 크게 기여하고 있다. 이 전철 노선은 문경-수안보-충주-장호원-부발-성남-수서까지 연결되어 주말이면 여행객들로 인산인해를 이룬다.

이러한 붐을 타고 4대 문화특구에도 관광객이 넘쳐난다. 그중에 으뜸은 백제문화특구이다. 이곳 공주와 부여에는 삼국의 건축양식을 다 볼 수 있는 드라마 세트장 형태의 삼한연합마을이 들어서 있다. 여기도 수도권에서 전철로 접근이 가능하다. 1호선을 타고 조치원역에서 청주-서천 간 전철로 환승하면 '공주 삼한연합마을역'이나 '부여 삼한연합마을역'으로 쉽게 갈 수 있다. 청주공항을 이용하는 사람은 이곳에서 청주공항-대전 간 전철을 타고 조치원역에서 환승하면 된다.

삼한연합마을은 김 수반이 직접 기획한 작품이다. 입장료를 내고 들어가면 환전소에서 돈부터 바꿔야 한다. 자신이 원하는 금액을 내면 삼한연합(신라, 백제, 고구려) 공용화폐를 내어준다. 다음으로 들러야 할 곳은 의복실이다. 이곳에서 일정액의 삼한연합 공용화폐를 내면 자신이 원하는 나라의 옷으로 갈아입을 수 있다. 여기서 빌린 옷에는 앞뒤로 '신라인, 백제인, 고구려인'이라고 큰 글씨로 쓰여 있다.

이 마을에서는 공용화폐가 있어야 음식을 사먹고, 선물도 사갈 수 있다. 모든 음식과 상품은 원산지 표시가 필수다. 사과, 배, 딸기 등에 신라산, 백제산, 고구려산이 표기되고, 식당에도 신라밥상, 백제밥상, 고구려 밥상, 삼국의 음식을 한꺼번에 맛볼 수 있는 삼한연합밥상, 술도 신라술, 백제술, 고구려술 등으로 표기해야 한다. 이를 위반한 점주는 관아로 끌려가서 백성들이 보는 앞에서 곤장을 맞게 된다. 이 마을에서는 삼한의 단합을 깨는 행위를 한 백성에게는 최고의 형벌인 주리틀기 형이 내려진다.

이 마을의 백미는 삼한연합을 주제로 한 전쟁놀이 행사다. 초창기에는 주로 학생들이 의복 앞뒤에 신라군, 백제군, 고구려군, 당나라군이 쓰여진 장졸의 복장을 하고 참여했지만 행사가 발전하면서 같은 주제가 다양하게 연출됨에 따라 연기자를 꿈꾸는 사람들의 참여도 늘어나고 있다.

이 행사는 주말에 한 번 열리고, 이날은 차량에 설치된 전광판에서 KBS 대하드라마 대조영의 주제곡과 함께 드라마의 주요 장면이 펼쳐진다. 이날은 대조영 상영관도 문을 연다. 1, 2, 3관에서 1회에서 마지막 회까지 선택해서 관람이 가능하다.

이 행사장에 들어가기 위해서는 세 개의 비석을 먼저 만나야 한다. 양쪽에 작은 비석, 중앙에 큰 비석이다. 이 비석에는 김 수반이 쓴 글이 새겨져 있다. 전쟁놀이 행사는 이 글을 모태로 진행된다.

[작은 비석 1] '잊지 말자'
일제 식민통치 35년의 고통을 잊으면 더 큰 고통과 치욕을 맞이하게 된다.

- 대한민국 국가수반 김진

[작은 비석 2] '잊지 말자'

동족상잔의 비극 6.25를 잊으면 더 큰 비극을 맞이하게 된다.
– 대한민국 국가수반 김진

[중앙 큰 비석] '삼한연합'

　국토가 크다고 꼭 좋은 것만은 아니지만 한반도, 특히 반으로 갈라진 남쪽의 지형을 보고 있노라면 굽이쳐 흘러온 대한민족의 역사를 되돌아보게 된다. 그리고 그 역사를 다시 쓰고픈 충동이 용솟음친다.

　이번에야말로 고구려를 멸망시키고 말겠다는 결심을 굳힌 당나라는 신라군이 모습을 드러내자 선봉에 서서 고구려 공격에 나섰다. 나당 연합군의 공격이 시작된 것이다. 이때 신라군은 결정을 내리지 못하고 망설이고 있었다. 그러다가 결심을 굳히고 총공격에 나섰다.

　신라군은 고구려가 아닌 당나라의 후미를 쳤다. 이렇게 되자 당나라 대군은 당황하며 혼란에 휩싸였다. 그때 그 소식을 듣고 달려온 백제군까지 합세하자 당나라는 힘 한 번 제대로 써보지 못하고 무너지고 만다. 대승의 현장에서 만난 삼국의 장졸들은 삼한단결을 외치며 뜨거운 포옹으로 진한 동포애를 나눴다.

　신라가 결정적인 순간에 마음을 바꾼 것은 고구려가 멸망하고 나면 신라도 당나라에 의해 멸망하게 될 것이라는 평범한 진리를 깨달았기 때문이었다. 그 후 광활한 대륙에는 삼한의 연합국가가 세워졌다. 그리고 이전의 삼한은 삼한연합국 신라현(新羅縣), 백제현(百濟縣), 고구려현(高句麗縣)이 되었다.

우리 민족은 왜 서로 단합하지 못하고 분열의 역사를 살아야만 했던 것일까? 대체 무엇이 우리 민족을 그렇게 만들었던 것일까? 너무도 아쉽고 한스러운 역사의 순간이어서 한 번 되짚어보고 싶었다. 언젠가는 남과 북이 하나가 될 것이다. 그때는 절대로 다시 갈라서는 일이 있어서는 안 된다. 서로의 생각이 다르다고 다시 등을 돌리면 분열의 역사를 영영 끝낼 수가 없다. 서로의 생각이 다를 때에는 개인의 욕망, 권력욕 같은 것은 모두 내려놓고 오직 국가와 국민, 대한민족의 미래만을 생각해야 한다. 그리고 그것에 가장 부합하는 쪽에 힘을 실어줘야 한다. 그리하면 분열의 역사를 되풀이하지 않을 수 있다. 대한(大韓), 대한인(大韓人)으로 거듭나는 것이다.

실제의 역사에서는 단기 3001년, 서기 668년, 나당 연합군의 공격으로 고구려가 멸망하고 만다. 나당 연합군의 공격으로 백제가 멸망한 지 8년 만의 일이다. 이 씁쓸한 역사의 현실 앞에서 고구려의 멸망과 발해의 건국을 다룬 KBS 대하드라마 대조영의 주제 음악을 들으며, 망국의 한을 안고 중화 대륙으로 끌려간 고구려인들을 생각하며, 세계 초일류 국가 대한민국을 꿈꾸어 본다.

- 대한민국 국가수반 김진

김 수반의 글이 새겨진 세 개의 비석은 대한민족관 독립투쟁 만세광장, 일제 식민통치 체험마을, 파주의 임진각, 용산의 전쟁기념관 등에도 세워져 남과 북의 화합을 다지는 주춧돌이 되고 있다.

지금 대한민국과 일본과의 관계는 매우 좋은 편이다. 과거 일본이 전 내각을 이끌고 대한민국을 방문하여 진심 어린 사죄와 배상을 했기 때문이다. 일본이 이렇게 변한 데에는 김 수반의 대응이 주효했다. 그 발단은 후쿠시마 원전사고 핵 오염수의 바다 투기였다. 이 문제가 불거지자 김진 정부는 적극적으로 반대 입장을 표명했다. 그러자 일본 정부는 국제원자력기구인 IAEA를 등에 업고 미국과 서방을 설득하여 핵 오염수 바다 투기를 감행하고자 하였다. 그런데 김진 정부의 강한 반대에 부딪혀 미국과 서방의 지지가 소극적으로 변하자 대한민국으로 특사를 파견하는 행보를 보였다. 그러나 국가수반궁을 방문한 특사는 핵 오염 처리수 바다 투기 협조를 요청하려다가 김 수반에게 문전박대를 당하였다.

"핵 오염수 바다 투기건이라면 그냥 돌아가세요."

"수반님, 후쿠시마 원전사고 핵 오염수는 과학적으로 안전하게 처리된 물입니다."

"그걸 지금 저에게 믿으라는 겁니까?"

"믿으셔도 됩니다, 수반님. 후쿠시마 원전사고 오염수는 IAEA가 인정한 안전한 처리수입니다."

"천만에요. 후쿠시마 원전사고 핵 오염수는 절대로 안전하지 않습니다. 일본 정부 스스로 그것을 인정하지 않았습니까?"

"아니, 무슨 말씀을 하시는 건지?"

"우리 정부가 전문가를 파견하여 핵 오염수 시료를 직접 떠서 자체적으로 검사하겠다는 청을 일본 정부는 거절하였습니다. 이것은 핵 오염수가 안전하지 않거나 안전한지도 모르고 있다는 방증입니다. 그리고 핵 오염수 바다 투기는 과학의 문제가 아닌 양심의 문젭니다. 현세대는 물론 미래 세대에게 심각한 영향을 끼칠 수 있는 일을 바다를 끼고 살아가는 한중러와 논의조차 하지 않는 것이 있을 수 있는 일입니까? 차후 야기될 정신적인 피해를 생각해 보세요. 과학적으로 아무리 안전하다고 해도 수십 년간 핵 오염수가 바다에 투기되면 그것을 알고 생선을 먹을 맛이 나겠습니까? 해수욕을 할 맛이 나겠냐 이겁니다. 이렇게 되면 해안가 지역은 황폐화가 될 텐데 이것을 어떻게 보상할 수 있단 말입니까?"

김 수반의 말에 일본 특사는 할 말을 잃고 고개를 떨구었다. 그런 그의 앞에 수반궁 여비서가 놓아둔 문서에는 후쿠시마 핵 오염수를 바다에 투기해서는 안 되는 이유가 적혀 있었다. 이것이 김 수반의 의지였다.

1. 바다는 인류의 공동 재산이기 때문에 전 세계의 합의가 없으면 핵 오염수 및 핵물질을 절대로 바다에 투기해서는 안 된다.
2. 원전사고 핵 오염수는 처음부터 육지에서 안전하게 처리하여 좋은 선례를 남겨야 한다. 그래야만 차후 발생되는 원전사고 핵 오염수도 안전하게 처리할 수 있다.
3. 원전사고 핵 오염 처리수가 바다에 투기되기 위해서는 다음의 요건을 충족해야 한다.
① 전 세계의 전문가들, 특히 해양 인접 국가의 전문가들이 직접 검사한 후 안전성이 확보되어야 한다.
② 수족관에 바닷물을 섞지 않은 핵 오염 처리수를 넣고 물고기를 넣어 일정 기간 동안 생태환경을 관찰한다. 그다음은 핵 오염 처리수에 바다에 투기할 때의 바다물의 비율로 희석한 핵

오염 처리수를 수족관에 물고기와 함께 넣고 1년간 관찰한다. 이와 같은 자료를 바탕으로 처음 투입된 물고기와 1년 후의 물고기에서 이상 증상 여부를 살핀다. 이런 검증을 거쳐 안전성이 확인되어야만 핵 오염 처리수를 바다에 투기할 수 있다. 이 경우에도 같은 방법으로 2년, 3년, 4년, 5년 단위로 안전성 검증이 지속적으로 이루어져야 한다.

4. 이와 같은 절차를 거치지 않고 핵 오염 처리수 바다 투기를 강행하려면 일본해 밖으로 핵 오염 처리수가 유출되지 않도록 조치를 취해야 한다.

문서를 다 읽어본 특사의 얼굴이 어두워졌다. 특사는 어쩔 수 없이 제2의 카드를 꺼내 들었다.
"수반님, 도와주십시오."
"도와달라니 그게 무슨 말입니까?"
"사실 우리 일본에게는 핵 오염수 육상 처리 능력이 없습니다."
"아니, 일본 같은 선진국에서 핵 오염수 처리 능력이 없다니 이해가 되지 않습니다."
"우리 일본 정부에서도 처음엔 육상 처리를 고민했었습니다. 그러나 많은 전문가가 증기증발식이나 전기분해식은 대기오염의 문제가 있다고 주장을 해서 해양 투기 쪽으로 결론을 내린 것입니다."
"그럼 핵 오염수 해양 투기가 비용을 아끼기 위한 것이 아니었단 말입니까?"

"네, 그렇습니다. 이 친서에도 그런 내용이 담겨 있습니다."

김 수반은 잠시 생각에 잠긴 뒤 말을 이었다.

"그 친서 거기에 두고 가세요. 우리 정부에서 최선을 다해 해법을 모색해 보겠습니다."

"감사합니다, 수반님."

일본 특사가 허리 굽혀 깍듯이 인사하고 나가자 김 수반은 집무 의자로 돌아와 생각에 잠겼다. 핵 오염수 육상 처리 중 가장 쉽고 편리한 방법이 증기증발식과 전기분해식인데 이 두 가지 방법이 다 문제가 있다면 다른 처리 방법을 고안해 내야만 했다. 그것이 바다를 지킬 수 있는 유일한 방법이라고 생각하니 마음이 급해졌다.

한참 생각에 잠겨 있던 김 수반에게 뇌리를 스치고 지나가는 것이 있었다. 그것은 가열밀폐 건조식 처리 방법이었다. 핵 오염수를 밀폐된 공간에서 말려 건조된 핵물질을 안전하게 보관하겠다는 발상이었다. 이 원리도는 국내의 중견 기업에게 의뢰되었고, 1년여의 제작 기간을 거쳐 후쿠시마 원전사고수가 있는 곳으로부터 2km쯤 떨어진 곳에 기계를 설치하여 가동에 들어갔다. 핵 오염수 처리 기계를 제작하기 전에 김진 정부는 협약서를 작성하여 일본 정부의 동의를 받아냈다.

핵 오염수 처리협약

후쿠시마 원전사고 핵 오염수를 처리함에 있어 한일 양국은 아래의 내용을 준수한다.

1. 핵 오염수 처리를 위한 부지와 전기 등은 일본이 제공하고, 기계 제작 및 처리 기술은 대한민국이 제공한다.
2. 핵 오염수 처리에 관한 모든 권한은 대한민국 정부에 있고, 일본 정부는 핵 오염수 처리에 대하여 일체의 간섭을 하지 아니한다.
3. 처음 1년간은 대한민국이 무상으로 핵 오염수를 처리하고, 1년이 지난 시점부터는 핵 오염수 처리비용을 일본 정부가 부담한다.
4. 1년이 지난 시점에서 핵 오염수 처리가 성공적으로 이루어지면 일본 정부는 과거 일제 시대 때 피해를 본 대한민국 국민에게 진심 어린 사과와 함께 배상한다. 아울러 독도가 일본의 영토라는 등의 역사 왜곡 주장을 일체하지 않을 것을 약조한다.

후쿠시마 핵 오염수 가열밀폐 건조식 처리는 성공적으로 진행되었다. 이로써 대한민국은 돈 한 푼 안 들이고 핵 오염수 처리 문제를 해결하는 성과를 거두었다. 또한 가열밀폐 건조식 핵 오염수 처리 기계를 제작한 기업에게도 막대한 이익도 안겨주었다.

김진 정부가 세계 각국을 안심시키기 위해 가열밀폐 건조식 핵 오염수 처리 기계를 제작한다고 발표한 것이 계기가 되었다. 그 소식을 접한 해양 국가들에서 핵 오염수 육상 처리에 동참하는 뜻에서 기계 제작비용을 보내온 것이었다.

가열밀폐 건조식 핵 오염수 육상 처리 방법은 원전사고 핵 오염수 발생지에서 지하 송수관을 통해 가열밀폐 건조식 기계가 있는 지하탱크로 핵 오염수를 끌어오는 방식이다. 그런 다음 육상에 설치된 보조탱크로 끌어 올려 긴 원통형 건조기에 핵 오염수를 투입-가열-진액-건조-밀폐 용기에 넣어 압착-밀봉하여 지하 콘크리트 저장고에 보관하는 방식이다. 모든 공정이 밀폐된 상태에서 이루어지기 때문에 핵물질에 오염될 위험이 전혀 없고, 규모가 그리 크지 않은 저장고 하나만 있어도 수천수만 년 이상 핵 오염 처리 물질을 보관할 수 있어 세계 각국으로부터 호평을 받았다. 이와 같은 성과로 인해 국제원자력기구는 가열밀폐 건조식 핵 오염수 육상 처리장치를 한국형 원전사고 핵 오염수 처리 시스템으로 명명하고, 원전사고수 처리는 모두 이 방식을 채택하도록 IAEA 규약에 넣었다.

북한의 경제도 비약적으로 발전하였다. 현재 세계 10위권 진입을 눈앞에 두고 있다. 북한의 경제가 이처럼 발전한 데에는 김 수반의 역할이 컸다. 과거 김 수반이 평양을 방문하여 김정일 국방위원장과 독대를 한 적이 있었는데 그때 김 수반은 남다른 행보를 보여 김 위원장을 당황하게 하였다.

"김 위원장님, 우리 민족의 발전을 위해 자유통상, 자유왕래의 길만이라도 열어야 되지 않겠습니까? 특히 살날이 얼마 남지 않은 이산가족들의 한을 풀어주기 위해서도 자유통상, 자유왕래의 길은 하루빨리 열어야 합니다."

김 수반의 간청에도 김 위원장이 별다른 반응을 보이지 않자 김 수반은 그 자리에서 김 위원장에게 큰절을 했다.

"김 수반님, 이거 왜 이러십니까? 어서 일어나십시오. 내가 한

번 적극적으로 고려해 보겠습니다."

　그 후 남과 북은 자유통상, 자유왕래를 실현시켰고, 그 일로 북쪽에 투자가 몰리고, 관광 수입이 대폭 늘어나면서 지금과 같은 경제 규모를 이루게 되었다. 자유통상, 자유왕래가 지금까지 잘 지켜지고 있는 것은 그때 제정한 한반도 평화통일 헌법이 존재하기 때문이다.

한반도 평화통일 헌법
(남북, 북남 평화통일 헌법)

　이 법은 남과 북, 북과 남이 공동으로 제정하여 평화적으로 통일을 이루는 날까지 존속시킨다.

제1조. 상호 존중 준수
　남과 북, 북과 남은 서로 간의 정치체제를 인정하고 존중한다.

제2조. 지속적 교류
　남과 북, 북과 남은 정권교체 등 정치적 상황과 관계 없이 민족화합, 민족 통일을 위한 노력을 계속 해야 한다.

제3조. 자유로운 삶 보장
　남과 북, 북과 남은 상호 평등의 원칙에 따라 자유로운 삶을 보장한다. 단, 어느 한쪽으로의 집단 이주는 남과 북의 승인을 받아야 한다.

제4조. 자유통상, 자유왕래

남과 북, 북과 남은 제1조와 제2조, 제3조의 정신을 바탕으로 자유통상, 자유왕래를 실현한다.

제5조. 양벌 규정

제1조를 위반한 남과 북, 북과 남의 주민에게는 남과 북의 양형 규정을 적용한다.

제6조. 군사협력

남과 북, 북과 남은 어느 한쪽이 타국의 침략을 받으면 지체 없이 출병하여 응징한다.

제7조. 통일정부 수립

통일정부의 수립은 남과 북이 서로 협력하여 양쪽을 발전시킨 뒤 하나의 정부로 통일하는 것이 더 낫다는 공감대가 형성되면 남과 북이 동시 투표를 실시하여 가부를 결정한다. 통일정부의 성립 요건은 남과 북 각각의 주민들의 과반수 찬성을 필요로 한다.

지금 남과 북이 하나의 정부로 통일을 이루지는 못했지만 서로 자유롭게 왕래하며 별다른 불편 없이 지내고 있다. 이렇게 지금까지 자유통상, 자유왕래가 유지되고 있는 것은 남과 북이 한반도 평화통일 헌법의 정신에 따라 매년 삼일절과 광복절에 남북한의 주요 인사들이 판문점에 모여 관련 행사를 가짐으로써 6.25 이전의 민족의 동질성 회복을 위한 노력을 계속해 오고 있기 때문이다.

　현재 대한민국의 군사력은 세계 최강이다. 그동안 미국과 꾸준히 협상을 벌인 결과 미사일 사정거리 제한이 완전히 해제되었다. 그때부터 대한민국은 미사일 개발에 박차를 가했고, 마침내 한국형 최첨단 미사일 대무(大無)를 탄생시켰다. 대무란 명칭 그대로 사정거리가 무한대인 미사일이다. 고흥반도에 설치된 지하기지에서 버튼 하나만 누르면 지구촌 어디에 있는 목표물도 100% 명중시킨다. 대무 1호는 지상용, 대무 2호는 지하용이다. 대무 2호는 지하 수십 킬로미터에 있는 목표물을 파괴하는 가공할 능력을 지녔다. 이렇게 됨으로써 대한민국은 출병을 하지 않고도 전쟁을 완벽하게 수행할 수 있는 유일한 나라가 되었다.

　대한민국 군의 기강도 세계 최강이다. 김진 정부가 들어서면서 자유는 지킬 수 있을 때만 누릴 수 있다는 김 수반의 안보철학에 따라 독립 및 국가유공자의 후손들 중 능력 있는 사람들을 선발하여 안보 강사로 육성한 덕분이다. 이들의 군 순회 안보 강연으로 대한민국은 군사력에 걸맞는 최강의 정신력까지 갖추게 되었다.

　대한민국의 군사력이 여기까지 올 수 있었던 것은 김 수반의 현명한 판단 때문이었다. 그 발단은 일본이 독도를 자기들의 영토라고 주장한 것에서 기인한다. 일본의 이러한 억지 주장이 되풀이되자 김 수반은 부국강병을 목표로 미국에게 미사일 사정거리 완전 해제를 요구했고, 미국은 그것을 거부하였다. 그때 김 수반은 많은 생각을 하게 되었다. 그 속에서 많은 의문이 스쳐 갔다.

　'일본은 왜 대한민국의 영토인 독도를 자기들 땅이라고 억지 주

장을 펴는 것인가? 이런 상황에서 미국은 우리에게 어떤 존재인가?'

　김 수반은 이러한 의문을 바탕으로 상상도를 그렸다. 그 결과 일본의 민낯이 드러났다. 화장 속에 숨겨진 얼굴, 일본 제국주의의 망령이었다. 해양자원 확보, 배타적 경제수역, 이런 것은 겉으로 드러낸 명분이고 속셈은 따로 있었다. 언제고 한반도를 다시 점령하게 되면 대한민국이 원래 자기들의 영토라고 주장하기 위한 계략이었다. 과거 한반도의 남부를 점령하여 200년을 통치했다는 임나일본부설을 계속 주장하고 있는 것도 같은 맥락으로 그려졌다. 그렇다면 미국의 힘이 일본을 제어할 수 없는 때가 되면 일본은 또다시 한반도를 점령할 가능성이 높다.

　의문은 계속 이어졌다. 현 상황에서 대한민국과 일본이 전쟁을 벌인다면 미국은 대한민국을 도와줄 것인가이다. 김 수반의 상상 속에는 그런 그림은 없었다. 미국은 방관자일 뿐이었다. 명분도 확실했다. 미국이 개입하면 세계 대전으로 번진다는 이유였다. 자국의 이익에 따라 움직이는 미국으로써는 당연한 행보였다. 이유는 대한민국이 아닌 일본령 대한민국이 모든 면에서 미국에게 유리하기 때문이었다. 이런 환경 속에서 김 수반이 내린 결론은 부국강병, 중립주의, 남북단합이었다.

　김 수반은 다시 미사일 사정거리 완전 해제를 요구했다. 하지만 미국은 또다시 거부 의사를 분명히 하였다. 그때 김 수반이 꺼낸 카드는 주한미군 주둔비의 대폭 삭감이었다. 주한미군 철수를 감수한 강경책이었다. 그 앞에서 미국의 선택은 미사일 사정거리 완전 해제였다. 세계 최강의 군사 강국 대한민국은 이런 과정을 거쳐 탄생되었다.

　일본 제국주의의 민낯이 드러난 그때부터는 동해와 한국해를 병기하고, 일본이 동해를 일본해로 표기하면 강력하게 대응하기로 하였다. 대한민국이 중립주의 노선을 가야 하는 이유도 명확했다. 지정학적으로 볼 때 한반도는 철저한 중립주의에 남북단합만이 한반도가 안전할 수 있는 그림이었다. 대한민국이 미일과 뭉치면 북중러가 뭉쳐서 냉전 구도가 형성되고, 대한민국이 중러와 뭉치면 미일이 북한을 끌어들여 역시 냉전 구도가 형성된다. 이 경우 미일과 중러는 서로를 치기 위해서는 한반도를 먼저 치고, 그다음에 상대국을 치게 되어 있다. 그래야만 전쟁을 유리하게 수행할 수 있기 때문이다.

　미국과 일본이 중국과 러시아를 치기 위해서는 북한을 먼저 쳐야 하고, 중국과 러시아가 미국과 일본을 치기 위해서는 남한을 먼저 쳐야 한다. 이것은 불변의 법칙이다. 이리저리 치일 수밖에 없는 한반도! 철저한 중립주의 정책으로 미국, 일본과 잘 지내는 것은 물론 중국, 러시아와도 잘 지내야 한다. 그것이 한반도가 불바다로 변하는 것을 막을 수 있는 길이다.

　부국강병! 자주국방! 중립외교! 이 3대 원칙은 정권교체와 관계없이 꾸준히 추진되어야 한다. 이것은 주권자인 국민의 명령이다. 김 수반의 상상도는 이렇게 끝을 맺었다.

　대한민국이 복지 일류 국가가 된 것은 K-기본소득 덕분이다. 지금 대한민국의 국민은 매월 130만 원씩 K-기본소득을 받고 있다. K-기본소득이 지급되는 매월 20일은 특별한 날이다. 특히 세계 각국의 6.25 참전용사 자손들에게는 특별한 의미를 지닌다. 김진 정부가 6.25 참전용사 자손들에게 6.25 참전 보훈연금 명목으로 내국인과 똑같이 K-기본소득을 지급하고 있기 때문이다. 이 보훈연금은 4차 지급에 해당되어 대한민국이 존재하는 한 저소득층과 함께 매월 지급받게 된다. K-기본소득의 시작은 저소득층을 대상으로 대전-충청 기본소득, 광주-전라 기본소득, 부산-경상 기본소득, 서울-경기-강원 기본소득 순으로 확대하여 매월 50만 원씩 지급되었다.

    K-기본소득을 매월 130만 원씩 전 국민에게 지급할 수 있는 원동력은 국가 및 정부 산하기관, 지자체의 불필요한 예산 절약, 각종 사고 및 질병 예방으로 인한 의료비 지출 절약 외에 공압식 자동차 회사와 공압식 발전기 회사에서 보내오는 기부금과 K-기본소득의 해외 수출로 받는 로열티 성격의 재원 덕분이다.

    기본소득이 전면적으로 실시되면 일하지 않으려는 풍조가 만연할 것이라는 전문가들의 지적과는 달리 활성화되어 있는 국민의 꿈이나 아이디어뱅크에서의 활동을 통해 못 이룬 자신의 꿈, 새로운 꿈을 키우는 힘으로 작용하고 있다. 이런 현상으로 창업과 일자리, 세수가 증가하여 국가 경제에 기여하는 바가 크다. 각종 범죄율, 흡연율도 크게 떨어져 세계 여러 나라에서 연구가 진행 중이다. 이렇게 된 데에는 K-기본소득의 운영방침이 크게 작용했다. 아무리 가벼운 범죄라도 그것이 의도적이고 상습적이면 기본소득의 지급이 일정 기간 동안 정지되거나 수급 자격을 영구 상실시키는 방침이다.

아이를 낳으면 복덩이, 금덩이로 불리는 시대가 되어 아동학대나 영아유기 현상은 사라진 지 오래되었다. 만 18세 전까지는 기본소득의 수령권이 부모에게 있고, 아이 둘을 낳으면 매월 260만 원이 들어오기 때문에 아이는 둘을 낳아서 모셔야 할 대상이지 학대의 대상이 아니다.

흡연율이 전 세계에서 가장 낮은 것도 흡연자 및 마약 복용 경력자는 60%밖에 기본소득을 받을 수 없도록 한 기본소득 운영방침의 힘이다. 이와 같은 방침에 힘입어 마약으로 신음하던 미국의 할렘가가 K-기본소득의 도입으로 참회와 수행의 장소로 바뀐 지 오래다. 그런 관계로 K-기본소득은 대한민국을 넘어 전 세계의 보배로 자리 잡았다.

세계평화실천연합의 설립은 인류 평화에 대한 김 수반의 의지의 반영이다. 대한민족의 인류사상인 홍익인간을 구현하기 위해서다. 조선이라는 국호가 정해지기 전 부도(符都)를 통해 원대한 꿈을 이루고자 했지만, 일부 세력의 준동과 그에 동조하는 세력들로 인해 그 뜻을 이루지 못하였다. 그 화(禍)가 지금까지 미치고 있다는 것이 김 수반의 생각이다. 그 핵심은 사해(四海) 평등, 주민 자치의 덕치(德治)였다.

4천여 년 전 부도의 역(曆), 곧 달력은 1달 28일, 1년 13달의 달력을 사용했다. 이는 마고력으로 날짜와 요일이 항상 일정하여 천부(天符)의 이치, 하도(河圖)의 원리와 부합하는 만민평등의 원칙과 상통한다. 그러나 준동 세력은 만민평등의 원칙에 반하는 오행(五行)의 논리를 내세우며 부도의 역을 따르지 않았다. 준동 세력이 황당무계한 오행설을 주장하며 사용한 달력이 지금 전 세계적으로 사용 중인 그레고리력이다. 이는 복잡하기만 할 뿐 1달이 28일, 29일, 30일, 31일로 날짜와 요일이 불규칙하여 천지의 이치와 어긋난다. 이러한 생각이 강자가 약자를 억압하는 풍조로 이어져 전쟁의 역사가 끊이지 않고 있다는 것이 김 수반의 생각이었다. 따라서 세계평화실천연합의 설립은 4천여 년 전 선조들이 품었던 홍익인간의 꿈을 이루고자 하는 위대한 여정인 것이다.

세계평화실천연합의 핵심은 세계평화 실천 준수이다. 이를 위반하면 대한민국의 제재를 받게 된다. 약소국의 침략, 독재 정권에 의한 국민 탄압, 각종 범죄, 흡연율 및 마약 복용, 환경 파괴 등 세계평화 실천 규정에 벗어나는 국가에게는 공압식 엔진, 공압식 발전기와 관련된 모든 제품의 수출이 금지되고, K-기본소득 사용료도 몇 배를 더 내야 한다. 반대로 세계평화 실천을 잘하는 국가에게는 K-기본소득 사용료를 낮춰주는 등의 혜택이 주어진다. 특히 초등학교부터 기초 한글과 한자 900자를 의무적으로 가르치는 국가에는 그 나라의 형편에 따라 공압식 발전기의 관세를 낮춰주고, 선진국으로의 도약을 위한 국가 차원의 컨설팅도 이루어진다. 김진 정부가 이런 정책을 펴는 것은 한국어가 인류 공용어가 되어야 인류가 좀 더 편리하고 평화롭게 살아갈 수 있다는 김 수반의 인류 평화 철학을 실천하기 위함이다.

대한민국이 기후재앙 대응 능력을 갖게 된 것은 하늘만 쳐다보며 한숨짓는 시대는 지났다는 김 수반의 신념에 따른 결과이다. 그 시작은 기후재앙 대응청의 설립이었다. 부설 기후재앙연구소가 설립된 지 5년 만에 결과물이 나왔다. 대한민국 인근 해수의 온도를 관리하는 기술이다. 이 계획이 완성되면서 원양어업을 하지 않아도 인근 바다에서 냉대 어종을 잡을 수 있는 길이 열렸다. 또한, 태풍 접근 시 바람의 강도는 낮추고, 비의 양은 적게 내리는 효과를 거두어 홍수 및 태풍 피해를 획기적으로 줄일 수 있게 되었다.

김진 정부가 기후산업에 적극성을 보이자 전문가들 사이에선 예산만 낭비하는 사업이라고 지적했지만 김 수반은 의지를 굽히지 않았다. 그 결과 기후재앙연구소와 대덕특구, H그룹의 합작품이 탄생하였다. 그것은 대한민국 인근 바다에 축구공 형태의 대형 냉각기를 띄우는 일이었다. 이것의 작동은 평상시엔 미니 태양광에 의해 이루어진다. 전기가 달리면 초미니 공압식 발전기가 곧바로 작동된다. 각각의 냉각기는 쇠사슬로 연결되어 있고, 제어실에서 온도 조절이 가능해 바다의 온도를 조절할 수 있다.

기후재앙연구소가 설립된 지 10년이 지나서는 태풍을 약화시키고 마른하늘에 친환경적으로 비를 내리게 하는 기술도 개발되었다. 그 핵심은 초강력 냉풍탄이다. 이것을 태풍의 눈 속으로 발사하여 세력을 약화시킨다. 이 기술은 강한 태풍에만 사용하고, 태풍의 성질에 따라 온풍탄을 쏘아 올리기도 한다. 비가 오게 하는 원리는 냉풍탄과 온풍탄을 발사하여 충돌시키는 방식이다. 이 기술은 가뭄 해결과 산불 진화에 큰 공을 세우고 있다. 많은 비가 올 때는 초강력

풍력 드론부대를 출동시켜 비구름을 바다에 머물게 한다. 그것이 여의치 않을 땐 바람의 방향을 이용해 비구름을 밀어냄으로써 홍수 피해를 줄인다. 이처럼 대한민국이 기후재앙 대응 능력을 갖춤으로써 인류는 기후재앙의 공포로부터 벗어나게 되었다. 지진도 에너지 응집을 사전에 감지하여 소진시키는 방법으로 지진을 예방하는 기술이 개발되어 상용화를 앞두고 있다. 이 모든 것이 과학도시 대전의 대덕특구에서 나온 기술이다. 과학에 대한민국의 명운을 걸고 재정 지원을 아끼지 않은 김진 정부의 결과물이다.

민족의 정기가 단절되었던 대한민족관은 국민의 역사의식을 함양하는 성지(聖地)로 바뀌었다. 대전 충청 메가시티 구축을 위한 전철망이 완성되어 수도권에서도 전철로 올 수 있어 많은 사람이 찾고 있다. 과거 김 수반이 지시한 대로 대규모 국민 리조트와 풀장이 들어섰고, 삼국시대마을, 고려시대마을, 근조선시대마을, 일제 식민통치 체험마을도 들어서서 청소년들이 방학 때면 이곳을 찾아와 선조들의 지혜와 슬기를 배우고 호연지기를 키울 수 있게 되었다. 특히 일제 식민통치 체험마을에서는 과거 선조들이 겪었던 고통을 그대로 재연하여 체험한다. 빼앗긴 나라를 되찾기 위해 독립 운동을 한 것이 죄가 되어 모진 고문을 당하고, 하루아침에 말과 글, 성과 이름을 빼앗긴 수모와 불편을 몸소 체험한다. 그러나 대한민족관의 백미는 매월 주말에 삼국시대마을에서 열리는 전쟁놀이 행사이다. 이 행사의 참가자들은 대부분 중고등학생인데 전쟁놀이 하루 전 추첨을 할 때면 희비가 엇갈린다. 아군이 되느냐, 적군이 되느냐가 판

가름 나기 때문이다. 이때 아군에 당첨된 사람들은 환호성을 지르고, 적군에 당첨된 사람들은 시무룩한 표정으로 하룻밤을 보낸다.

　전쟁놀이 행사가 있는 날은 대한민족관 전체가 떠들썩하다. 일제 식민통치 체험마을에선 참기 힘든 고통소리가 흘러나오고, 각본에 짜여진 전쟁놀이지만 전쟁에 참가한 병사들은 서로가 승리를 장담하며 기 싸움에 여념이 없다. 이 전쟁놀이는 되돌아본 역사라는 주제로 민족의 단합력을 키우는 행사이다. 마침내 그 막이 오른다.

　삼국 중 한 나라가 외세의 침략으로 힘겨운 전투를 벌인다. 그래도 아군은 꿋꿋이 버티며 밀고 밀리기를 반복한다. 그러다가 곤경에 빠지게 되고, 이제 퇴각을 결정해야만 하는 기로에 서게 된다. 그때 힘찬 말발굽 소리와 함께 천원벌 흑성산 기슭에 와! 하는 함성이 울려 퍼진다. 그들은 삼국 중 두 나라였다.

　삼국의 병사들은 합세하여 단숨에 적을 무찌른다. 그리고 삼국의 장졸들은 두 손을 맞잡은 채 삼한단결을 외친다. 이때 삼국의 병사들은 뜨거운 포옹을 하고, KBS에서 방영되었던 대하드라마 삼국기의 주제 음악이 울려 퍼지면서 전쟁놀이는 막을 내린다.

　대전 비전 1, 2, 3은 숙고 끝에 나온 김 수반의 작품이다. 과학 이외는 딱히 떠오르는 이미지가 없는 대전을 어떻게 하면 젊은이들이 꿈을 키우는 도시로 만들 수 있을까 하는 고민의 결과다. 대전은 과학기술 관련 기업이 많은 도시라서 아르바이트 일자리가 많지 않은 단점을 가지고 있었다. 그런 관계로 젊은이들이 많은 활기찬 대전을 만들기 위해서는 대전을 세계적인 관광도시로 만드는 일은 매우 중요했다. 그래야만 음식, 숙박업 등의 서비스 업종이 번창해 일자리가 많이 생긴다는 결론이었다. 그런데 무엇을 모태로 세계적인 관광도시를 만들 것인가에서 진척이 없었다. 그러다가 불현듯 중국에 있을 때 중국 사학자가 술자리에서 한 말이 떠올랐다.

"위원장님의 조국인 대한민국은 천손 민족의 종통 국가입니다."

천손 민족의 종통 국가 대한민국! 그렇다면 당연히 천제를 올려야 할 것이 아닌가? 천제문화도시 대전! 생각이 여기까지 미친 김수반은 대전을 세계적인 천제문화 관광도시로 만들기 위한 대전 비전 1, 2, 3을 거침없이 적었다.

대전 비전 1은 보문산 동쪽 플랜이다. 제일 높은 시루봉에 강화도의 참성단과 같은 모양의 천제단을 세웠다. 대한민족은 고대로부터 천제단을 통해 하늘과 소통하기 위하여 1년에 한 번씩 하늘에 제사를 올렸다.

천제단의 정식 명칭은 소도(蘇塗)이다. 이 명칭에서 천제를 올리는 궁극적 목적이 드러난다. 풍년은 이어지고 재난은 없는 나날의 바람이다. 소(蘇)가 채소, 물고기, 곡식 등의 풍년을, 도(塗)는 홍수, 가뭄, 지진 등의 재난 막음을 의미한다. 한자를 어느 정도 아는 사람이라면 글자의 뜻을 금방 알 수 있다. 이 대목에서 대한민족이 만든 한자가 얼마나 지혜로운 문자인가를 느끼게 한다.

천제단 아래쪽에는 개천천제문화공원을 조성했다. 마고문명부터 환국-배달-조선으로 이어지는 대한민족의 국통맥을 게시함으로써 인류의 역사가 어떻게 흘러왔는지 알 수 있게 했다. 그 밑에는 한자(韓字)-한글, 한국어 공원이 들어섰다. 여기에서는 한자의 창제원리와 대한민족의 생활어인 한어(韓語)의 우수성, 한글의 과학성을 이해할 수 있도록 하였다.

그 밑에는 세계성씨공원이 자리 잡았다. 여기에서는 성씨에 대한 개괄적인 정보가 게시되어 있어서 세계 성씨의 구성을 알 수 있게 했다. 그 옆에는 대전뿌리공원과 연계한 세계성씨정보센터가 개설되었다. 자신의 뿌리를 알고 싶으면 이곳의 도움을 받으면 된다.

천제단 밑에까지 경전철형 보문산 케이블카가 운행되기 때문에 몸이 불편한 사람도 쉽게 천제단에 오를 수 있다. 이 때문에 보문산 천제단은 뭇사람들의 소망 기원터로 통한다. 보문산 케이블카는 보문산과 천제단, 개천천제문화공원, 한자, 한글, 한국어 공원으로 도색되었고, 대전역 동광장을 출발하여 원도심 상가-보문산 식당가-보문산 천제단으로 이어진다.

대전 비전 2는 보문산 서쪽 플랜이다. 오월드 주변에 휴식형 테마파크 한밭마을이 건립되었다. 이 안에는 풀장, 사우나, 찜질방, 맛집 거리, 숙박 시설, 과학전시관, 특산품 상점 등이 들어서서 체류하면서 휴식을 취하고 대전 과학의 어제와 오늘, 내일을 만나볼 수 있게 하였다. 한밭마을 옆에는 한밭골 한옥마을도 들어섰다. 이 안에는 한옥 민박, 전통 음식점, 토산품 장터, 전통놀이장이 들어서 있어서 체류하면서 전통음식을 맛보고 제기차기, 자치기, 비석치기, 공기놀이, 고무줄놀이, 윷놀이, 8자놀이, 무궁화꽃이 피었습니다, 술래잡기 등의 전통놀이 체험도 할 수 있다. 이들 시설 중간에는 한밭마을과 오월드, 한밭골 한옥마을로 도색된 한밭마을 케이블카가 천제단 정거장까지 운행되고 있어서 천제단에 쉽게 오를 수 있다.

대전 비전 3은 대전 축제의 향연이다. 이 때문에 해마다 10월은 대전의 계절이 된다. 10월 1일부터 10일까지 연달아 축제가 열리기 때문이다. 10월 1일부터 4일까지는 개천천제문화축제, 5일부터 9일까지는 한자(韓字)-한글, 한국어 축제, 마지막 날인 10월 10일은 마고문명 환국 환인주의(桓人主義) 축제가 열린다. 이러한 행사에 따라 신화의 느낌이 강한 개천절은 폐지되었고, 개천배달단군조선절, 약칭 개천건국절로 하여 대한민족이 배달국을 개국하여 단군조선으로 이어졌다는 것을 세계인들에게 널리 알렸다. 국조(國祖)도 단군이 아닌 배달국을 개국한 환웅천황으로 바로잡았다.

한글날의 명칭도 바뀌었다. 한어의 우수성, 한자와 한글의 과학성을 살려 한자-한글, 한국어의 날, 약칭 한국어의 날로 정하고 한국어 축제 기간에는 외국인을 대상으로 한국어 말하기 대회와 내국인과 외국인을 대상으로 8도 사투리 경연대회가 열리고, 대전 시내 곳곳에는 디지털 한국어 형성관이 개설되어 뿌리글자 6개로 한자와 한글이 형성되는 과정을 알 수 있게 하였다.

10월 10일은 부족 집단으로 살아오던 인류가 함께 건국한 일류 최초의 국가를 기념하기 위해 환국개국절로 정하였다. 이렇게 됨으로써 10월 3일은 개천배달단군조선절, 9일은 한자-한글, 한국어의 날, 10일은 환국개국절 인류 화합의 날이 되었다. 이 3대 축제를 대전 3축제, 구분하여 부를 때에는 개천천제문화축제를 대전 1축제,

한자-한글, 한국어 축제를 대전 2축제, 환국 환인주의 축제를 대전 3축제라 부르고 이 기간을 대전 3축절이라 부른다.

　세계 유수의 평가기관들은 대전 3축제를 지구상에서 가장 위대한 축제로 선정했다. 이것은 결국 대전 3축제가 유네스코 세계문화유산으로 등재되는 계기가 되었다.

　대전 3축제는 보문산 천제단에서 천제를 지내는 것으로 시작된다. 올해로 8회를 맞았다. 첫 회 때는 제관들의 도움을 받아 김 수반이 제사장이 되어 천제를 올렸다. 2회 때는 대전시장이, 3회부터는 충청도의 지자체장들이 참여를 희망해 옴에 따라 돌아가면서 제사장을 맡고 있다. 1회 때부터 대전의 지상파 3사를 통해 전 세계로 중계되는 가운데 김 수반이 직접 낭독한 천부경과 8선녀가 춤을 추며 부른 '어아가'는 세계인들에게 신성한 충격으로 남아 있다.

　천부경은 대한민족의 3대 경전 중 하나이자 인류 최초의 경전이다. 환국 시대부터 입에서 입으로 전해 오던 것을 신라의 학자 최치원이 비문에 새겨진 것을 한문으로 번역하여 세상에 알렸다. 그런 이유로 천부경의 해석은 학자마다 조금씩 다르다. 지금으로써는 각자가 천부경을 읽고 깨달음을 얻는 것이 정답이다. 중요한 것은 인류문명이 이것으로부터 비롯되었다는 점이다.

　'어아가'는 대한민족의 국가(國歌)이자 인류 최초의 집단 가요다. 배달국 이래로 대한민족은 하늘에 제사를 지낼 때면 나라에서 큰 축제를 열었다. 이때 온 백성이 함께 부른 노래가 '어아가'이다. 2세 부루 단군 때 꽃피우기 시작하여 삼국 시대 때에도 출정을 앞둔 병사들이 '어아가'를 불렀다. 국악의 어야, 어야디, 여여둥 등은 '어아가'로부터 내려온 것이다.

천부경(天符經)

一始無始一
일시무시일

析三極 無盡本
석삼극 무진본

天一一 地一二 人一三
천일일 지일이 인일삼

一積十鉅 無櫃化三
일적십거 무궤화삼

天二三 地二三 人二三
천이삼 지이삼 인이삼

大三合六 生七八九
대삼합육 생칠팔구

運三四 成環五七
운삼사 성환오칠

一妙衍萬往萬來　用變不動本
일묘연만왕만래 용변부동본

本心本太陽　昂明
본심본태양 앙명

人中天地一
인중천지일

一終無終一
일종무종일

어아가(於阿歌)

어아 어아
우리 대조신의 크나큰 은덕이시여!
배달의 아들딸 모두 백백천천 영세토록 잊지 못하오리다

어아 어아
착한 마음 큰 활 되고 악한 마음 과녁 되네

백백천천 우리 모두 큰 활줄같이 하나 되고
착한 마음 곧은 화살처럼 한마음 되리라

어아 어아
백백천천 우리 모두 큰 활처럼 하나 되어
수많은 과녁을 꿰뚫어 버리리라
끓어오르는 물 같은 착한 마음속에서
한 덩이 눈 같은 게 악심이라네

어아 어아
백백천천 우리 모두
큰 활처럼 하나 되어 굳세게 한마음 되니
배달나라 영광이로세
백백천천 크나큰 은덕이시여!

우리 대조신이로세
우리 대조신이로세

 대전 3축제는 보문산과 한밭종합운동장 일원, 한빛탑 광장에서도 열린다. 그런 관계로 해, 달, 별, 우주선 모양으로 도색된 한빛탑 케이블카가 운행되고 있다. 대전역 동광장 보문산 케이블카 정류장을 출발하여 대전복합터미널-오정농수산시장-한빛탑 광장으로 이어진다. 대전 축제 기간에는 대한민국 음식축제와 음악제전도 함께 열린다. 축제 기간 동안 대전 시내 곳곳에서 팔도의 음식을 즐길 수 있고, 요일별, 시간대별로 판소리, 민요, 사물놀이, 풍물놀이, 가야금 병창, 퓨전국악, 전통국악 연주, 가곡, 성악, 클래식 연주, 트롯트, 발라드, 포크, K팝, 인류의 분열과 전쟁사를 소재로 한 연극과 뮤지컬 등이 한밭종합운동장 내외에서 펼쳐진다.

대전 3축제의 마지막인 환국 환인주의 인류화합 축제는 한밭종합운동장 내에서 열린다. 4만 5천 명까지 수용할 수 있는 개폐식 지붕을 갖춘 최첨단 운동장이다. 이 축제가 2회 때부터 대성황을 이루자 김 수반은 유엔총회를 방문하여 인류 평화와 한국어를 주제로 열정적인 연설을 하였다.

"안녕하십니까? 대한민국 국가수반 김진입니다.

오늘 형제 국가의 지도자님들 앞에서 연설할 수 있게 되어 무한한 영광으로 생각합니다. 대한민족의 사서인 환단고기의 기록에 의하면 1만여 년 전 인류는 환국이라는 거대 국가를 건설하여 함께 살았습니다. 중앙이 본환국, 지방이 분환국으로 12지국이 있었습니다. 동쪽에는 월지국, 양운국, 개마국, 구막한국, 매구여국, 일운국, 비리국, 구다천국이 있었고, 서쪽에는 사납아국, 매구여국, 수밀이국, 우로국이 있었습니다. 환국은 일곱 분의 환인천제가 다스렸고, 그 존함이 환단고기에 남아 있습니다.

1세 환인천제 안파견(安巴堅), 2세 혁서(赫胥), 3세 고시리(古是利), 4세 주우양(朱于襄), 5세 석제임(釋提王), 6세 구을리(邱乙利), 7세 지위리(智爲利) 환인입니다. 이처럼 인류는 일곱 분의 환인천제의 통솔 아래 한 형제처럼 살았습니다. 인류가 두 갈래로 흩어지게 된 것은 기후 변화 등으로 살기가 힘들어졌기 때문입니다.

이때 동편에 있던 나라들은 동쪽으로, 서편에 있던 나라들은 서쪽으로 이동하여 동서양의 문명을 이루었습니다. 환단고기의 면면을 볼 때 동양문명은 배달국 중심으로 이루어졌고, 서양문명은 수밀이국이 수메르 문명을 일으켜 서양문명을 이루었다는 것이 사학자들의 중론입니다. 동서로 갈라진 인류사는 전쟁의 역사였습니다. 하나의 언어로 말하며 살았던 인류가 오랫동안 떨어져 산 탓에 말과 글이 서로 다르고, 생각의 차이가 생기면서 전쟁의 역사는 지금도 계속되고 있습니다.

지나온 인류사는 창조와 파괴와 복원의 역사였습니다. 이제 인류사를 바꿔야 합니다. 창조와 파괴가 아닌 창조와 보존의 역사로 바꿔야 합니다. 그 시작은 한국어를 인류 공용어로 지정하여 초등학교 때부터 기초 한글과 한자 900자를 전 세계가 함께 배우는 것입니다.

한국어의 뿌리는 대한민족의 고대 생활어인 한어(韓語)입니다. 이 한어가 인류 언어의 뿌리라는 것이 세계 학자들에 의해 밝혀졌습니다. 학자들이 주장하는 근거는 화면에 나와 있는 두 종류의 문자입니다. 왼쪽에 있는 것이 가림토(加臨土) 문자로 한글의 원형 문자입니다. 환단고기 중 단군세기에 의하면 기원전 2181년 3세 가륵단군이 삼랑 을보록에게 명하여 정음 38자를 만들었다고 기록되어 있습니다. 이 문자 중에 지금의 한국어와 전혀 어울리지 않는 로마자와 닮은 엠(M)과 엑스(X)자가 보입니다. 오른쪽에 있는 문자는 히브리 문자, 아랍문자, 그리스 문자, 로마자, 키릴문자의 조상격인 페니키아 문자입니다. 기원전 10세기경에 만들었다고 기록되어 있습니다. 이 문자에도 전혀 어울리지 않는 두 개의 문자가 있습니다. 대한민족이 창제한 한자를 닮은 장인 공(工) 자와 해 일(日) 자입니다.

한국어의 구성은 우수한 한어, 지혜의 한자, 과학적인 한글입니다. 한자와 한글은 모양만 다를 뿐 같은 문자라는 것이 학자들의 견해입니다. 이와 같은 것을 종합해 볼 때 한국어가 인류 언어의 뿌리라는 것을 부정하기는 어렵습니다.

한국어가 인류 언어의 뿌리라는 증거는 또 있습니다. 바로 산스크리트입니다. 이 문자는 대한민족도 전혀 모르는 문자입니다. 그런데 산스크리트에는 대한민족 8도(道)의 사투리가 살아있어서 산스크리트로 대화하는 것을 옆에서 듣고 있으면 대한민족 어느 시골의 아저씨, 아주머니들이 대화하는 것 같아 어렵지 않게 알아들을 수 있습니다. 이런 점 때문에 세계의 학자들은 산스크리트를 대한민족의 문자로 인정하였습니다.

이제 공산사회주의와 자유민주주의의 이념에서 벗어나야 합니다. 그리하여 인류가 한 형제처럼 함께 살았던 환국의 환인주의(桓人主義) 시대로 돌아가야 합니다. 그 위대한 여정에 한국어가 인류 공용어로 지정되면 세계 평화를 잇는 징검다리가 될 것입니다. 세계 각국의 지도자님들이 현명한 결단을 내려주시기 바라며 오늘 연설을 접고자 합니다. 감사합니다."

김 수반의 연설이 끝나자 유엔총회 안은 박수소리로 가득 찼다. 그 열기에 힘입어 1년 후에는 한국어가 인류 공용어로 지정되었다. 이렇게 됨으로써 회원국들은 초등학교부터 기초 한글과 한자 900자를 자국어와 함께 의무적으로 가르치고 배워야 한다. 또한, 도로의 표지판, 공항, 기차역, 버스터미널, 상점 등에도 자국어 표기와 한국어 표기를 함께해야 하고, 국가와 국가 간의 회의, 문서 교환 등도 한국어 사용이 의무화되었다. 단, 현시점에서 실행하기 어려운 것은 시간을 두고 점차적으로 실시하기로 하였다.

유엔총회에서 한국어를 인류 공용어로 지정한 지 3년이 지나면서 한국어가 인류 공용어로 자리 잡기 시작했다. 그 주역은 디지털 문명이었다. 컴퓨터나 스마트폰의 자판을 자국어 자판과 함께 한국어 자판을 사용할 수 있게 한 것이 원동력이었다. 한국어 자판 사용이 너무 쉽고 편리하다 보니 자국민끼리도 문자나 메일을 한국어로 보내는 일이 일상화되었기 때문이다.

인류문명연구센터의 설립은 대한민족의 인류사상인 홍익인간을 구현하여 인류 평화를 실현하기 위한 김 수반의 의지의 표현이다. 환국 환인주의 인류화합 축제에 마고문명을 포함시킨 것도 이 연구팀의 실적이다. 격년제로 2년에 한 번씩 인류문명 탐사를 떠나는데 그 과정에서 파미르 고원에 존재했던 마고대성의 실체를 발견한 것이다.

인류문명연구센터는 한밭종합운동장 건너편에 위치해 있다. 지상 15층, 지하 5층 건물로 지어져 인류학자, 고고학자, 역사학자, 언어학자, 음운학자, 물리학자, 천문학자, 지리학자, 의학자, 철학자 등 국내외 학자들이 참가하여 숙식을 함께하며 연구를 진행하고 있다. 숙식을 무료로 제공하고, 연구 수당도 지급되지만 국가 재정은 한 푼도 쓰지 않는다. 모두 김 수반의 사재로 충당한다. 건물도 사재로 지었고, K-기본소득 사업본부도 김 수반이 직접 경영을 하지 않을 뿐 김 수반의 소유로 되어 있다. 이렇게 한 것은 정권이 바뀌면 K-기본소득 사업을 소홀히 할 수 있다는 판단에서이다. 그런 관계로 공압식 자동차 회사와 공압식 발전기 회사, 기후산업 회사에서 들어오는 로열티 성격의 천문학적인 기부금은 물론 해외에서 들어오는 막대한 K-기본소득 관리비도 김 수반 개인의 재산이다.

　대한민국 1년 치 예산의 몇 배가 K-기본소득 사업본부에 쌓여 있으니 가히 세계적인 거부라 아니할 수 없다. 따라서 김 수반은 국가 재정을 거의 쓰지 않고 자신의 돈으로 국민에게 K-기본소득을 지급하고, 자신의 돈으로 세계 각국의 학자들을 초청하여 월급까지 지급하면서 인류문명에 대한 연구를 진행하고 있는 것이다. 이 건물에는 K-기본소득 사업본부, 인류사연구원, 대한역사연구원, 한자-한글, 한국어 연구원 등이 들어서서 대한 역사와 인류사 연구의 메카로 불린다. 모두 김 수반의 사재로 운영되고 있다.

　그동안 연구팀이 이뤄낸 성과는 참으로 대단하다. 아리랑의 기원, 방사성 원소 같은 특수 언어의 기원, 천부경의 천부(天符)의 비밀, 훔옴지 음의 비밀 등을 밝혀 세계 학계를 놀라게 하였다.

　아리랑의 연구는 이 노래가 어떤 의미를 담고 있는가, 어떤 시기에 어떤 장소를 나타낸 것인가에 초점을 맞추고 진행되었다. 아리랑은 대한민족의 전통 민요로 알려져 있을 뿐 정확한 기원설은 없다. 지금까지 밝혀진 아리랑에 관한 설은 신라의 박혁거세 및 부인설, 밀양의 여인설, 대한제국의 대원군설 등 많은 주장이 있지만 객관성과 합리성 면에서 연구팀의 마음을 움직이진 못하였다. 이중 신라의 박혁거세설에 많은 관심이 쏠렸지만 아리랑이 세계 곳곳에 퍼져 있어 한 나라에 국한된 것이 아니라는 점과 신라의 시조와 관련이 있다면 여러 곳에 기록이 남아 있어야 하는데 기록이 전무하다는 점에서 이 분야의 연구는 진행되지 못하였다.

아리랑의 의문이 풀린 것은 연구팀이 환단고기를 탐독한 후였다. 그때 연구팀이 내린 결론은 아리랑은 원래 노래가 아닌 떠나가는 사람들에 대한 외침이라는 것이었다. 시대적 배경은 환국, 빛의 인간으로 인류가 한 형제처럼 함께 살던 때에 기후의 변화로 살기가 어려워져 다수의 사람이 떠나가자 남아 있는 소수의 사람들이 가지 말고 우리랑 같이 살자고 외치는 소리라는 것이다. 이에 관한 것은 아리랑의 후렴구를 풀어냄으로써 밝혀졌다. 연구팀은 아리랑의 원형 후렴구를 넣어 해석과 함께 발표하였다.

아 우리랑 아 우리랑 아라리요
아 우리랑 고개로 넘어간다

나를 버리고 가시는 님은
십 리도 못 가서 발병 난다

아 우리랑 아 우리랑 아라리요
아 우리랑 고개로 넘어간다

아 우리랑 아 우리랑 아라리요

(아, 우리랑 살던 터전을 버리고 떠나간다
우리랑 다니던 저 고개를 넘어 떠나간다)

아 우리랑 고개로 넘어간다

 고개를 넘어가는 사람들을 향한 외침이다. 형제들이 그렇게 떠나가면 환국은 넓은 들에 사람의 기척이 없는 지경이 되니 가지 말고 우리랑 같이 살자는 외침이다.
 여기서 아라리의 아(阿)는 언덕, 라리(喇喇)는 나팔을 뜻한다. 곧, 가지 말고 여기서 같이 살자는 외침이다. 한자 단어로 해석하는 것은 맞지 않다는 주장이 있었지만 대한민족의 고대 생활어에는 기존 한자, 곧 한자가 창제되기 전부터 한자, 한자어가 존재했다는 반론이 나오면서 일단락되었다.

나를 버리고 가시는 님은
십 리도 못 가서 발병 난다

환국 땅이 살기 어렵다고 떠나가지만 다른 곳은 여기만 못하다는 푸념이다. 그러니 가지 말고 우리랑 같이 살자는 외침이다.

이어서 오는 후렴구는 떠나가는 사람들에 대한 아쉬움의 표현이며, 이러한 마음이 노래가 되면서 같이 살자는 표현과 우가 제외되고 아리랑이 되었다는 결론이다.

커피, 니켈, 리튬, 헬륨, 암모니아, 펌프 같은 과학용어가 지금의 한국어인 대한민족의 고대 생활어에서 유래되었다는 것이 밝혀진 것은 연구팀이 한자를 탐독한 후였다. 학자들은 이러한 원소들은 고대 사회에서 대한민족의 과학자들이 이 원소들을 인지하고 이름을 붙여 사용한 데서 유래했다고 입을 모았다. 그러면서 그 증거로 과학용어에 한자가 존재하는 점을 꼽았다. 그중에서 펌프는 어원과 원리를 한자로 옮겨 놓은 기념비적인 작품이라고 평가했다.

천부경의 천부(天符)의 비밀을 풀기는 참으로 어려웠다. 연구팀이 머리를 맞대고 밤을 새웠지만 천부의 비밀은 풀리지 않았다. 그래서 우선 천부경에 해석을 달기로 하였다. 천부경의 해석은 학자마다 조금씩 다르고, 일반인들이 쉽게 접근할 수 없는 것들이 대부분이어서 시가(詩歌) 형식으로 해석을 붙인 뒤 그것을 바탕으로 연구를 계속하기로 하였다.

천부경(天符經) **81자**

一始無始一
일시무시일

(하나가 시작하여 무[無]가 되고 다시 하나로 시작하네)

析三極 無盡本

석삼극 무진본

(하늘, 땅, 사람이 나뉘어 멀리멀리 흩어져도 근본은 변하지 않고 본래의 모습으로 되돌아오네)

天一一 地一二 人一三

천일일 지일이 인일삼

(하늘은 창조 운동의 뿌리로써 1이 되고, 땅은 생명생성 근원되어 2가 되고, 사람은 천지의 꿈과 이상을 실현하여 3이 되니)

一積十鉅 無櫃化三

일적십거 무궤화삼

(하나가 쌓여 크게 되고, 천지인의 도[道] 세상이 열리네)

天二三 地二三 人二三

천이삼 지이삼 인이삼

(하늘과 땅과 사람은 음양 운동으로 작용하고)

大三合六 生七八九

대삼합육 생칠팔구

(천지인 3수 합해 6수 되고, 무수히 많은 수를 낳는다네)

運三四 成環五七

운삼사 성환오칠

(천지 만물은 3수와 4수로 운행하고, 5수와 7수로 순환하니)

一妙衍萬往萬來 用變不動本

일묘연만왕만래 용변부동본

(하나가 오묘하게 작용하여 넓고 크게 쓰이지만, 근본은 변하지 않고 하나로 되돌아오네)

本心本太陽 昻明

본심본태양 앙명

(인간의 마음은 본디 어질고 착하여라)

人中天地一

인중천지일

(어질고 착한 마음 천지 중심되고, 존귀한 태일[太一]되니)

一終無終一

일종무종일

(하나가 끝나서 무[無]가 되고, 다시 하나로 끝이 나네)

연구팀은 해석된 천부경을 수없이 읊조리며 골몰하였지만 그들 앞에 놓인 것은 부도지를 탐독하며 얻은 율려(律呂)와 팔려음(八

呂音)뿐이었다. 이것과 천부(天符)는 어떤 연관이 있는 것일까? 인류 최초의 문명집단인 마고성 사람들이 가슴속에 품고 살았던 것은 무엇일까? 그것과 현존하는 천부경과는 어떤 연관이 있는 것일까? 생각하면 할수록 의문만 깊어갈 뿐 답을 구하지 못하자 학자들은 집단적으로 천부경 명상 수행에 들어갔다. 천부경을 마음속으로 읊조리며 깊은 생각에 잠기는 행위다. 그로부터 얼마간의 시간이 흐르고 천부의 윤곽이 수행자들의 열린 영안(靈眼)을 통해 서서히 나타났다. 그것은 우주 최초의 물질 빛이었다. 학자에 따라 흐릿하게 나타나기도 하고, 또렷하게 나타나기도 하였다.

텅 빈 우주 공간에 희미한 빛이 반짝인다. 그 빛은 점차로 밝아지며 여러 가지 물질을 만들어 낸다. 태초의 별을 만들기 위한 행위다. 빛은 자신을 불사르듯 격렬하게 요동친다. 그 과정에서 소리가 나왔다. 우주 최초의 소리다. 소리는 점점 더 커지며 빛을 삼키고 사방 팔방으로 퍼져 나갔다. 이때부터 우주 공간은 빛과 소리의 공간으로 나누어지고, 이것은 우주 만물이 탄생하는 법칙이 된다. 암흑으로 뒤덮인 우주 공간에서 빛은 자신의 모습을 되찾기 위해 몸부림친다. 그 과정에서 새로운 물질의 출현과 함께 자신의 모습을 되찾는다. 기(氣)의 공간이 열린 것이다. 이때부터 빛과 소리는 흩어졌다 뭉치기를 반복하며 자연수를 닮은 물질들을 생성하고, 기(氣)는 어지럽게 널려 있는 물질들이 띠를 이루게 하여 새로운 별로 자랄 수 있도록 돕는다.

연구팀이 자신의 열린 영안을 통해 본 것은 여기까지였다. 이것이 모두 맞다면 작은 점이 팽창하여 지금의 우주가 되었다는 빅뱅 우주설은 틀린 것이 된다. 영안을 통해 본 최초의 우주는 원래부터 존재했고, 물질들이 만들어지면서 우주가 팽창한 것이기 때문이다. 물질이 많아지면 그만큼 커지고, 물질이 작아지면 그만큼 작아지는 원리다. 그러나 연구팀의 관심은 온통 천부의 비밀을 푸는 데 집중되어 빅뱅 우주설과 같은 것은 눈에 들어오지 않았다.

연구팀은 설레는 마음을 진정시키고 천부경을 읽으며 천부의 비밀을 푸는 일을 계속하였다. 그러던 중 천부경에 조예가 깊은 국내 학자에게 순간적으로 뇌리를 스치고 지나가는 것이 있었다. 그것은 숫자 1, 2, 3이었다.

'이것은 천지인을 상징하는 것이 아닌가? 그렇다면 율려기?'

국내 학자는 마치 신들린 사람처럼 천부경에 표기된 숫자 1, 2, 3 대신 율(律), 려(呂), 기(氣)를 삽입하여 천부경을 써 내려갔다.

律始無始律
율시무시율

析氣極 無盡本
석기극 무진본

天律律 地律呂 人律氣
천율율 지율려 인율기

律積十鉅　無櫃化氣
율적십거 무궤화기

天呂氣　地呂氣　人呂氣
천여기 지여기 인여기

大氣合六　生七八九
대기합육 생칠팔구

運氣四　成環五七
운기사 성환오칠

律妙衍萬往萬來　用變不動本
율묘연만왕만래 용변부동본

本心本太陽　昻明
본심본태양 앙명

人中天地律
인중천지율

律終無終律

율종무종율

다른 학자들의 이목이 집중된 가운데 무엇엔가 이끌리듯 해석도 바로 달았다.

律始無始律
율시무시율
(율려[律呂]의 시작은 텅 빈 우주 공간이다)

析氣極 無盡本
석기극 무진본
(기[氣]가 흩어져 극에 달해도 본 형상은 그대로이다)

天律律 地律呂 人律氣
천율율 지율려 인율기
(하늘은 율[律]의 조화로 탄생했고, 땅은 율[律]과 여[呂]의 조화로 탄생했고, 사람은 율[律]과 기[氣]의 조화로 탄생했다)

律積十鉅 無櫃化氣
율적십거 무궤화기
(율려가 쌓여 크게 폭발하면 우주 공간은 기[氣]로 가득 찬다)

天呂氣 地呂氣 人呂氣

천여기 지여기 인여기

(하늘은 여[呂]와 기[氣]의 조화로 돌고, 땅도 여[呂]와 기[氣]의 조화로 돌고, 사람도 여[呂]와 기[氣]의 조화로 돈다)

大氣合六 生七八九

대기합육 생칠팔구

(큰 기[氣]가 합하여 6의 형상이 되고, 다른 모양으로 퍼져간다)

運氣四 成環五七

운기사 성환오칠

(4 형태의 기[氣] 흐름은 5와 7의 형태로 순환한다)

律妙衍萬往萬來 用變不動本

율묘연만왕만래 용변부동본

(율려의 오묘한 조화가 끝없이 퍼져 쓰이지만 본 모습은 변하지 않는다)

本心本太陽 昂明

본심본태양 앙명

(맑은 파동, 밝은 빛이다)

人中天地律

인중천지율

(천지의 중심은 사람이다)

律終無終律
율종무종율
(율려의 끝도 텅 빈 우주 공간이다)

해석을 접한 학자들은 하나같이 할 말을 잃었다. 수행을 통해 본 우주의 흐름과 해석한 내용이 너무도 부합했기 때문이었다. 학자들은 잠시 눈을 감고 마음을 진정시킨 뒤 자신들 앞에 놓인 결과물을 정리해 나갔다. 우선 문자가 없던 시절 마고성 사람들이 가슴속에 품고 살았던 천부(天符)가 우주 만물이 생성되고 순환하는 법칙이라는 데 의견을 모았다. 그리고 천부를 우주의 설계, 건축, 천지만물도라 정의했다. 또 기존의 천부경을 수원리 천부경, 후에 나온 것을 율려기 천부경이라 정하고, 수원리 천부경을 천부기경(天符記經), 율려기 천부경을 천부심경(天符心經)으로 하였다. 또한, 수행을 통해 본 우주의 원리를 숫자로 정리하는 작업도 진행하였다.

1은 율(律), 곧 빛의 수로 3, 5, 7로 팽창하여 8에서 멈춘다.
2는 여(呂), 곧 소리의 수로 4, 6으로 팽창하여 8에서 율과 결합한다. 율이 양(陽), 여가 음(陰)이다.
3은 기(氣)의 수로 율려의 합일체이다. 6, 9로 팽창하여 10으로 폭발한다. 이것이 기(氣)의 공간이다.

연구팀은 율려기의 숫자를 0.1로 정의하였다. 빛은 형체가 있고, 소리와 기(氣)는 형체가 없는 까닭이다. 이런 이유로 율려기, 천지인은 하나이면서 셋이고, 셋이면서 하나가 되는 것이다. 천부경의 첫 구절 일시무시일(一始無始一)과 일종무종일(一終無終一)이 그것을 나타내고 있다. 오늘날의 디지털 문명도 여기서 기인한다.

이에 대한 결론도 내렸다. 우주가 고체와 액체, 기체로 구성되어 있는 것은 율려기의 조화이고, 천부경이 81자인 것은 율과 여가 9번 운행하고, 9번 순환하는 원리라는 것이다.

천부(天符)가 천지만물도라는 것이 밝혀지면서 지구촌 곳곳에 산재해 있는 피라미드에 대한 비밀도 풀렸다. 천부(天符)가 천부단(天符壇)이 되고, 이것이 천제단으로 발전하여 피라미드가 되었다는 것이다. 산(山)은 피라미드의 축소판이라는 의견도 나왔다. 연구팀은 천지만물도는 누구나 쉽게 그릴 수 있다며 직접 그려서 언론에 공개했다.

먼저 네모를 그리고, 그 안에다 동그라미를 그린다. 그런 다음 원 정중앙에 우주의 씨알, 태초의 물질인 빛을 의미하는 점을 찍고, 그 점을 기준으로 아래로 정삼각형을 그린다. 그리고 그 점을 기준으로 위쪽은 역삼각형을 그리면 피라미드의 구축도인 천지만물도가 완성된다. 이것이 상징단이고, 중동 지역에 많이 산재해 있다. 동그라미를 먼저 그리면 실용단이 된다. 강화도의 참성단이 여기에 속한다.

완성된 천지만물도는 팔려음의 조화로 천지 만물이 탄생하여 살아가는 모습이다. 아래쪽 정삼각형이 머리를 위로 두고 있는 사람을, 위쪽의 역삼각형이 뿌리를 흙에 박고 있는 풀과 나무를, 자동으로 형성된 양쪽의 삼각형은 머리를 옆으로 두고 있는 길짐승과 날짐승을 뜻한다. 전체적으로 보면 피라미드의 바깥쪽 4개의 삼각형과 안쪽의 4개의 삼각형이 팔려의 음을 뜻하고, 이러한 우주의 생성원리에 따라 사람이 사람을 낳고, 풀과 나무가 풀과 나무를 낳고, 길짐승이 길짐승을 낳고, 날짐승이 날짐승을 낳고 살아가는 모습이다. 산에 가서 사람이 나무 앞에 서고, 양옆으로 길짐승과 날짐승이 와서 서면 자동으로 천지만물도가 완성된다.

피라미드의 명칭도 대한민족의 고대 생활어 중 과학용어인 피리미딘에서 온 것으로 정의했다. 피리미딘이란 3가지 다이아진의 하나로 고리 1번 위치와 3번 위치에 질소 원자를 가지고 있는 유기화합물을 뜻한다. 이것이 빈틈없이 축조된 피라미드의 구조와 부합한다는 중론이다. 또한, 대한민족이 창제한 한자(韓字)에 이와 부합하는 한자가 존재한다. 곧 입 구(口)+빽빽할 밀(密)의 피리미딘-밀이다. 학자들은 이런 점을 고려하여 피라미드는 천부단에서 유래된 천지만물도로 결론 내렸다.

연구팀의 의문은 계속 이어졌다. 우주가 팔려의 음으로 가득 차 있다면 지구도 그 원리에 따라 팔려음으로 가득 차 있어야 한다. 과연 그런 것인가? 이것은 사실로 확인되었다. 풀과 나뭇가지, 폐플라스틱, 폐타이어 등 모든 것이 악기가 되는 지구는 팔려의 음으로 가득 찬 세상이었다.

이번엔 사람의 몸에서 팔려음의 흔적을 찾는 연구가 진행되었다. 이 과제는 의학자의 주장으로부터 풀리기 시작하였다. 그것은 선골(仙骨)이었다. 이것은 등의 꼬리뼈와 연결된 것으로 천골(天骨)로도 불린다. 학자들은 이 뼈 양쪽에 세로로 4개씩 난 구멍을 천음(天音), 천기(天氣)를 받아들이는 통로로 정의하고, 여성의 유방에 주목했다. 이 과정에서 여성의 유방은 단순히 2세를 낳고 기르는 것이 아닌 우주 만물 중 팔려음의 조화를 가장 많이 받은 증표라는 데 의견이 모아졌다. 생각이 여기까지 미치다 보니 인간의 몸은 팔려음의 흔적으로 가득 차 있었다. 두상을 비롯한 눈, 코, 입, 귀, 무릎 덮개뼈, 복숭아뼈, 손목 마디뼈, 남녀의 엉덩이 등 인간의 몸은 팔려음의 흔적 그 자체였다. 이런 원리에 따라 남성은 빛에, 여성은 소리에 더 민감한 반응을 보이는 것으로 결론지었다.

다음은 인간의 원 고향과 관련된 연구가 진행되었다. 대한민족 사람들은 사람이 죽으면 죽었다고 말하지 않고 왜 하늘나라로 갔다고 말하는 것인가에 초점이 맞춰졌다. 이 과정에서 인간의 원 고향이 우주 공간이고, 최초의 모습은 기영체(氣靈體)로 정의했다. 그렇기 때문에 죽으면 영신(靈身)이 되어 원 고향으로 돌아간다는 무의식의 산물이라는 것이다. 이와 관련하여 인간은 천체 그 자체이고, 지구상에서 육신(肉身)이 된 것으로 의견이 모아졌다.

그리고 한자의 아이 밸 태(胎) 자를 다시 한번 보게 되었다. 이 한자의 형성은 달 월(月)+별 태(台)이다. 직역하면 달과 별을 잉태했다는 말이 된다. 달 월(月)은 육(肉) 달 월이기도 하다. 곧 우주의 천체가 육신이 되어 나오는 것과 같다. 먼 옛날 대한민족의 과학자들이 헬륨, 리튬 같은 과학용어를 사용하고, 그것을 한자로 만들었다는 점에서 아이 밸 태(胎)는 시사하는 바가 컸다. 그렇다면 죽은 후에 누구나 영신이 되어 원 고향인 우주로 돌아갈 수 있는 것일까? 이 대목에서는 대부분의 학자가 고개를 저었다. 우주의 원리, 천지의 이치에 따라 착하게 산 사람만이 우주로 돌아갈 수 있다는 쪽에 의견이 모아졌다. 담배, 마약, 술 등으로 몸을 망치거나 각종 범죄를 저지르고, 약자를 탄압하는 등의 행위를 일삼으면 천기(天氣)가 고갈되어 우주로 돌아갈 수 없다는 것이다. 우주선이 연료가 없어 우주로 날아갈 수 없는 것처럼 구천을 떠돌다 소멸해 버리는 것으로 결론지었다.

이쯤에서 이와 관련된 연구를 접으려 하자 율려기 천부경을 고안한 국내의 학자가 연구를 좀 더 진행할 것을 요청했다. 국내의 학자가 제기한 의문은 인간이 율려(律呂), 율려기(律呂氣), 팔려음의 조화로 태어났다면 우주는 물론 지구상에도 그와 관련된 음이 존재할 것이라는 것이었다. 학자들은 다시 한번 깊은 생각에 잠겼다. 그리고 지구상에서 신기한 음으로 존재하고 있는 훔과 옴에 주목했다.

훔은 수행단체에서 매우 신성하게 여기는 음이다. 한자에 훔이라는 글자는 없고, 입 구(口)+소 우(牛)의 소 울 후자가 있다. 그런데도 이 글자가 훔으로 불리고 있는 것은 범어(梵語)에서 음역되었기 때문이다. 옴도 한자에는 없고, 범어에서 음역되어 주문이나 진언에 쓰이는 신비를 간직한 음이다. 이 글자의 한자는 입 구(口)+

문득 엄(奄)의 머금을 암이다.

　이 두 개의 음이 팔려의 음으로 가득 찬 지구상에서 어떤 특징으로 남아 있는 것일까? 생각에 잠겨 있던 학자들은 율려기가 우주의 물질 탄생과 관련이 있으므로 호흡과 관계가 있지 않을까 하는 생각에 훔과 옴을 소리 내어 발음해 보았다. 그러나 별다른 특징이 나타나진 않았다. 이번에는 소리 내지 않고 소리 내는 것처럼 호흡을 해보았다. 이 과정은 무언가 조금 다른 느낌을 받았지만 특별한 점은 발견되지 않았다.

　그때 이 과제의 연구를 요청했던 학자가 훔과 옴의 옆 글자를 똑같은 방법으로 해볼 것을 제안했다. 잠시 후 학자들의 표정이 진지해졌다. 무언가 신비감에 휩싸인 듯 조금 전 한 행위를 되풀이하였다. 이 과정에서 참으로 신비로운 결과가 나왔다. 훔과 옴은 숨길이 열리는 반면 옆 글자는 꽉 막혀서 숨길이 열리지 않았다. 호흡을 길게 할수록 그런 현상은 더욱 두드러졌다. 신비감에 사로잡힌 연구팀은 굼에서 품까지의 글자를 복식호흡으로 실험했지만 숨길은 열리지 않았다. 심지어 받침이 없는 가나다라 같은 글자도 숨길은 열리지 않고 막혔다. 학자들은 훔과 옴을 율(律)과 여(呂), 곧 빛과 소리의 음으로 정의하고, 나머지 음인 기(氣)의 음 찾기에 돌입했다.

　기(氣)는 정해진 음이 존재하지 않기 때문에 찾기가 매우 힘들었다. 분명히 같은 원리의 음이 존재할 것이라는 확신은 섰지만 사막에서 바늘 찾기 같은 난관 앞에서 연구팀은 서서히 지쳐 갔다. 그때 이 과제의 연구를 요청했던 학자가 기(氣)가 받침이 없는 글자이므로 받침이 없는 쪽으로 찾아보자고 제안하자 학자들은 그쪽으로 연구 방향을 잡았다. 기, 니, 디, 리, 미, 비, 시, 이 이렇게 소리 내지 않고 호흡을 시도하던 학자들은 지에서 또다시 신비감에 휩싸였다. 이까지 꽉 막혔던 숨길이 지에서 뚫린 것이다. 연구팀은 옆 글자인 치, 키, 티, 피, 히도 호흡해 보았지만 역시 숨길은 열리지 않았다. 연구팀은 지를 기(氣)의 음으로 확정하고, 지의 한자는 훔과 옴의 성격과 비슷한 입 구(口)+땅 지(地)의 주문에 쓰는 말 지로 하였다. 이렇게 됨으로써 우주의 율려기가 훔옴지로 지구상에 모습을 드러내게 되었다.

또 다른 의문은 음운학자가 제기했다. 우주의 원리, 천지의 이치로 보면 인간 자체가 악기라는 것이었다. 그런 관계로 무음인 비음은 모든 리듬을 자유롭게 연주할 수 있지만 유음인 구음은 한 글자, 곧 한 음으로만 연주가 가능하고, 훔옴지 세 개의 음은 연주할 수 없다는 주장이었다. 그 근거로 우주에서 율려가 우주 만물을 생성하고, 기(氣)가 생성된 물질을 형성하여 기르는 원리라는 것이다. 그것이 지구에서는 씨앗이 열매를 직접 틔우지 않고 나무와 잎을 통해 열매를 맺게 하는 원리로 작용한다는 주장이다.

과연 그런 것인가? 학자들은 의문을 품은 채 러브스토리를 실험곡으로 정하고 검증에 들어갔다. 음운학자의 말대로 비음으로는 모든 리듬을 자유롭게 연주할 수 있었다. 이어진 실험에서는 가에서 하까지 구음으로 연주를 진행하였다. 그 과정에서 다른 음을 연주할 때마다 다른 악기로 연주하는 느낌을 받았다.

이번엔 훔옴지 차례, 의문을 제기한 음운학자가 잔뜩 긴장한 가운데 일제히 연주를 시작했다. 잠시 후 연구팀은 또 한 번 신비감에 휩싸였다. 그 아름다운 러브스토리가 제대로 연주되지 않았기 때문이었다. 훔옴지의 어떤 음으로도 연주하면 할수록 음이 잠겨서 연주를 할 수 없었다. 이 상황에서 학자들은 또 다른 고민에 빠졌다. 김 수반이 인류 평화를 위해 인류문명연구센터를 설립한 만큼 신비로운 훔옴지로 그에 부합하는 일을 할 수는 없는 것일까 하는 고민이었다.

학자들의 고민은 얼마간 계속되었다. 그 속에서 율려기 천부경을 고안했던 국내의 학자가 해법을 제시했다. 훔옴지로 수행법을 만들어서 인류 평화와 건강 지킴이로 활용하자는 주장이었다. 연구팀은 이 주장을 받아들여 천부경, 훔옴지 수행법 만들기에 들어갔다. 이 과제는 천부경 수행과 훔옴지 수행을 각각 한 달씩 체험한 후 그 결과를 토대로 천부경 수행과 훔옴지 수행법을 만들었다. 예상되는 효과로는 두중감(머리가 무거운 증상) 해소, 두통 완화, 뇌 기능 향상, 면역력 증진, 극심한 소화불량, 스트레스, 우울증, 화병 완화, 치매 예방이며, 천부경 수행을 정신 수행, 훔옴지 수행을 치유 수행으로 정하고, 그 내용을 발표하였다.

천부경 수행법

인간 세상에서 가장 위대한 일은 인간이 천지 부모의 자식이라는 것을 깨닫는 것이다. 곧 빛과 소리, 기(氣)의 조화로 태어난 존엄체라는 것을 아는 일이다. 이 꼬인 실타래가 풀리면 인간이 천지에서 가장 소중한 존재라는 것을 알게 되고, 어떻게 살고, 어떻게 행동해야 하는지도 알게 된다. 천부경 수행은 그 문을 두드리는 참나의 여정이다.

명상 수행

천부경 수행의 목적은 잃어버린 본성을 회복하는 데에 있다. 마고대성에서 하늘, 곧 율려를 천지 부모로 인식하고 천부(天符)를 받들어 모셨던 그 시대로 돌아가는 일이다.

먼저 눈을 지그시 감고 자연 호흡을 하면서 천부경의 뜻을 가슴에 새긴다. 율려기 천부경인 천부심경(天符心經)과 수원리 천부경인 천부기경(天符記經)을 마음속으로 읊조리면 된다. 생각을 우주 중앙에 두고 정신을 집중하면 우주 공간 속으로 들어갈 수 있다. 그곳에서 태초의 빛인 율(律), 태초의 소리인 여(呂), 빛과 소리의 합일체인 기(氣)를 만나 수행자의 마음을 일체시킨다. 이것이 태초의 인간 기영체(氣靈體)이다. 기영체는 그 무엇보다 자유롭다. 자유로운 영혼은 마음껏 우주를 유영한다. 그리고 혼탁한 지구의 삶을 씻어내고 지구로 돌아와 눈을 살며시 뜨고 수행을 마무리하면 된다.

가급적 어두운 곳에서 수행하는 것이 좋고, 30분 이상 2시간 이하가 적당하다. 그 속에서 인간이 천지 부모의 자식이라는 것을 깨닫게 되면 마음이 맑아지고 욕심이 없어진다. 본성 회복 수행은 그때부터 시작이다.

주문 수행

천부경 주문 수행은 천부심경과 천부기경을 소리 내어 읽는 과정이다. 이 수행도 30분 이상 2시간 이하로 하면 된다. 수행을 할 때 반드시 양반 자세를 취할 필요는 없고, 적당한 의자나 침대에 편하게 앉아서 하는 것이 척추관절을 보호할 수 있다. 길을 걸으며 하는 수행도 좋은 방법이다. 천부경은 우주의 설계도이자 건축도이기 때문에 이것을 읊조리는 것만으로도 우주와 소통하는 길이 된다. 천지 부모와 하나 되고자 하는 마음은 주문 수행에서도 꼭 필요하다.

천부경 주문 수행은 각자에게 편한 방법으로 하면 되는데, 다음과 같은 방법으로 하면 좀 더 편하게 할 수 있다. 처음엔 천부경을 읽기만 하고, 그다음엔 해석만 하고, 그다음에는 천부경을 읽고 해석을 바로 하는 식이다. 이렇게 1~3회 되풀이하고, 이어서 적당한 곡을 붙여 노래나 시조 형식으로 읽어도 된다.

훔옴지 수행법

훔옴지 수행은 인간을 탄생시킨 율려기, 곧 빛과 소리와 기(氣)를 글자와 소리로 만나는 신비로운 여정이다. 이것을 통해 병든 곳을 치유하고 참나를 발견하는 기회로 삼는다.

명상 치유 수행

눈을 지그시 감고 정신을 집중하여 자신을 우주 공간 속으로 이동시킨다. 이때 호흡은 평상시처럼 자연스럽게 하면 된다.

율(律, 양[陽]), 곧 빛이 소리로 변하여 훔이 된다. 훔은 빛이 뻗어 나가는 소리다. 이 빛이 신비한 음이 되어 자신의 몸속으로 들어와 병든 곳을 치유한다.

여(呂, 음[陰]), 곧 팔려의 음이 옴으로 울린다. 이 신비로운 음이 자신의 몸속으로 들어와 아픈 곳을 감싸 아물게 한다.

기(氣), 곧 빛과 소리의 합일체가 지로 변하여 소리로 분출한다. 이 신비로운 음이 자신의 몸속으로 들어와 온갖 병균을 배출한다.

이 세 가지 조화작용을 상상하며 병든 곳을 치유할 수 있다는 믿음으로 30분 이상 2시간 이하로 정신을 집중하고 수행한 뒤 살며시 눈을 뜨고 수행을 마무리하면 된다.

주문 치유 수행

훔옴지 주문 치유 수행은 훔옴지 명상 치유 수행을 바탕으로 훔옴지를 소리 내어 읽는 과정이다. 신비로운 훔옴지로 자신의 병을 치유할 수 있다는 강한 믿음을 가지고 하는 것이 중요하다. 슬픔과 고통, 어떤 두려움도 훔옴지와 함께하면 물리칠 수 있다는 생각을 가지고 해야 한다.

"훔옴지 훔옴지 훔옴 훔옴 훔옴지 훔옴지"
"훔옴지 훔옴지 훔훔 훔훔 훔옴지 훔옴지"
"훔훔훔훔 훔옴지 훔훔훔훔 훔옴지"

이 세 가지 중 자신에게 맞는 것을 선택한 뒤 리듬을 붙여 주문 수행을 하면 된다. 세 가지를 섞어서 수행해도 무방하다. 혼자 있을 때는 소리 내어 읽고, 버스나 지하철 등에서는 마음속으로 읽으면 된다. 주문 수행은 정적인 자세보다 동적인 자세가 더 효과적이므로 양손을 복부 중간으로 가져와서 상하 또는 좌우로 가볍게 흔들면서 주문 수행을 하는 것이 중요하다.

호흡 치유 수행

훔옴지 호흡 치유 수행은 훔옴지 수행의 핵심이다. 연구팀의 학자 중 대다수가 훔옴지 호흡 수행으로 두중감 및 두통, 우울증, 화병의 증세를 완화시키고, 뇌 기능과 면역력을 향상시킬 수 있다고 입을 모았다.

훔옴지 호흡 치유 수행은 훔옴지를 소리 내어 호흡하는 방법과 소리 내지 않고 하는 방법이 있다. 이중 후자가 더 효과적인 방법이다. 지구상에서 호흡 수행으로 숨길이 열리는 것은 훔옴지뿐이므로 훔의 옆 글자인 툼과 품, 옴의 옆 글자인 솜과 좀, 지의 옆 글자인 이와 치를 가끔 호흡해 봄으로써 훔옴지가 신비로운 음이라는 것을 잊지 않는 것도 중요하다.

훔

우주의 빛을 느끼고 빛과 하나가 된다.
우주의 빛을 온몸으로 받아들여 병든 곳을 치유한다.

옴

우주의 소리를 느끼고 소리와 하나가 된다.
우주의 소리를 온몸으로 받아들여 치유한 곳을 감싸 아물게 한다.

지

우주의 기(氣)를 느끼고 기(氣)와 하나가 된다.

우주의 기(氣)를 온몸으로 받아들여 온갖 병균을 배출한다.

이와 같은 생각을 가지고 눈을 지그시 감고 앉거나 선 상태에서 숨을 가슴 끝까지 끌어올리는 긴 호흡을 세 번 실시한다. 그런 다음 하복부에 적당히 힘을 주고, 숨을 가슴 밑까지 등 쪽을 힘 있게 밀면서 깊이 쉰다. 이번에는 훔을 자신과 일치시키고 소리를 내는 것처럼 소리 내지 않고 김이 빠지는 소리처럼 길게 내쉰다. 이때 들숨은 코로, 날숨은 입으로 쉰다. 이것이 훔의 호흡 과정이다.

옴과 지도 똑같은 방법으로 훔옴지를 반복하여 30분 이상 2시간 이하로 하면 된다. 들숨 때 등 쪽을 강하게 압박하는 것은 꼬리뼈 위에 있는 선골(仙骨)을 자극하기 위해서다. 선골을 자극하면 뇌척수의 흐름이 원활해져 머리가 맑아지고, 몸이 좋아지는 효과가 있다고 국내의 한의학자가 밝힌 바 있다. 이런 점을 인식하고 선골 자극 호흡에 소홀함이 없어야 한다.

호흡 수행 전에 물을 충분히 마시는 것은 필수이다. 목마름이 심하거나 어지럼 증상이 생길 경우 선골 자극 호흡을 유지한 채 훔옴지를 마음속으로 호흡하면 된다. 그래도 어지러우면 선골 자극 없이 하면 된다.

토출 치유 수행

훔옴지 토출 치유 수행은 극심한 스트레스, 소화불량, 우울증, 화병 등의 증세를 완화시키기 위한 응급처방이다. 이와 같은 증세가 심한 사람은 차렷자세로 선 상태에서 가슴 끝까지 숨을 끌어올린 뒤 훔옴지를 각각 크게 소리 내어 한 번에 3~5회씩 길게 내쉬면 된다. 이때 훔옴지 토출로 우울증과 화병 등을 날려 버린다는 마음으로 수행하는 것이 중요하다.

    이번 연구에서 연구팀이 거둔 최대의 성과는 율려기 천부경과 훔옴지 음의 발견이다. 이 과정에서 기(氣)에 대한 인식을 새롭게 하였다. 기(氣)는 곧 생명이라는 것이다. 모든 열매가 햇빛과 물만 있으면 잘 자랄 수 있을 것 같지만 기(氣)가 없으면 모든 열매는 쭉정이가 되고 만다는 주장이다. 훔옴지의 훔도 과거 대한민족의 선조들이 학질을 다스리는 데 쓸 만큼 질병을 치유하는 데 효과가 있는 음이다. 한 연구단체에서는 훔의 효과에 대하여 두 개의 밥을 놓고 연구를 진행하였는데 훔 사운드를 계속 들려준 밥은 멀쩡한 반면 훔 사운드를 들려주지 않은 밥은 쉰내가 진동하고, 곰팡이까지 피었다는 것도 이번 연구를 통해서 알게 되었다. 연구팀은 이러한 점을 감안하여 몸에 이롭지 않은 감기약이나 1회용 두통약, 소염진통제 같은 약 복용 대신 훔옴지 수행을 생활화하여 건강한 삶을 영위하라고 권고하고, 이번 연구 결과를 김 수반에게 보고하였다.

    인류문명 연구팀장으로부터 연구 성과를 보고받은 김 수반은 크게 기뻐하며 그동안의 노고를 치하했다. 아울러 대전에 천부경, 훔옴지 수행문화원을 설립하라고 수반궁 정책실에 지시하였다.

    천부경, 훔옴지 수행문화원은 2년간의 공사 끝에 보문산 북쪽 자락에 세워졌다. 모두 김 수반의 사재로 지었다. 강의실과 회의실, 도서관, 기숙사, 구내식당까지 갖춰져 있어서 세계 각국에서 입원하는 원생들이 천부경, 훔옴지 수행지도사 자격을 갖출 수 있도록 적극 돕는다. 이곳에서는 천부경, 훔옴지 수행 외에 대한민족의 역사와 문화, 한어(韓語), 한자(韓字), 한글 교육을 통해 대한민족의 국통맥과 인류사를 이해할 수 있도록 교육하고 있다. 이러한 노력으로 대전시는 천제문화, 천부경 문화, 한국어 문화도시가 되었고, 지구촌 곳곳에는 천부경, 훔옴지 수행학원이 들어서고, 그 여파로 천부경, 훔옴지 수행문화가 전 세계로 울려 퍼져 아시아와 유럽은 물론 아프리카와 중동까지 대립과 투쟁이 사라지고 총성이 멎는 결과로 이어졌다.

환국 환인주의 인류화합 축제는 작년부터 마고문명이 추가되어 축제의 의미를 더했다. 특히 AI를 통한 운동장 내에서의 증강현실이 전광판에서는 실제로 사람이 연출하는 것처럼 보여서 전 세계의 이목이 집중된 가운데 저녁 7시에 막이 올랐다. 축제의 모든 과정은 대전의 지상파 3사를 통해 전 세계로 중계되었고, 조명이 꺼진 후 4만 5천 명의 관중이 운집한 한밭종합운동장은 전 세계를 태고의 신비 속으로 빠져들게 하였다.

제1막. 인류 최초의 문명집단

안개에 휩싸인 마고대성(麻姑大城)!
자막을 곁들인 진행자의 해설과 함께 서서히 모습을 드러낸다.

해설

　마고대성은 대한민족의 사서(史書)인 부도지(符都誌)의 기록으로 징심록(澄心錄) 15지 가운데 첫 지의 내용이다. 인류문명 연구에 참여한 세계의 학자들은 마고성 이전의 인류를 원시인류, 마고성 이후의 인류를 문명인류라 정의하고, 마고문명과 환국문명을 인류의 2대 문명으로 결론지었다.

　마고성 사방에는 문이 하나씩 있다. 그 앞에서 남녀가 한 명씩 앉아서 무엇인가를 하고 있다. 사물로 만든 악기의 음(音)을 조절 중이다. 우주 팔려음의 조화를 받아 나무, 실, 박, 대나무, 가죽, 흙, 쇠, 돌로 만들었다. 이 시대에는 모든 것을 8음을 조절함으로써 해결하였다. 이 성의 주인은 신(神)처럼 모셔지고 있는 마고할머니다.
　옛부터 대한민족 사람들은 삼신할미라 불렀다. 마고할머니에게는 궁희, 소희라는 두 딸이 있다. 모두 남자 없이 하늘의 정기를 받아 낳았다. 인류문명 연구에 참여한 세계의 학자들은 마고, 궁희, 소희를 삼신할미, 마고삼신으로 정의하였다.

해설

　마고성은 허달성 위에 실달성으로 존재했고, 파미르고원 위쪽에 위치해 있었다. 이는 해와 달 같은 존재였다.

　궁희와 소희도 하늘의 정기를 받아 4명의 자녀를 낳았다. 마고성 4대 문에서 음을 조절하는 일을 맡고 있다. 궁희가 황궁씨와 청궁씨를, 소희가 백소씨와 흑소씨를 낳았다. 황궁씨가 맏이, 백소씨가 둘째, 청궁씨가 셋째, 흑소씨가 넷째이다. 이들 남녀가 서로 결혼하여 자식을 낳으니 현 인류의 조상이 된다.

　부도지가 대한민족의 사서인 만큼 그 계보를 자세히 기록하였다. 곧 황궁씨-유인씨-환인씨-환웅씨-인검씨(단군)-부루씨-읍루씨-신라의 박혁거세로 이어지는 대한민족의 국통맥이다. 후손들은 한반도와 일본, 중국 대륙 북부, 만주, 시베리아, 아메리카 대륙 등지로 퍼져 살았다. 둘째인 백소씨의 후손은 중근동 지역과 서유럽 등지로, 셋째인 청궁씨의 후손은 중국 대륙 중남부 지역으로, 넷째인 흑소씨의 후손은 주로 인도와 동남아시아 지역으로 퍼져 살았다.

해설

　마고성 시대의 주식은 지유(地乳)다. 인류문명 연구팀의 학자 중에는 지유를 산양의 젖 또는 액체가 아닌 기체로 보는 사람도 있다. 지유는 맛은 없지만, 에너지를 보충하는 데에는 필수적인 식량이다. 마고성 사람들은 이것을 아무 불평 없이 잘 먹었다.

　마고성에 비가 내리고 세찬 바람이 분다. 밤이 아닌데도 사방은 어둠으로 뒤덮였다. 그리고 시간의 흐름 속에 마고성엔 자손이 번성한다. 다시 비가 내리고, 세찬 바람이 불고, 천둥이 친다. 동시에 맑은 하늘이 얼굴을 내민다. 그때 마고성 사람 중 한 사람이 무엇엔가 이끌리듯 마고성 뒤편으로 향한다. 그곳에서 그는 태어나서 처음으로 맡아보는 향기에 취해 가까이 다가간다.

 그것은 포도 열매였다. 그는 그것을 조심스럽게 따먹는다. 한 번 맛본 포도는 더욱 식욕을 자극하여 미친 듯이 포도를 따먹는다. 그리고 그 맛을 잊을 수 없어 포도가 있는 곳을 다른 사람들에게 알려준다. 결국 이것이 화(禍)가 되어 마고의 분노로 이어진다. 그 여파로 포도를 따먹은 사람들의 몸에는 변화가 일어난다. 손발이 뒤틀리고, 눈과 코, 입이 비뚤어지는 등의 흉측한 모습이다. 개중에는 온몸에 털이 흉측하게 난 사람도 있다. 포도를 따먹지 않은 사람들에게도 마고의 힘이 작용하여 온몸에 이상한 점이 번지고, 사지를 쓰기가 자유롭지 못하게 된다. 이 일로 마고성 사람들은 성에서 쫓겨나 사방으로 뿔뿔이 흩어진다.

해설

 마고성 사람들에게 무미(無味)의 삶은 철칙이다. 이 계율을 어기면 하늘의 소리를 제대로 들을 수 없기 때문에 천부(天符)를 받들어 모실 수 없어 대죄에 해당한다. 이 포도 사건을 부도지는 오미(五味), 곧 단맛, 짠맛, 신맛, 매운맛, 쓴맛의 화(禍)로 기록하고 있다. 인류문명 연구팀의 학자들은 이 사건이 아담과 이브의 설화로 이어졌다는 의견을 내놓았다. 또한 마고성 밖으로 쫓겨난 사람들은 하늘과 소통하며 살았던 천부인(天符人)의 지위를 잃고 천축인(天竺人)으로 살게 되었다고 입을 모았다. 천축(天竺)은 천부(天符)의 다른 이름이며, 인도의 옛 이름인 천축의 축은 대 죽(竹)+두 이(二)가 아닌 대 죽(竹)+장인 공(工)의 나라이름 축이라고 덧붙였다. 천축은 마고성에서 쫓겨난 사람들이 다시 천부인으로 돌아가고 싶은 마음의 표현이다. 이것이 계기가 되어 천축어(天竺語), 곧 산스크리트는 각 종교의 경전을 기록하는 문자로 발전하게 된다.

제2막. 수행의 시작

사방으로 흩어진 마고성 사람들은 흉측하게 변한 자신의 모습을 숨기기 위해 산으로 들어가거나 외딴곳에 움막을 만들어 들어가 숨었다. 시간의 흐름 속에 배가 고팠지만 그들은 먹을 것을 구하는 법을 모른다. 마고성에서 항상 솟아나는 지유를 먹고 편하게 산 까닭이다.

먹을 것이라고는 비 올 때 손바닥으로 빗물을 받아 마시는 것이 전부였다. 그것도 두 손이 크게 비틀어진 사람에게는 힘든 일이다. 그들은 그렇게 지쳐 갔다. 그리고 쓰러져 잠이 들었다. 그러다가 잠에서 깨어난 그들의 눈에선 한없는 눈물이 흘렀다. 그들은 무엇엔가 이끌리듯 일제히 무릎을 꿇었다. 마고에게 용서를 비는 행위다. 이러한 것이 습관으로 이어져 아침에 일어나면 마고성을 향해 8번 절하고 무릎을 꿇은 채 묵상에 잠겼다. 그들에게 이와 같은 행위는 하루의 일과였다.

해설

마고성을 나온 사람들이 마고성을 향해 8번 절하는 것은 우주가 8수 팔려의 음으로 돌아가는 원리에 따른 것이다. 이러한 것이 신성한 곳에 8이라는 숫자가 자리하는 이유가 된다. 인류문명 연구에 참여한 학자들은 마고성에서 쫓겨난 사람들이 행한 의식이 수행의 기원이 되었다고 입을 모았다.

마고성 사람들의 기도는 날이 갈수록 정성을 더했다. 그리고 천지본음(天地本音), 천지복본(天地復本)을 수없이 되뇌며 묵상에 잠겼다. 그렇게 세월이 흐르고 세찬 비와 함께 세찬 바람이 몰아치고, 천지가 갑자기 어두워졌다 환해지기를 반복하더니 기도자들의 뒤틀린 팔과 다리, 흉측한 얼굴이 정상으로 돌아왔다. 그것을 안 기도자들은 기쁨의 눈물을 흘리며 마고성을 향해 끝없이 절을 하였다.

해설
천지본음(天地本音)은 마고성 사람들이 그곳에서 하늘의 소리를 듣는 행위이고, 천지복본(天地復本)은 마고성 시절로 다시 돌아가고자 하는 기도자들의 간절한 바람이다. 인류문명 연구팀은 인간이 기쁜 음악보다 슬픈 음악에 더 깊이 감흥하는 것은 오미의 화(禍) 사건과 관계가 있는 것으로 보았다.

흉측한 모습이 정상으로 돌아온 사람들은 누가 먼저랄 것도 없이 마고성을 향해 달렸다. 그러나 마고성이 있던 자리에는 아무것도 남아 있지 않았다. 고원지대에 펼쳐진 황량한 들만이 보일 뿐이었다. 아무리 둘러봐도 마고성은 흔적조차 없었다. 이는 기도자들의 모습은 정상으로 돌아왔지만 하늘과 소통하는 눈과 귀는 정상으로 돌아오지 않았기 때문이다. 기도자들은 후회의 눈물을 흘리며 떨어지지 않는 발길을 돌렸다. 이들이 사방으로 흩어져 각각의 집단을 이루니 인류문명 부족사회의 시초가 된다.

제3막. 문자의 탄생

황궁씨를 직계 조상으로 둔 대한민족의 선조들은 비록 하늘과 소통하는 법은 잃어버렸지만 우주의 이치에 부합하는 삶을 살기 위해 부단히 노력하였다. 대한민족이 천손 민족의 종통이라 불리는 것은 이 때문이다. 늘 천지의 이치를 가슴에 새기며 천부(天符), 곧 우주 만물의 생성원리를 읊조리는 것을 하루의 일과로 삼았다.

해설

인류문명 연구팀의 학자들은 한국어의 어휘가 다양하고, 만물의 소리를 자유롭게 표현할 수 있는 것은 대한민족의 선조들이 하늘 법도에 부합하는 삶을 살았기 때문이라고 의견을 모았다. 음악과 음식 등이 다양한 것도 같은 맥락으로 보았다.

천지의 이치에 따른 삶을 살아오던 대한민족의 선조들은 자신들의 생각을 말이 아닌 다른 것으로 표현할 수 있는 수단을 찾기 위해 고민하게 된다. 그리고 각 분야의 사람들이 모여 토의한 끝에 곧바로 행동에 들어간다. 그 시초는 하늘, 땅, 사람을 표현하는 일이었다. 선봉에 선 사람은 우주원리에 해박한 사람이었다.

평평한 땅에 서서 하늘을 올려다본다. 아무리 보아도 하늘은 각진 데가 없고 넓기만 하다. 그래서 땅바닥에 그 생김새에 따라 손

가락으로 동그라미를 그렸다. 그다음에는 땅을 본다. 아무리 보아도 땅은 넓기만 하다. 그래서 그 생김새에 따라 네모를 그렸다. 이번에는 주저 없이 사람의 형상을 그렸다. 그러나 이것은 실패작이 되었다. 하늘이 동그라미이고, 땅이 네모인데 사람의 형상이 사람 자체라는 것이 조화가 맞지 않는다는 것을 느끼게 된 것이다. 그때 바로 앞에 어깨 넓이로 발을 벌리고 서 있는 사람을 모델로 다시 그림을 그렸다. 먼저 발과 발 사이에 선, 곧 한 일(一) 자를 긋고 머리에서 발끝까지 양쪽 어깨를 따라 두 개의 선을 그었다. 이것이 세모이다. 이렇게 해서 하늘, 땅, 사람이 원(동그라미), 방(네모), 각(세모)가 되었다. 인류문명 최초의 도형문자가 탄생하는 순간이다.

해설
인류문명 연구팀은 인류문명 최초의 문자인 원(圓), 방(方), 각(角)은 글자와 숫자, 기호 등으로 발전하여 인류문명의 모태가 되었다고 정의하였다.

하늘, 땅, 사람을 원, 방, 각으로 표현한 사람들은 이것을 바탕으로 표현 수단 개발에 박차를 가했다. 그 결과 탄생된 것이 산스크리트 문자이다. 천부(天符)의 원리에 따라 자모음 50개를 만들었다. 우주 만물이 이합집산을 반복하며 순환하는 원리로 원, 방, 각을 분해하여 만들었다. 자음에 모음이 붙는 것은 우주의 물질이 이합집산을 하는 과정이다. 이 문자의 창제로 대한민족의 선조들은 자신들이 쓰는 생활어, 곧 지방어인 사투리를 말이 아닌 글로 표현할 수 있게 되었다. (운동장의 전광판 화면에서는 분해된 원, 방, 각이 산스크리트 문자가 되어 너울너울 흘러간다)

해설

인류문명 연구팀이 산스크리트 문자를 대한민족의 문자로 인정할 수밖에 없었던 것은 산스크리트에 한국어와 비슷한 말이 많고, 산스크리트에 살아있는 대한민족의 8도 사투리 때문이었다. 어떤 문자가 탄생하기 위해서는 관련 집단의 말(語)이 존재해야 하는데 대한민족의 8도 사투리는 그 어떤 기록보다 명백한 증거가 된다는 것이다. 아울러 고대에는 표준말이 존재하지 않았고, 한자가 창제되면서 각 지방 사람들이 서로 알아듣기 쉽게 다듬은 말이 만들어져 지금의 표준어가 되었다고 결론지었다. 그 증거로 한자의 훈(訓)을 들었다.

산스크리트 문자 다음으로 만든 글자는 한자(韓字)이다. 대한민족의 정서와 문화를 좀 더 쉽게 표현하기 위해서였다. 원, 방, 각을 그리듯이 그림으로 표현했다. 거기서 더 발전한 것은 원, 방, 각에서 한자의 기초 글자 6개를 만든 뒤였다. 그것이 오늘날 한자의 1획 기본 부수다. 동그라미에서 점 주와 새 을, 네모에서 한 일과 뚫을 곤, 세모에서 삐침 별과 갈고리 궐을 만들었다. 그 결과 탄생된 것이 범어 천자문의 초기본이다. (전광판 화면에서는 이러한 과정이 물결치듯 흘러간다)

해설

한자의 1획 기본 부수가 6개인 것은 천부(天符)의 대삼합육(大三合六)에 기반한 것이고, 원, 방, 각에서 2개씩 가져온 것은 천부(天符) 천이삼의 천이(天二), 지이삼의 지이(地二), 인이삼의 인이(人二)가 적용된 결과다. 곧 하늘, 땅, 사람이 음양 운동으로 작용하는 원리에 따른 것이다.

한자를 창제하던 대한민족의 선조들은 난관에 봉착하게 된다. 자신들이 만들고 있는 문자체계가 효율적이지 못하다는 것을 깨닫게 된 것이다. 하늘, 땅, 사람을 뜻하는 천지인(天地人)은 세 글자인데 음이 다섯 개라서 조화가 맞지 않는다는 결론이었다.

해설

한자 창제 초기에는 물을 뜻하는 한자 수(水)는 물로, 나무를 뜻하는 한자 목(木)은 나무로 발음하였다.

이와 같은 생각으로 한 글자 한 음 법칙이 세워졌고 실행에 옮겼지만 산스크리트(범어, 梵語) 문자로는 한 글자 한 음 법칙의 한자를 원활하게 창제할 수 없다는 것을 알게 된다. 그래서 다시 고민에 빠졌고, 그 과정에서 한자가 한어를 바탕으로 만물의 형상을 본떠서 만들었다는 것을 인지하고, 그 원리에 따라 만물의 소리를 자유롭게 적을 수 있는 소리글자를 만들어야겠다는 결론에 도달하였다. 문제는 여기서부터였다. 무엇으로 그런 글자를 만들 것인가에서 더 이상 진척이 없었다. 그 속에서 한자를 창제하는 사람들은 한자가 창제된 과정을 되돌아보게 되었고, 그것이 계기가 되어 소리글자의 뿌리를 찾을 수 있었다. 그것이 한자의 1획 기본 부수 6개였다.

해설

인류문명 연구팀은 오늘날의 한글은 산스크리트의 창제원리, 곧 천부(天符), 천지인의 원리에 따라 한자의 1획 기본 부수 6개를 자음과 모음으로 하여 가림토 문자로 발전했다고 정의하였다. 그 증거로 한자에는 소리글자를 얻기 위한 실험의 흔적이 남아 있다고 덧붙였다. 그것이 음역(音譯) 한자이다. 지금까지는 한자의 음, 특히 외래어를 한자로 표기하기 위한 것으로 알려졌는데 이번 연구에서 소리글자를 얻는 것이 주목적이었음이 밝혀진 것이다. 그런 이유로 한자로 현 한글 위주의 한국어 표기가 가능하다. (전광판 화면에서는 한자의 재료인 1획 기본 부수 5개가 한글로 변하여 대한민족을 표기한다. 한 일+새 을+뚫을 곤+점 주+뚫을 곤=대, 점 주+한 일+점 주+뚫을 곤+점 주+새 을=한, 새 을+새 을+뚫을 곤+새 을=민, 한 일+삐칠 별+삐칠 별+점 주+한 일+새 을=족)

한자의 한 일은 한글의 ㅡ, 뚫을 곤은 ㅣ, 삐칠 별은 ㅅ, 점 주는 ., 새 을(乙)은 새가 상하좌우를 자유롭게 날으는 원리에 따라 ㄱ, ㄴ, ㄹ로 표기된다.

기초 소리글자가 만들어진 후 대한민족이 최초로 만든 산스크리트 문자는 서서히 자취를 감추게 된다. 그리고 말은 대한민족의 8도 사투리로, 글자는 고대 한자의 글자체인 전서(篆書)에서 산스크리트 문자의 흔적을 엿볼 수 있다. 대신 소리글자가 그 자리를 메워 한 글자 한 음 법칙의 한자 창제에 탄력이 붙었다. 그 시작은 하늘, 땅, 사람을 뜻하는 글자에 음을 다는 일이었다. 이는 한자가 창제되기 전에 기존 한자, 즉 대한민족의 고대 생활어 속에 한자, 한자어가 존재했기에 가능한 일이었다.

천부(天符)의 원리에 따라 하늘-천(天), 땅의 음은 하늘과 연결되어 소통한다는 의미를 지닌 나무의 분신인 지팡이에서 음을 따서 따(땅)-지(地), 고대 사회에서 사람의 표상인 인자하다에서 음을 따서 사람-인(人)으로 정하였다. 이것에 힘입어 니켈, 리튬, 헬륨 같은 과학용어의 한자 창제 작업도 속도가 붙었다. 그 백미는 펌프의 원리를 한자로 옮기는 작업이었다. (운동장의 전광판 화면에 인간의 심장이 그려짐과 동시에 힘차게 요동친다. 심장이 수축-이완하는 소리다. 그 소리는 점차로 '펌프! 펌프!' 하는 소리로 바뀐다)

해설

펌프라는 말은 인간의 심장소리에서 비롯되었다. 고대 사회에서 대한민족의 과학자들이 심장의 수축-이완 작용을 인지하고 이름을 붙여 사용한 데서 유래하였다.

첫 번째 실험

큰 돌에 일정한 높이에서 물을 쏟아붓고 그 현상을 관찰한다.

두 번째 실험

이번에는 반대로 고여 있는 물에 일정한 높이에서 큰 돌을 떨어트리고 그 현상을 관찰한다. (전광판 화면에서는 실험 장면이 역동적으로 펼쳐진다)

이 두 가지 실험으로 펌프의 원리 한자가 결정되었다. 첫 번째 실험한 결과의 한자는 물 수(水)+돌 석(石)의 찰랑거릴-석이고, 두 번째 실험한 결과의 한자는 돌 석(石)+물 수(水)의 펌프-빙이다. 첫 번째 실험은 물이 튀어 오르는 강도가 약하므로 '잔물결을 일으켜 가볍게 자꾸 흔들리게 하다'의 한어(韓語) 찰랑거리다를 붙여 돌 석(石) 자의 음을 그대로 음차하여 찰랑거릴-석이 되었고, 두 번째 실험의 결과는 심장이 수축-이완하는 강도와 상응하는 세기로 물이 튀어 오르는 것을 보고 '약간 넓은 일정한 둘레를 에워싸듯이 한 바퀴 도는 모양'을 뜻하는 한어(韓語)의 빙을 붙여 펌프-빙이 되었다. 큰 돌이 떨어져 물에 닿는 것이 펌이고, 그 작용으로 물이 세차게 튀어 오르는 것이 프이다. 곧 흡입-토출로 작동하는 오늘날의 원심력 펌프이다.

인류문명 연구에 참여한 세계의 학자들은 펌프-빙이라는 한자를 보고는 놀라움과 감탄을 금치 못하였다. 아울러 그동안 막연히 영어로 알고 있던 헬륨, 리튬 같은 특수 언어가 대한민족의 과학자들이 고대 사회에서 이러한 물질을 인지하고 이름을 붙여 사용한 데서 유래했다는 것을 인정하지 않을 수 없었다. 인류문명 연구팀은 한어인 빙이 심장을, 펌이 수축 작용을, 프가 이완 작용이라는 데에 의견을 같이하였다.

세월이 흐르고 한자 창제가 어느 정도 자리를 잡으면서 소리글자도 사문화(死文化)의 길을 가게 된다. 이유는 문자 표기의 번거로움 때문이었다.

해설

인류문명 연구팀은 소리글자가 계속 발전하지 못하고 세종대에 와서 재창제된 것은 문자 표기의 편리성이 강조되었기 때문이라고 정의하였다. '大門'이라고 쓰면 될 것을 굳이 '大門대문'이라고 쓸 필요가 없다는 것이다. 이렇게 됨으로써 한자는 표기의 문자로, 소리글자는 대화의 문자로 남게 되었다. 학자들은 지금과 같은 한글 위주의 표기를 깨닫지 못한 흔적이라고 입을 모았다.

인류문명 연구팀은 이번 연구를 통해 한자 창제의 주체 세력도 밝혀냈다. 단순히 한 집단이 아닌 여러 집단이 참여해서 한자를 만들어 냈다는 주장이다.

1그룹

1그룹은 각 분야의 전문가 중 일정한 도(道)의 경지에 오른 사람들이다. 이를테면 천문학자, 물리학자 등이다. 여러 형태의 햇빛과 귀신 모습의 한자는 특별한 영(靈) 능력자나 일정한 도(道)의 경지에 오른 사람만이 그려낼 수 있다. 현존하는 한자가 그것을 증명한다.

2그룹

2그룹은 각 분야의 전문가 중 일정한 도(道)의 경지엔 오르지 못한 사람들이다. 이를테면 농업전문가, 어업전문가, 각 분야의 예술인 및 기술자 등이다.

3그룹

3그룹은 보조 세력으로 한자 창제 과정에서 자문을 해준 사람들이다. 이를테면 농업종사자, 어업종사자 등 각 분야의 종사자들이다.

해설

고대에 한자를 창제한 사람들의 성함은 한자에서 만나볼 수 있다. 이를테면 사람이름 'O' 자이다. 한자 창제는 한 글자 한 음이 원칙이기 때문에 한자를 창제한 사람이 홍길동일 경우 사람이름 길이나 동으로 쓰게 된다. 곧 뫼 산(山) 부의 한자를 만든 사람은 뫼 산(山)+불꽃 병(炳)의 '병' 자 성함을 쓰는 사람이고, 쇠 금(金) 부의 한자를 만든 사람은 쇠 금(金)+이룰 성(成)의 '성' 자 성함을 쓰는 사람이다. 자신의 이름 자는 기념으로 남기는 것이기 때문에 모든 부수에 사람이름 한자가 있는 것은 아니다. 특별히 기념할 만한 인물의 이름도 한자로 만들어 남겼다.

인류문명 연구팀은 한어(韓語), 한자(韓字), 한글의 연구를 마무리 지으면서 세계 2대 문자를 발표하였다. 그것이 산스크리트 문자와 한자이다. 이중 산스크리트 문자는 서양 문자에 많은 영향을 미쳤고, 한자는 동양 문자에 많은 영향을 미쳤다고 정의하였다. 또한 세종대왕의 평가도 명확히 했다. 비록 한글이 재창제되었지만 그것은 위대한 발견의 창제라는 것이다. 아울러 우수한 한어와 지혜롭고 과학적인 한자, 디지털 문자인 한글이 결합된 한국어는 지구상에서 가장 위대한 언어 문자이자 인류 언어의 뿌리라고 결론지었다.

제4막. 이별 그리고 만남

해설

마고성을 떠나온 인류는 부족사회를 이루어 살아오다 1만여 년 전 국가 형태를 이루어 모여 살았다. 그것이 인류 최초의 국가 환국(桓國)이다.

AI 증강현실을 통해 오대양 육대주에 흩어져 살던 지구촌 형제들이 한밭종합운동장 안으로 들어온다. 그 옛날 평화롭게 함께 살았던 환국 땅으로의 귀환이다. (전광판 화면에는 실제 사람처럼 나타난다)

동쪽 문으로는 동편에 위치해 있던 월지국, 양운국, 개막한국, 매구여국, 일운국, 비리국, 구다천국 형제들이 들어왔고, 서쪽 문으로는 서편에 위치해 있던 사납아국, 직구다국, 수밀이국, 우로국의 분환국(分桓國) 형제들이 들어왔다. 그때 본환국(本桓國) 사람들이 일제히 달려가 손을 잡으며 그들을 반갑게 맞이한다. 그러나 안타깝게도 분환국 사람들은 본환국 사람들을 알아보지 못하고 어리둥절해한다. 억겁의 세월이 야속한 순간이다. 본환국 사람들은 아직도 그때의 한이 남아 과거에 있었던 일을 설명해 보지만 말까지 안 통하니 답답할 노릇이다. 답답하기는 분환국 사람들도 마찬가지이다. 그들은 무엇을 어떻게 해야 할지 몰라 안절부절못한다. 그때 천둥이 그들의 머리 위를 스쳐 가고, 아득히 먼 곳으로부터 고요한 북소리가 들려온다.

두구두구두구두구두구두구두구두구두구두구~

고요히 울리는 북소리는 과거 기후 이변으로 살길을 찾아 떠났던 분환국 사람들의 의식을 흔들었다. 그리고 그 당시의 일들이 떠올랐다. 그것은 떠나가는 자신들을 향한 본환국 사람들의 간절한 외침이었다.

아 우리랑 아 우리랑 아라리요
아 우리랑 고개로 넘어간다
(아, 우리랑 살던 터전을 버리고 떠나간다. 우리랑 다니던 저 고개를 넘어 떠나간다)

나를 버리고 가시는 님은
십 리도 못 가서 발병 난다

(환국 땅이 살기 어렵다고 떠나가지만 다른 곳은 여기만 못할 것이다. 그러니 가지 말고 우리랑 같이 살자)

수백 세대를 뛰어넘은 DNA의 힘은 분환국과 본환국 사람들을 눈물의 상봉으로 이끌었다. 그들의 입에서는 과거 함께 사용했던 산스크리트가 자연스럽게 튀어나왔다. 동양권 사람은 물론 서양과 아랍권 사람들까지 자신들의 눈과 귀를 의심할 정도로 그 당시 쓰던 말들이 자연스럽게 튀어나왔다.

"어데 갔다 이제 오는 기고?"
(경상도 사투리)

"어드메 갔다 이제 옴메?"
(이북 사투리)

"어디 갔다 인제 오는 겨?"
(충청도 사투리)

"아따 어디 갔다 인자 오는 것이여?"
(전라도 사투리)

본환국과 분환국 사람들은 서로를 찬찬히 뜯어본 뒤 말을 이었다.

"또 갈 건 아니것제?"
"이제 가라고 해도 안 갈라요."

"또 가는 거 아닙메?"
"나 이제 아니 가오."

"다시 또 가는 거 아녀?"
"걱정 말어유. 갈 데도 없어유."

"인자 절대로 떠나지 말더랑께."
"고런 걱정일랑 붙들어 메쇼잉. 가봤자 고생만 헐턴디 나가 뭣 땀시 또 가것소. 나는 인자 안 갈 것이오. 이 환국 땅에서 뼈를 묻을 것이오."

 대한민족의 8도 사람들이 다 모인 것 같은 상황이 연출되자 운동장을 메운 4만 5천의 관중은 물론 텔레비전을 통해 이 장면을 지켜보던 세계인들도 과거 속으로 빠져들었다. 그리고 운동장 안은 이내 눈물바다로 변했다. 그 속에서 분환국과 본환국 사람들은 서로의 얼굴을 바라보며 포옹과 두 손 맞잡기를 반복하였다. 잠시 후 그들은 누가 먼저랄 것도 없이 손에 손을 잡고 원을 그리며 운동장 트랙에 서서 다시는 헤어지지 말자며 노래를 불렀다.

 아리랑 아리랑 아라리요

아리랑 고개로 넘어온다

나를 버리고 가버린 님이
나를 찾아서 돌아온다

아리랑 아리랑 아라리요
아리랑 고개로 넘어온다

　분환국 사람과 본환국 사람들은 무엇엔가 홀린 듯이 소리 높여 노래를 불렀다. 그때 그 소리가 전광판 화면 속으로 빨려 들어가 인류의 전쟁사가 파노라마처럼 펼쳐졌다. 환국 땅을 떠난 인류는 세월이 흐르면서 서로를 알아보지 못하고 함께 사용하던 말까지 잊어버려 만날 때마다 적으로 간주하여 아름다운 산하를 피로 물들였다.
　"쳐라! 한 놈도 살려두지 마라!"
　낯선 외모에 말까지 안 통하니 만날 때마다 총칼을 앞세우기 일쑤였다. 이런 행동으로 인해 전쟁은 꼬리에 꼬리를 물었다. 칼과 창으로 시작된 전쟁은 총과 대포, 탱크와 전투기, 미사일 등으로 발전하여 전쟁이 끊이질 않는다. 그 배경화면에 온 인류가 행한 천부경, 훔옴지 수행의 모습이 겹치고, 주문소리가 운동장 안을 가득 채운다. 그리고 그 소리의 힘으로 서서히 총성이 멎는다.

一始無始一

일시무시일

析三極 無盡本
석삼극 무진본

天一一 地一二 人一三
천일일 지일이 인일삼

一積十鉅 無櫃化三
일적십거 무궤화삼

天二三 地二三 人二三
천이삼 지이삼 인이삼

大三合六 生七八九
대삼합육 생칠팔구

運三四 成環五七
운삼사 성환오칠

一妙衍萬往萬來 用變不動本
일묘연만왕만래 용변부동본

本心本太陽 昂明
본심본태양 앙명

人中天地一
인중천지일

一終無終一
일종무종일

律始無始律
율시무시율

析氣極 無盡本
석기극 무진본

天律律 地律呂 人律氣
천율율 지율려 인율기

律積十鉅 無櫃化氣
율적십거 무궤화기

天呂氣 地呂氣 人呂氣
천여기 지여기 인여기

大氣合六 生七八九
대기합육 생칠팔구

運氣四 成環五七
운기사 성환오칠

律妙衍萬往萬來 用變不動本
율묘연만왕만래 용변부동본

本心本太陽 昻明
본심본태양 앙명

人中天地律
인중천지율

律終無終律
율종무종율

훔옴지 훔옴지 훔옴 훔옴 훔옴지
훔훔훔훔 훔옴지 훔훔훔훔 훔옴지
훔옴지 훔옴지 훔옴 훔옴 후옴지
훔훔훔훔 훔옴지 훔훔훔훔 훔옴지

인류가 총성을 멈추고 화합의 길로 들어선 것은 천부경, 훔옴지 수행을 통해 천지에서 가장 소중한 존재가 사람이라는 것을 깨달았기 때문이었다. 그러므로 인류가 벌여온 전쟁은 가장 어리석은 행동이라는 결론에 도달하였다. 이것이 인류가 뒤늦게 얻은 참회의 교훈이었다.

한밭종합운동장에 울려 퍼진 아리랑은 그것을 지켜보던 세계인들에게 그대로 전해졌다. 그 힘은 서로가 서로에게 손을 내밀어 전광판 화면에서 펼쳐지는 장면을 재연하였다. 역동적인 아시아의 땅에서, 선진 문물을 이끈 유럽의 땅에서, 세계의 경제를 이끌어 온 아메리카의 땅에서, 에너지의 보고(寶庫), 열사의 땅 중동에서도 손에 손잡고 소리 높여 아리랑을 불렀다.

아리랑 아리랑 아라리요
아리랑 고개로 넘어간다

나를 버리고 가시는 님은
십 리도 못 가서 발병 난다

아리랑 아리랑 아라리요
아리랑 고개로 넘어간다

한밭종합운동장에 울려 퍼졌던 아리랑의 슬픈 곡조는 어느새 기쁜 곡조로 바뀌어 흥을 더했다. 그 리듬에 맞춰 전 세계는 하나가 되었다. 마고문명 환국 환인주의 인류화합 축제는 그렇게 막을 내렸다.

서기 2045년 8월 15일, 건국 이래 가장 경사스러운 하루의 해가 저물어 가고 있다. 이윽고 날이 저물면서 전국에서 동시다발적으로 진도아리랑과 강강술래 타임이 시작되었다. 세계의 방송사들은 한 순간도 놓칠 수 없다는 듯 저마다 바쁘게 움직였고, 초승달 아래에서 펼쳐지는 진도아리랑과 강강술래는 한 폭의 그림이 되었다. 이런 가운데 전국에 설치된 전광판에서는 오전에 있었던 김진 전 국가수반의 연설하는 장면과 시가행진하는 모습이 재방송되었다. 국내의 한 방송사는 어느새 머리가 하얗게 세어버린 칭여우가 맨 앞에 앉아서 김진 전 국가수반의 연설을 경청하고 있는 모습을 비춰 주었다. 칭여우는 그동안 김진 국가수반을 잘 보좌해 온 공로가 인정되어 평생 공훈연금을 받으며 대한민국에서 살 생각이다.

김진 전 국가수반이 탄 승용차가 대전 원도심으로 접어들자 연도에 늘어선 시민들은 김진을 연호하며 다시는 국가수반의 신분으로 만날 수 없음을 아쉬워했다. 연도에 늘어선 시민들의 마음은 반은 기쁘고 반은 슬프다. 기쁨은 건국 이래 가장 경사스러운 날을 맞이한 것이고, 슬픔은 김진 전 국가수반을 다시는 국가수반의 신분으로 만날 수 없다는 점이다. 그래서 연도에 늘어선 시민들은 반은 웃고, 반은 울면서 김진 전 국가수반을 떠나보내고 있었다.

김 수반이 탄 차가 대전역 근처로 다가오자 연도에 늘어선 시민들의 환호성이 더욱 커졌다. 이곳은 김 수반이 특별히 관심을 가졌던 지역이다. 대전의 얼굴인 이곳이 쇠락해 가는 것을 보고 대전 0시 시장을 기획하고 보문산 케이블카를 놓는 등 심혈을 기울인 결과 대전역 인근이 전혀 딴 곳으로 바뀌었다. 그에 힘입어 평일임에도 이곳은 관광객들의 발길이 끊이지 않고 있다.

김 수반은 30년 가까운 세월 동안 국정을 이끌면서 오로지 국가와 국민, 세계 초일류 국가 달성을 통한 부강한 대한민국, 국민이 행복한 대한민국의 실현을 위해 달려왔다. 나라가 아무리 잘살아도 국민이 불행하면 아무런 의미가 없다는 것이 김 수반의 신념이었다. 그런 그였기에 선거 때마다 국민의 전폭적인 지지를 받으면서 평균 득표율 90%라는 전무후무한 기록을 세우기도 하였다. 그런 이유로 김 수반은 선거 기간이 다가오면 후보 등록만 해놓고 국정 업무에 매진하였다. 김 수반의 이런 행보는 법으로 만들어져 연임에 도전하는 대통령 후보는 선거 운동을 할 수 없도록 규정하고 있다.

김 수반은 올 초 뇌졸증으로 쓰러졌다. 국정 업무로 인한 과로가 원인이었다. 이 일로 한동안 사경을 헤매다가 광복 100주년을 두 달 정도 앞두고 기적처럼 일어나 몸이 빠르게 회복되면서 세계 초일류 국가 달성 축사와 퇴임사를 동시에 한 것이다. 김진 전 국가수반이 탄 승용차가 대전역 앞을 지나칠 때 연도에 늘어선 시민들의 환호성이 더 크게 울려 퍼졌다. 그런 시민들의 모습 위로 그동안 김 수반이 펼쳤던 역동적인 국정 업무의 모습이 파노라마처럼 스쳐 갔다. 국가수반궁 집무실에서 대안정책을 열정적으로 입안하던 모습, 대안이 떠오르지 않아 생각에 잠기던 모습, 문제가 있는 현장을 방문하여 해법을 제시하던 모습, 관광 대국 철도망을 완성하기 위해 현장을 방문하여 작업자들을 격려하는 모습 등등 지난 일을 회상하는 사이 김 수반의 눈가엔 이슬이 맺혔다.

김 수반은 파란만장한 인생 역정을 뒤로한 채 K-기본소득 사업 본부의 회장으로 취임하여 인류 평화와 국민복지 증진에 힘쓸 생각이다. 지구촌 형제들이 K-안전체계로 가급적이면 다치지 않고 불구가 되지 않게, K-의료체계로 가급적이면 큰 병에 걸리지 않고 덜 아프게, K-기본소득의 지급으로 굶어 죽는 사람이 없는 세상을 만들기 위해 매진할 생각이다. 그런 꿈을 펼치기 위해 자신의 사저로 향하는 그의 등 뒤로 30대 여성 국민 대표가 김 수반의 퇴임사 연설이 끝난 직후 눈물을 글썽이며 낭독한 글귀가 전국의 전광판에 새겨졌다.

"김진 수반님, 이제 나라 걱정 그만하시고 남은 인생은 김 수반님 자신의 행복을 위해 사십시오. 그동안 너무너무 고생 많으셨습니다. 우리 국민은 어디에 있든, 어디를 가든 김 수반님을 영영 잊지 못할 것입니다. 그동안 김 수반님과 함께해서 너무너무 행복했습니다. 그리고 너무너무 존경합니다. 너무너무 사랑합니다. 앞으로 남은 인생 행복하게 편안하게 사십시오. 그동안 정말 감사했습니다."

– 대한민국 국민 일동

※ 고대사 및 대한민족 역년 표기는 민족사학자들의 강연과 박제상의 부도지, 안경전 역주 환단고기를 근거로 한 것이며, 한어(韓語, 범어[산스크리트]), 한자(韓字), 한글에 대한 설파는 네이버 한자사전과 존한자사전, 고(故) 강상원 박사의 강연을 참고로 한 것이다.

집필을 마치며

　대한민국의 정치가 바로 서지 못하다 보니 민족의 정체성도 바로 서지 못하고 있다. 이제 정치라는 직업에 대해 새롭게 눈뜰 때가 되었다. 정치는 결코 비판만 받는 직업이 아니다. 자신이 어떤 정치를 하느냐에 따라 칭찬과 박수가 쏟아질 수 있다. 그래서 정치는 신이 나고 행복한 성직(聖職)이다.

　과거 일제 강점기 때 일본 제국주의는 20만 권에 달하는 우리 민족의 보물 같은 사서(史書)를 불태워 없앴다. 그것만이 아니다. 우리 민족의 성과 이름, 말과 글까지 못 쓰게 하였다. 그 여파가 오늘날까지도 미쳐 민족의 정체성을 잃어버리고 방황하고 있다. 우리 민족의 역년은 몇 년인지, 우리 민족이 처음 세운 국가명은 무엇인지, 국조는 누구인지도 모른 채 살아가고 있다. 그동안 일제의 패악이 확인되지 않아 의견이 분분했는데 이번에 국내의 한 단체에서 그 당시에 살았던 미국인 기자가 쓴 기사를 발견하여 모든 것이 사실로 드러났다. 그 기사에는 조선의 역사책을 소지하고 있는 것만으로도 처벌을 받았다고 쓰여 있다. 이러한 사실로 미루어 볼 때 현재 국내에 남아 있는 대부분의 문화재는 자신의 재산을 털어 사들였거나 목숨을 담보로 숨겨서 지켜낸 결과물들이다. 여기에 독립투사들의 헌신이 더해져 만들어 낸 합작품이다. 그런데 아직도 독립투사들의 업적을 폄하하는 일이 벌어지고 있는 것은 참으로 안타까운 일이 아닐 수 없다.

사실이 확인되지 않은 독립투사들의 업적을 폄하하는 것은 국가와 민족 앞에 대죄를 짓는 일이다. 이런 것을 보고 자란 세대들은 국가가 어려움에 처했을 때 자신을 희생하며 나서려 하지 않게 된다. 이런 풍조가 만연하면 국가 존립 자체가 위협받을 수 있다. 반대로 독립투사들의 희생정신을 기리고 잘 예우하면 그것을 보고 자란 세대들은 나라가 어려울 때 선대들의 정신을 본받게 된다. 이런 점을 감안하여 애국 및 독립지사, 국가유공자의 업적을 사실과 다르게 폄하하면 처벌받을 수 있는 법적 제도가 하루빨리 마련되어야 한다.

국내외 학자 중 대다수는 영(0)의 개념이 인도에서 처음 발견된 것으로 알고 있다. 그러나 이것은 한자(韓字)와 천부경(天符經)의 무지에서 오는 결과이다. 한자의 1획 기본 부수 중에는 영(0)을 의미하는 점 주가 있고, 천부경의 일시무시일(一始無始一), 일종무종일(一終無終一)은 우주 만물이 영과 일로 돌아가고 있음을 말해 주고 있다.

인도에서 영(0)의 개념을 발견한 것은 6세기경이고, 한자가 창제된 것은 최소한 4천 년 전이며, 천부경은 기원전 7천여 년 전에 우리 민족에 의해 탄생된 인류 최초의 경전이다. 이것만이 아니다. 한자에는 1획 기본 부수인 점 주가 지금의 한글처럼 받침 역할을 하여 음역한 한자가 존재한다. 어조사 어(於)+0의 음역자 엉, 말 두(斗)+0의 음역자 둥이 그것이다. 이는 오늘날의 한글인 소리글자를 얻기 위한 실험 과정이다. 그런 이유로 한자와 한글은 같은 민족이 만든 같은 문자가 되는 것이다.

실제로 한국어에서 한자어와 한자 단어를 제외하면 언어 문자 사용에 대혼란을 겪게 된다. 차라리 외국어를 도입해서 쓰는 게 나을 정도로 불편하다. 그런데도 우리나라 국어사전에는 한자가 중국에서 만든 것으로 기록하고 있다. 참으로 통탄할 일이 아닐 수 없다. 한자가 중국 문자가 되면 우리 민족은 말과 글이 없는 미개한 민족으로 전락하고 만다. 이유는 한자가 우리 민족의 고대 생활어인 한어(韓語)를 바탕으로 만물의 형상을 본떠서 만들었기 때문이다. 한글도 한자 창제 과정에서 한 글자 한 음 표기를 위해 만들었음으로 내놓으라고 하면 내주어야 한다. 아니면 대가를 지불해야 하는데 대한민국 1년 예산에 가까운 금액을 요구하면 그땐 어떻게 할 것인가. 이런 것을 떠나서 우리 선조들이 만든 지혜롭고 과학적인 한자를 헌신짝 버리듯이 방치하는 것은 불효이고 불충이다. 이것을 씻기 위해서는 하루빨리 한국어를 세계기록유산으로 등재해야 한다. 그래야만 우리말인 한어(韓語)와 한자(韓字)가 우리 것이 될 수 있다.

한자가 지혜의 문자이고, 분량이 많은 것은 고대 사회에서 우리 선조들이 쓰던 말이 지혜롭고 문화가 다양했기 때문이다. 이를테면 우리 민족과 가까이 지내는 동물들을 쉽게 기억하고, 쉽게 부르기 위해 한 음 한 글자로 지었음을 알 수 있다. 개, 닭, 소, 양, 말, 쥐, 뱀, 곰, 범 등이다. 쥐는 곡식을 축내는 동물로 집에서 자주 보는 동물이고, 뱀은 집구렁이라고 해서 마루 밑이나 담 밑 땅굴에 살면서 쥐를 잡아먹었기 때문에 이로운 동물로 여기고 죽이지 않았다. 이중 범은 연구의 대상이다. 고대 사회의 범은 오늘날의 고양이처럼 순한 동물이었는지의 여부다. 이렇듯 한자는 정보의 보고(寶庫)다. 이곳에 들어가기 위해서는 한자 900자 정도는 필수적으로 익혀야 한다. 더 이상의 한자는 굳이 외우려고 애쓰지 않아도 된다. 궁금한 한자를 찾아보고 탐독하면서 자연스럽게 익히면 된다.

박사학위 논문을 쓰고자 하는 사람이라면 관련 한자 부수를 통해 한자를 탐독하면 되고, 산림연구가라면 나무 목(木) 변의 한자 탐구를 통해 나무에 관한 정보를 얻고, 애견연구가라면 개사슴 록 변의 한자 탐독을 통해 우리 민족의 전통견이 지금 살고 있는 견종과는 어떤 차이가 있는 것인지의 의문을 풀 수도 있다. 더 나아가 셔츠, 피트, 온스, 갤런, 커피 같은 말이 우리말이라는 것도 알게 된다.

한자에서의 우리말은 훈(訓)으로 존재한다. 나무-목(木)에서 나무가 훈이다. 따라서 한자의 훈이 아무리 외국어 같아도 한자가 존재하는 한 다른 나라의 말이 될 수 없다. 이런 원리를 인지하고 있는 사람이라면 옷 의(衣)+피 혈(血)의 셔츠-혈, 입 구(口)+자 척(尺)의 피트-척, 입 구(口)+두 량(兩)의 온스-량, 더할 가(加)+생각할 륜(侖)의 갤런-륜, 입 구(口)+더할 가(加)의 커피-가가 우리말이라는 것을 스스로 알게 된다.

한자 찾아보기는 네이버 한자사전에서 한자의 탐구-탐독은 존 한자 사전을 이용하면 스마트폰에서 의문 나는 한자를 찾아볼 수 있다. 게임하는 시간을 조금만 줄이고 맛있다, 맛없다, 맛보다 같은 한자도 있을까 하는 의문을 가지고 네이버 한자사전 검색창에서 맛있다, 맛없다, 맛보다로 검색하면 해당 한자를 찾아볼 수 있다. 또한 한 번 검색으로 논 답(畓) 같은 한자를 통해 물 수(水)와 밭 전(田)이라는 두 개의 한자를 더 배우게 되므로 국민 모두가 우리 민족의 문자인 한자와 천부경을 가까이하여 선조들의 지혜와 슬기를 배우는 국민으로 거듭났으면 한다.

환국건기 9222년 개천배달 5922년
단군개국 4358년 서기 2025년
저자 **김도반**

저자가 걸어온 길

저자에게 공인중개사 자격증은 특별한 의미를 지닌다. 대학원에서 부동산학을 전공하고 석사학위 이상을 취득한 자에게 1차 시험 면제가 주어진다는 1차 시험 면제요건이 졸업장이 하나도 없는 저자의 도전의지를 불태우게 했다. 결국 대학 졸업장 대용으로만 머물러 있는 자격증이지만 저자에게 학문의 길을 열어준 길잡이 같은 존재이다. 공인자격시험 준비 과정에서 많은 법을 공부하다 보니 시문학에도 관심을 갖게 되었고, 그것이 계기가 되어 시사에도 눈을 뜨고, 국가 문제에까지 관심을 가져 이 책「대한민국 국가수반」을 써냈으니 공인중개사 자격증은 장롱 속에 묻어둔 무용지물이 아닌 저자에게 삶의 의미를 부여하고, 국가 발전에 이바지하겠다는 목표를 심어준 인생의 등불 같은 존재이다.

시(詩)에 눈을 뜬 것은 윤동주 시인의 시를 통해서이다. 공교롭게도 윤동주 시인이 생을 마감한 나이와 비슷한 나이였다. 그 후 시문학을 공부하는 과정에서 시사에 눈을 뜨게 되었고, 그것이 국가 문제에 관심을 갖는 계기가 되었다.

그렇게 살아가던 어느 날 마치 신(神)의 계시처럼 순간적으로 스쳐 가는 것이 있었다. 저자 자신이 국가 발전에 관한 비전 같은 것을 제시해야만 대한민국이 한 단계 더 도약할 수 있다는 것이었다. 그 당시 저자는 적잖이 혼란스러웠다.

'내가 무슨 능력으로 그와 같은 일을 할 수 있단 말인가?'

이러한 의문은 계속 저자를 따라다녔다.

그러던 어느 날 통일국민당에서 중앙당 정책전문위원을 선발한다는 모집공고를 접하게 되었다. 그 광고를 본 저자의 가슴은 뛰기 시작했다. 어쩌면 이것이 신의 계시처럼 스쳐 갔던 것을 실행으로 옮길 수 있는 기회라는 생각도 들었다. 그 당에서는 고(故) 정주영 후보가 대통령에 출마하기로 되어 있었기 때문에 그러한 생각은 더욱 용솟음쳤다.

'그래! 한 번 해보는 거다! 정주영 후보를 대통령으로 만들어서 부강한 대한민국, 국민이 행복한 대한민국을 만들어 보는 거다!'

그렇게 청운의 꿈을 품고 용기를 내어 응모를 했지만 당의 부름은 받지 못하였다. 석박사의 화려한 간판을 앞세우며 몰려든 사람들 앞에서 학력이 없는 저자의 이력은 초라하기 그지없었을 것이다. 그 당시 저자가 세운 선거 전략은 아주 단순했다. 정주영 후보를 돈이 가장 많으면서 돈을 가장 적게 쓰는 후보로 만드는 것이었다. 그 전략이 적중할지는 알 수 없었지만 그 당시로써는 나름대로 자신이 있었다.

그런 일이 있은 후 어떻게 하면 신의 계시처럼 스쳐 갔던 일을 실행으로 옮길 수 있을까를 고민하게 되었고, 그 과정에서 저자의 생각을 글로 써서 국가와 국민 앞에 내놓아야겠다는 결심을 하게 되었다.

　그런 결심이 있은 후 저자의 삶은 더욱 고달퍼졌다. 시간이 날 때마다 국가 발전과 관계 있는 정책이 떠오르면 메모를 해야 했고, 생활이 어려운 환경이 계속되다 보니 포기하고 싶은 충동이 수시로 저자를 괴롭혔다. 특히 혼자의 몸으로 자기 살 궁리나 하라는 지인들의 말을 들을 때마다 바보 같고 한심하다는 생각에 그동안 품었던 꿈을 내던지고 싶을 때가 한두 번이 아니었다.

　그러나 생활이 아무리 고달프고 남들이 비웃어도 대한민족의 자손으로서, 대한의 아들로서 그와 같은 꿈을 내던질 수가 없었다. 이 책 시놉시스 소설「대한민국 국가수반」은 이런 과정을 거쳐 쓰여진 글이다. 이 글로 인해 정치에 대한 개념이 새로워지고 우리말, 우리글, 우리 역사에 대한 의식이 새롭게 깨어나 세계의 모범이 되는 초일류 국가 대한민국으로 발돋움했으면 하는 바람이다.

　저자의 필명인 '도반'은 한반도의 반도를 거꾸로 쓴 것이다. 언제가 될지 모르지만 통일된 조국, 부강한 나라를 꿈꾸며 지었다. 하루빨리 남과 북이 하나 되어 함께 잘사는 날이 왔으면 한다.

　일부에서 한반도(韓半島)를 일본식 표현이라고 쓰기를 주저하는 경향이 있는데 이는 잘못된 생각이다. 한자(韓字)는 우리 민족이 만든 우리의 문자이기 때문에 일본이 먼저 사용했다고 해서 우리 문자로 쓴 한반도를 일본식 표현이라고 하는 것은 옳지 않다.

부록

　부록 (1)은 환단고기의 요약본이다. 비록 정사로 인정받지 못하고 있지만 환단고기에는 우리 민족의 장구한 역사가 펼쳐져 있다.
　부록 (2)는 우리말과 우리글의 자긍심이다. 저자는 대한민국 국가수반을 집필하던 중 무엇엔가 이끌리듯 수만 자의 한자를 탐독하게 되었다. 그 결과물이 한국어(韓國語), 위대한 인류의 유산이다. 이 과정에서 니켈, 마그네슘, 헬륨과 같은 과학어가 고대 사회에서 우리 민족의 선조 과학자들이 이들 물질을 인지하고 이름을 붙여 사용한 우리말이라는 것을 알게 되었다.
　부록 (3)은 우리 민족 우주과학의 자부심이다. 우리 민족의 선조 과학자들은 수행을 통해 우주원리를 깨닫고 기록으로 남겼다. 그것이 인류 최초의 경전 천부경(天符經)이다. 김도반 우주론은 이러한 것을 바탕으로 기록되었다.

부록 (1)

대한민족 국통맥

환국(桓國, 환인)-배달신시(倍達神市, 환웅)-고조선(古朝鮮, 단군)-북부여(北夫餘), 원고구려(해모수)-본고구려(本高句麗, 고주몽)-대진국(大震國), 발해(渤海, 대조영)-고려(高麗, 왕건)-근조선(近朝鮮, 이성계)

대한민족

고대의 배달민족, 한민족, 동이족 등 환(桓)의 정신을 계승한 대한민국

대한민족 역년

환국건기 9222년 개천배달 5922년
단군개국 4358년 서기 2025년

대한민족 3대 경전

천부경(天符經), 삼일신고(三一神誥), 참전계경(參佺戒經)

대한민족 철학사상

천지인 우주 광명사상
天地人 宇宙 光明思想

대한민족 철학사상은 우리 민족의 국가명인 환(桓), 단(檀), 한(韓)에 잘 나타나 있다. 곧 태양의 밝은 기운을 받아 광명 인간으로 거듭나라는 뜻이다. 천부경으로는 본심본태양(本心本太陽) 앙명(昂明)이다.

대한민족 인류사상

홍익인간 사상
弘益人間 思想

홍익인간은 고대 조선 11세 도해 단군이 선포한 염표문(念標文)의 16글자 중 맨 끝에 나오는 글귀이다. 즉, 일신강충(一神降衷) 성통광명(性通光明) 재세이화(在世理化) 홍익인간(弘益人間)이다. 하늘의 대광명(大光明)을 통해 하늘의 성품으로 밝게 빛나게, 곧 널리 이롭게 하라는 뜻이다.

환국, 배달, 조선의 통치자 이름

환국(桓國) 7세 환인천제(桓仁天帝)

1세 안파견(安巴堅)

2세 혁서(赫胥)

3세 고시리(古是利)

4세 주우양(朱于襄)

5세 석제임(釋提王)

6세 구을리(邱乙利)

7세 지위리(智爲利)

배달국 18세 환웅천황(桓雄天皇)

1세 거발환(居發桓)

2세 거불리(居佛理)

3세 우야고(右耶古)

4세 모사라(募士羅)

5세 태우의(太虞儀)

6세 다의발(多儀發)

7세 거련(居連)

8세 안부련(安夫連)

9세 양운(養雲)

10세 갈고(葛古)

11세 거야발(居耶發)

12세 주무신(州武愼)

13세 사와라(斯瓦羅)

14세 자오지(慈烏支)

15세 치액특(蚩額特)

16세 축다리(祝多利)

17세 혁다세(赫多世)

18세 거불단(居佛檀)

고조선 47세 단군성조(檀君聖祖)

1세 단군왕검(檀君王儉)

2세 부루(扶婁)

3세 가륵(嘉勒)

……

45세 여루(余婁)

46세 보을(普乙)

47세 고열가(古列加)

(참고문헌 : 안경전 역주 환단고기)

　해마다 개천절이 다가오면 시나브로 하늘 보는 것을 피하게 된다. 우리 민족 고대사에 문외한일 때에는 느껴보지 못한 자괴감이다. 우선 조선과 개천은 천지의 이치에 맞지 않다. 지금 우리가 매년 10월 3일을 개천절로 하여 기념하는 것은 우리 민족 최초의 국가를 조선으로 여기고, 단군을 시조로 모신다는 것인데 이는 천지의 이치와 크게 어긋난다. 마치 가문의 할아버지를 배척하고 아버지만을 모시는 꼴이다. 세상에 불효도 이런 불효는 없다. 우리 민족이 최초로 세운 나라가 조선이고, 시조가 단군이라고 하는 것은 우리 민족의 역사를 폄하하기 위한 세력에 의해 왜곡된 기록이다.

개천과 조선은 어감(語感)도 좋지 않고 뜻도 맞지 않는다. 하늘을 열고 조선이라는 나라를 세웠다는 것인데 조선(朝鮮)이라는 국가명에서 그런 느낌을 받을 수가 없다. 오히려 윗대로부터 왕권이 계승되었다는 메시지가 강하다. 아침 조(朝)의 의미 중 왕조가 그것이다. 왕조란 같은 왕가에 속하는 통치자의 계열을 뜻한다. 곧 조선 위에 우리 민족이 세운 나라가 존재한다는 암시다. 그 나라가 1565년간 존속한 배달신시, 배달국이다. 교과서에는 나와 있지 않지만 우리들 가슴속에는 여전히 살아 숨 쉬고 있다. 배달은 해(日)의 나라이다. 배달(倍達)이라는 국가명이 그것을 말해 준다. 배(倍)는 햇무리, 달(達)은 통달하다, 환하게 알다의 뜻으로 하늘의 이치를 잘 안다는 의미다. 그런 민족이 나라를 세웠으니 개천배달(開天倍達), 곧 '하늘을 열고 배달나라를 세웠다'가 되는 것이다.

환단고기가 이 땅에 나온 지 100년, 이슈가 되어 세상을 떠들썩하게 한 지도 50년이 다 되었다. 하지만 아직도 환단고기 위서론은 사그라들지 않고 있다. 그러나 진실은 언젠가는 밝혀지게 되어 있다. 그 키를 우리 민족이 만든 한자가 쥐고 있다. 책 속에서 세계의 학자들을 통해 대한민족의 역사를 바로잡은 것은 그럴듯하게 꾸미기 위한 것이 아니다. 실제로 한국어와 한자에 어느 정도 능통한 학자들을 초청하여 연구를 진행하면 역사의 진실이 드러나게 되어 있다.

조선을 우리 민족 최초의 국가로, 단군을 국조로 하여 개천절을 계속 기념하면 우리 모두는 불효자의 죄업을 벗어날 수가 없다. 환웅의 다른 호칭은 단웅이다. 그러므로 단군은 배달국 18세 천황인 거불단 환웅의 아들이 된다. 하루빨리 잘못된 역사를 바로잡아야 한다. 여기에는 여야가 따로 없고, 보수와 진보, 강단과 재야 사학이 따로일 수 없다. 국민 모두가 합심하여 우리 민족 최초의 국가를 배달신시, 배달국으로, 국조를 거발환 환웅 또는 환웅천황으로, 역년을 서기 2025년을 기준으로 5922년으로, 신화의 느낌이 강한 개천절을 개천건국절로 하여 자라나는 2세들에게 올바른 우리 민족의 역사를 가르쳐야 한다.

※ 고서(古書)에 환웅이 하늘에서 내려와 신시(神市)를 열었다는 것은 그 당시 기록자들의 미화일 가능성이 높다. 환웅천황이 선인(仙人)의 삶을 살았음으로 자연스럽게 기록된 것으로 보인다. 따라서 한자를 적극 연구하면 배달국의 실체가 밝혀질 일을 가지고 환단고기의 위서론을 주장하며 시시비비하는 것은 옳지 않다.

부록 (2)

한국어(韓國語), **위대한 인류의 유산**

한국어의 뿌리는 대한민족의 고대 생활어인 한어(韓語)이다. 고대 한어는 인류문명 언어의 뿌리다. 이것의 어원은 대한민족의 고대 사투리, 곧 산스크리트이고, 천부(天符)의 원리를 깨우친 대한민족의 말, 천부어(天符語)다. 현존하는 천부경(天符經)이 그것을 증명한다.

한국어는 인류 공용의 언어 문자다. 그런 관계로 한국어를 공부하면 할수록 자신도 모르게 빠져들게 된다. 이것은 억겁의 세월을 뛰어넘은 DNA의 힘이다. 표면적으로는 한류의 영향으로 많은 사람들이 한국어를 배우는 것 같지만 실상은 그렇지 않다. 먼 옛날 인류문명이 함께 사용했던 한어의 미세한 유전자의 힘이 작용한 결과다. 세계 각국의 언어 문자의 창제 주체가 없는 것은 그것의 뿌리가 지금의 한국어인 고대 한어이기 때문이다. 좀 더 가깝게는 가림토(加臨土) 문자에서 기인한다. 가림토 문자는 기원전 2181년 3세 가륵 단군 때 삼랑 을보록이 만든 문자로 지금의 한글처럼 창제한 이유와 창제한 사람이 존재한다. 정음 38자를 만들었다고 기록하고 있다. 이 문자에 지금의 로마자와 같은 P자와 M자가 있는 것은 서양의 문자가 가림토 문자에 뿌리를 두고 있다는 방증이다. 로마자의 조상격인 페니키아 문자에 대한민족의 문자인 한자의 장인 공(工), 날 일(日) 같은 문자가 있는 것은 시사하는 바가 크다. 지금의 한글인 소리글자가 한자 창제 과정에서 나왔다는 점에서 한국어가 인류문명 언어 문자의 뿌리라는 것을 확신케 한다.

한국어는 한어+한자+한글의 1음(音) 2체(體)의 구조를 가진 언어 문자이다. 그런 관계로 컴퓨터나 스마트폰에서 자판을 두드리거나 손글씨를 쓸 때마다 한자와 한글이 함께 쓰인다. 한자가 체(體)는 드러내지 않고 음(音)만 드러내는 원리다. 사람이 움직일 때마다 따라다니는 그림자와 같다. 곧 흐린 날의 그림자다. 한글과 한국어의 관계는 한글이 한어를 표기하면 1음(音) 1체(體), 한자어와 한자 단어를 표기하면 1음(音) 2체(體)가 된다. 또한 한글은 한어와 한자를 표기하는 매개 글자이고, 한글이 한어만 표기하면 한국어가 아닌 한글어가 된다.

한어(韓語)
한어는 우리말 중 한자어와 한자 단어를 제외한 말이다. 하늘, 땅, 사람, 나무, 물, 불 같은 말이다. 대부분 물체의 성질, 형태에 따라 부르는 법칙이 적용되었다. 고대 한어에는 일반어인 사투리와 특수어인 과학어가 있다. 과학어는 고대 사회에서 대한민족의 과학자들이 화학원소 같은 물질을 인지하고 이름을 붙여 사용한 말이다. 한어의 다른 말은 범어 또는 산스크리트다. 한자가 지혜의 문자인 것은 한어가 지혜로운 말(語)이기 때문이다. 한자가 한 글자로 사물의 뜻을 나타내면 한자, 같은 뜻을 가진 두 글자가 합쳐져 같은 뜻을 나타내면 한자어, 다른 뜻을 가진 한자가 합쳐진 것은 한자 단어이다. 이를테면 콩 숙(菽)+콩 두(豆)의 숙두는 한자어, 콩 두(豆)+썩을 부(腐)의 두부는 한자 단어, 집 가(家)+집 옥(屋)의 가옥은 한자어, 살 주(住)+집 택(宅)의 주택은 한자 단어, 생각할 고(考)+생각할 려(慮)의 고려는 한자어, 참여할 참(參)+생각할 고(考)의 참고는 한자 단어이다. 한국어에서 한어와 한자(한자어+한자 단어)의 비율은 대략 5 : 5 정도가 된다. 한국어에는 한자 단어이면서 한어처럼 쓰이는 말이 많다. 그 대표적인 것이 내일(來日)이라는 한자 단어이다. 이것은 한자가 창제되기 전부터 쓰이던 말로 엄밀히 따지면 한어로 봐야 한다. 현재 쓰고 있는 어제, 오늘, 내일의 한자 표기는 작(昨), 금(今), 황이다. 내일 황 자의 형성은 망할 망(亡)+밝을 명(明)으로 한자의 형성상 드넓은 빛의 나날, 감춰진 꿈의 나날, 어둠과 빛이 뒤섞인 나날, 절망과 희망이 공존하는 나날을 나타낸다. 현 국어사전이 내일을 '오늘의 바로 다음날'로만 표기하는 것과 비교된다. 내일 황 자가 존재함으로써 한자가 창제되기 전에 고대 사회에서 우리 선조들이 오고 가는 것을 왕래(往來) 혹은 내왕(來往)으로 편리하게 사용했다는 것을 알 수 있다. 어제, 오늘, 이튿날이 아귀가 맞지 않는다는 것이 그것을 말해 준다. 이처럼 한국어에는 한어처럼 쓰이는 한자 단어가 의외로 많다. 우리에게 친숙한 단어인 북두칠성(北斗七星)과 도서관(圖書館)도 한어처럼 쓰인 기존 한자 단어이다. 이와 관련된 한자가 따로 있다는 것이 그것을 증명한다. 네이버 한자사전 검색창에서 내일, 북두칠성, 도서관으로 검색하면 관련 한자를 찾아볼 수 있다. 한국어는 깊이 들여다보면 볼수록 한어, 한자, 한글의 우수성이 차고 넘친다.

한자(韓字)

한자는 대한민족의 생활어인 한어와 생활양식, 만물의 형상을 본떠서 만든 표의문자, 곧 뜻글자이다. 생활어와 생활양식이 80%, 만물의 형상이 20% 정도 차지한다. 그런 이유로 한어와 한자는 불가분의 관계, 즉 한어가 없으면 지금의 한자는 존재할 수 없다. 한자의 분량이 방대한 것은 대한민족의 생활어가 그만큼 다양하기 때문이다. 저자는 젊은 시절부터 한자에 대해 많은 의문을 가지고 있었다. 한자는 어떤 민족이, 어떤 원리로, 어떤 재료를 가지고 만들었을까 하는 의문이다. 이 의문이 풀린 것은 천부경 명상 수행 과정에서 한자 위에 천부경(天符經)과 원(圓, 동그라미), 방(方, 네모), 각(角, 세모)가 존재한다는 것을 깨달은 후이다. 그 후 한자와 한글이 모양만 다를 뿐 같은 문자라는 것을 알게 되었다.

한자의 시초는 그림 형태의 원, 방, 각이다. 천부(天符)의 원리에 따라 하늘, 땅, 사람을 표현했다. 한자가 완전한 글자 형태를 갖게 된 것은 동그라미, 네모, 세모로부터 뿌리글자 6개를 만든 뒤였다. 그것이 현 한자의 1획 기본 부수다. 천부경의 대삼합육(大三合六), 천이삼(天二三), 지이삼(地二三), 인이삼(人二三)의 원리, 곧 천지만물이 음양 운동으로 순환하는 원리에 따라 동그라미에서 점 주와 새 을, 네모에서 한 일과 뚫을 곤, 세모에서 삐침 별과 갈고리 궐을 만들었다. 이 6개의 뿌리글자가 222개의 부수글자를 만들고, 이들 부수가 더하기와 빼기를 반복하고 방향을 조금씩 바꾸면서 모든 한자를 구성해 낸다. 6개의 뿌리글자 중 핵심 부수는 새 을(乙)이다. 이 부수는 새가 상하좌우를 자유롭게 날으는 원리가 적용되어 5개의 뿌리글자가 구성해 내지 못하는 모든 부수를 구성해 낸다. 곧 새 을(乙)의 변형이다. 한 일(一)은 새가 좌우를 날으는 원리, 뚫을 곤(丨)은 새가 상하를 날으는 원리이다. 여기에 점 주(.)가 결합되면 우주의 정십자(正十字)가 되고, 삐침 별이 결합되면 새가 양쪽 날개를 번갈아 펼치는 형상이 된다. 이러한 원리에 따라 6개의 뿌리글자로 수많은 한자를 구성해 내는 것이다. 이와 같은 한자의 초과 학성은 어렵고 복잡한 산스크리트 문자를 만든 반성의 결과물이다.

한자의 뿌리글자는 원래 5개였다. 갈고리 궐은 천부의 원리인 대삼합육(大三合六)에 부합시키기 위해 뚫을 곤을 변형하여 만들었다. 따라서 갈고리 궐이 없어도 한자를 구성하는 데는 문제가 없다. 다만 지금의 한자처럼 아래의 끝부분에 구부림 형상만 없을 뿐이다. 이 6개의 뿌리글자로 5만 자가 넘는 한자를 구성해 내는 것은 참으로 놀라운 일이다.

한자는 우리말인 한어를 바탕으로 만들었기 때문에 대부분의 한어에는 한자가 존재한다. 현재 두루 쓰이고 있는 고드름, 맨발, 머리띠, 쌀가루, 골목, 빵, 찐빵, 수제비, 선짓국, 쌀뜨물, 콩깍지, 쓰레기,

국밥, 인절미, 엄마 등에도 한자가 존재한다. 네이버 한자사전 검색창에서 위의 단어로 검색하면 관련 한자를 찾아볼 수 있다.

한글

한글은 한자의 음을 한 글자 한 음으로 표기하기 위해 만든 소리 기호 문자이다. 그런 관계로 만물의 소리를 자유롭게 표현할 수 있다. 한글이 과학적인 문자인 것은 한자가 과학적인 문자이기 때문이다. 한글의 재료는 한자의 1획 기본 부수 5개이다. 이것으로 현 한글의 자음과 모음을 모두 표기할 수 있다. 한자는 만들 때부터 소리글자를 염두에 두고 만들었기 때문에 한자에는 그러한 흔적이 남아 있다. 이를테면 이합집산(離合集散) 같은 것이다. 이중 떨어지고 흩어진다는 뜻의 이(離)와 산(散)을 발음하면 입 모양이 벌어지고, 합하고 모인다는 뜻의 합(合)과 집(集)을 발음하면 입 모양이 다물어진다. 이와 같은 원리는 이별(離別)이라는 단어에도 잘 나타나 있다. 이런 원리에 따라 소리글자를 얻기 위한 실험의 흔적이 한자에 남아 있다. 그것이 음역(音譯) 한자이다. 어조사 어(於)+ㄱ의 음역자 억, 콩 두(豆)+ㄴ의 음역자 둔, 더할 가(加)+ㄹ의 음역자 갈, 늙을 노(老)+ㅁ의 음역자 놈 등이다. 좀 더 확실한 것이 있다. 낄 개(介)+꾸짖을 질(叱)의 음역자 갯, 꾸짖을 질(叱)+낄 개(介)의 음역자 갯이 그것이다. 이 두 개의 한자에서 꾸짖을 질(叱)을 위아래로 옮겨가며 지금의 한글인 시옷(ㅅ) 받침을 얻기 위한 흔적이 역력하다. 즉 음역자는 외국어의 표기가 주목적이 아니었던 것이다.

초기의 한자는 천(天)은 하늘, 지(地)는 따(땅), 인(人)은 사람으로 발음되었다. 그러나 이러한 법칙의 한자 창제는 문자와 음절 수가 불규칙하여 비효율적인 문자가 되기 때문에 한 글자 한 음의 한자 창제를 위해 소리글자를 만든 것이다. 지금의 한글은 이러한 노력의 산물이다. 이런 원리에 따라 한자의 1획 기본 부수 5개로 한글 위주의 현 한국어 표기가 가능하다. 한자의 뿌리글자 중 갈고리 궐이 필요치 않은 것은 한글에도 그대로 적용된다. 우리나라의 국호인 대한민국은 한 일+새 을+뚫을 곤+점 주+뚫을 곤=대, 점 주+한 일+점 주+뚫을 곤+점 주+새 을=한, 새 을+새 을+뚫을 곤+새 을=민, 새 을+한 일+뚫을 곤+새 을=국으로 어렵지 않게 표기할 수 있다. 이는 한자의 창제원리인 새가 상하좌우를 자유롭게 날으는 것이 적용되어 새 을(乙)이 ㄱ, ㄴ, ㄹ로 표기되기 때문이다. 기윽(ㄱ)과 니은(ㄴ)이 새가 상하좌우로 날으는 것이고, 리을(ㄹ)은 새의 몸통, 곧 한자의 새 을(乙)을 의미한다. 이러한 원리로 한글의 자음과 모음이 형성되기 때문에 한자의 기본 부수 5개로 현 한글의 자모음 24개를 모두 표기할 수 있다.

자음 ㄱ=새 을, ㄴ=새 을, ㄷ=한 일+새 을, ㄹ=새 을, ㅁ=새 을+새 을, ㅂ= 새 을+뚫을 곤+한 일, ㅅ=삐침 별+삐침 별, ㅈ=한 일+삐침 별+삐침 별, ㅊ=점 주+한 일+삐침 별+삐침 별, ㅋ=새 을+한 일, ㅌ=한 일+새 을+한 일, ㅍ=한 일+뚫을 곤+뚫을 곤+한 일, ㅎ=점 주+한 일+점 주모음 (ㅏ)=뚫을 곤+점 주, (ㅑ)=뚫을 곤+점 주 2, (ㅓ)=점 주+뚫을 곤, (ㅕ)=점 주 2+뚫을 곤, (ㅗ)=점 주+한 일, (ㅛ)=점 주 2+한 일, (ㅜ)=한 일+뚫을 곤, (ㅠ)=한 일+뚫을 곤 2, (ㅡ)=한 일, (ㅣ)=뚫을 곤으로 표기에 아무런 문제가 없다.

이것뿐이 아니다. 현 영어의 알파벳 대부분도 한자의 1획 기본 부수 6개로 표기할 수 있다. 이러한 정황으로 볼 때 인류문명 문자의 뿌리는 원(동그라미), 방(네모), 각(세모)이라는 것을 부인할 수 없게 한다. 원, 방, 각에서 한자의 1획 기본 부수 6개가 나왔고, 이것으로 한자와 소리글자를 만들었으니 가림토 문자에서 서양 문자가 영향받은 것은 분명해 보인다. 이 밖에도 원, 방, 각은 문자는 물론 기호와 숫자, 철학 등 인류문명의 근간을 이루고 있다. 한자의 1획 기본 부수 6개는 존한자 사전의 부수색인에서 찾아볼 수 있다.

한국어에 존재하는 3개의 보석

한국어에는 3개의 보석이 존재한다. 그것이 한어(韓語), 한자(韓字), 한글이다. 이것은 함께 있을 때만 빛나는 보석이 되고, 따로 있으면 빛이 없는 돌멩이가 된다. 즉 한자와 한글이 없는 한어는 문자가 없는 말에 그치게 되고, 한어와 한글이 없는 한자는 그림에 불과한 문자가 되며, 한어와 한자가 없는 한글은 쓸모없는 글자가 되고 만다. 그런 관계로 한국어를 적극 연구하면 인류문명 언어 문자의 뿌리를 밝힐 수 있다. 이러한 과업을 달성하기 위해서는 한국어가 유네스코 기록유산으로 등재되어야 한다. 현재 기록유산으로 등재되어 있는 훈민정음 해례본은 한글이라는 문자 자체가 등재된 것이 아닌 한글의 창제원리와 사용법이 등재된 것이기 때문에 한글의 재료와 창제 과정이 담긴 한어+한자+한글의 한국어가 추가로 등재되어야 한다. 그것이 위대한 언어 문자를 남기신 선조들에 대한 예의이고 도리이다.

한국어와 세계 언어 문자와의 관계

인류문명 언어 문자의 뿌리는 한어(韓語, 산스크리트)와 원(동그라미), 방(네모), 각(세모)이다. 이중 동양의 언어는 한어의 사투리와 발음어의 영향을 받아 발전하였다. 즉 한어의 표기어 맞다의 발음어 마따, 맛있다의 발음어 마시따 등에 받침을 붙여 뜻을 다르게 하거나 같게 하였다. 이런 경향은 동남아시아가 두드러진다. 문자는 산스크리트 문자와 한자의 영향을 받아 발전하였다.

티베트 불교에는 마니차(摩尼車)라는 것이 있다. 원통형으로 되어 있는 이것을 한 번 돌리면 경문을 한 번 읽는 효과가 있다고 믿는다. 이것을 한자 그대로 해석하면 '여승이 수레바퀴를 문지르다'이고, 이를 통해 안정과 평안을 얻는다는 뜻이 된다. 그러나 마니차는 대한민족의 생활어인 한어(韓語)로 해석하는 것이 더 적합하다. 한어의 발음어 마니차, 표기어 많이차다. 뜻은 '불교의 지식을 높이기 위해 이것을 돌리다', '이것을 많이 돌릴수록 불교의 지식이 높아지다'이다. 티베트의 이웃 나라인 부탄과 네팔에서 마니차를 많이 돌릴수록 덕이 쌓인다고 믿는 것으로 보아 한어의 발음어인 마니차가 더 가깝다는 결론에 도달하게 된다.

　서양의 언어는 한어(韓語)의 사투리 마카(말끔), 고마(고만), 어케(어찌) 등과 한어의 과학어인 미터, 피트, 톤, 니켈, 티타늄, 몰리브덴, 나프탈린, 이테르븀, 페르뮴, 프로트악티늄, 멘델레븀, 벨릴륨, 스칸듐, 하프늄, 니오브, 에스테르지, 엔트로피, 하이드라진, 카르보닐, 펩타이드, 아스탄틴, 콜로타이프, 피페라진, 메르캅탄 등의 영향을 받아 발전하였다. 문자는 원, 방, 가림토 문자의 영향을 받았다. 이런 관계로 한어, 한자, 한글이 결합된 한국어는 위대한 인류의 유산이 되는 것이다.

　위대함은 또 있다. 우리 민족이 원, 방, 각 다음으로 만든 산스크리트 문자다. 먼 옛날 사문화(死文化)로 지금 비록 우리 곁에 없지만 산스크리트 문자는 우리 민족이 만든 성스러운 문자이다. 천부(天符) 민족인 우리 민족의 특성을 살려 천부의 원리, 즉 우주 만물이 생성되어 이합집산하는 원리가 적용되었다. 따라서 산스크리트 문자의 자모음 50개는 우주의 물질이고, 자음과 모음의 결합은 우주 물질의 이합집산이다. 이처럼 성스러운 문자가 우리 민족의 고대 사투리를 토대로 만들어졌는데도 문자의 연구는 물론 현존하는 8도의 사투리조차 연구되고 있지 않는 것은 참으로 안타까운 일이다. 관련 분야 학자들의 많은 관심이 이어졌으면 한다.

　동양의 언어와 서양의 언어에는 한어의 다양성과 단순성이 존재한다. 말(語) 중에 가장 기본이 된다고 할 수 있는 사람을 예로 들면,

동양어 중 베트남어(너이), 미얀마어(루), 태국어(부쿤), 말레이어(오랑), 네팔어(네띠), 필리핀어(따오), 인도네시아어(어랑) 등등 이들 국가에서는 사람을 표현하는 문자와 발음이 나라마다 각기 다르다. 이는 한어 발음어의 다양성이 반영된 결과다. 반면 한어의 일부인 과학어에 영향을 받아 발전한 서양어에는 동양어와 같은 다양성이 부족하다.

똑같은 사람을 예로 들면, 영어(퍼얼쓴 : person), 네덜란드어(펠쏜 : persoon), 덴마크어(페쏜 : person), 스웨덴어(페쏜 : person), 독일어(페존 : person), 프랑스어(페르쏘너 : personne), 포르투갈어(페르쏘아 : perssoa), 스페인어(페르쏘나 : persona), 라틴어(페르쏘나 : persona)이다.

이중 영어의 조상격인 라틴어에는 한어의 동일 문자 동일음 법칙이 그대로 적용되고 있다. 해는 쏠리스(solis), 달은 루나(luna), 별은 스텔라(stella), 물은 아쿠아(aqua), 불은 익니스(ignis), 나무는 아르볼(Arbor) 등으로 한어의 별은 별, 달은 달로 표현되는 법칙과 동일하다. 이러한 법칙은 로마제국의 본터인 이탈리아는 물론 스페인, 프랑스, 독일 등에도 일부 적용되고 있다.

한어와 한자는 불가분의 관계이다. 한어가 없는 한자는 그림에 불과한 문자가 된다. 따라서 인류문명 언어 문자의 뿌리를 밝히기 위해서는 한어와 한자가 반드시 함께 존재해야 한다. 그런 점에서 우리나라 국어사전에 다듬잇돌 침(砧)과 같이 한어와 한자가 병기되어 있지 않은 것은 참으로 아쉬운 대목이다.

패덤의 어원, 용도

패덤, 이것이 무엇을 뜻하는 말(語)인가? 우리나라 국어사전에는 깊이의 단위를 나타내는 말로 주로 바다의 깊이를 재는 데 쓰인다고 기록하고 있다. 1패덤은 약 1.83미터, 무엇을 어떻게 하는 것인지에 대한 설명은 없다. 인터넷에는 라틴어에서 유래한 말로 양팔을 벌려 잰 길이라고 기록하고 있다. 패덤은 과연 라틴어에서 온 말이 맞는 것일까?

현재 패덤이 패덤으로 정확히 발음되는 것은 한국어가 유일하다. 라틴어는 파테레(patere)로 발음된다. 패덤과 파테레는 음과 음절 수가 틀림으로 라틴어에서 온 말은 결단코 아니다. 패덤은 대한민족의 생활어인 고대 한어(韓語)이다. 입 구(口)+찾을 심(尋)의 패덤-심 한자가 그것을 증명한다. 한자가 존재하는 한 패덤은 다른 나라의 말이 될 수 없다. 그런 이유로 국어사전에 한어와 한자가 병기되어야 하는 것이다. 그렇다면 패덤의 용도는 무엇이며, 말은 어디서 온 것일까? 한자의 형성상 패덤은 잠수부가 심해 어패류 등을 채취하기 위해 바닷속으로 들어갈 때 얼마만큼 깊이 들어갔는지를 가름하기 위해 잠수부가 입에 문 호흡호스나 끈에 숫자를 표시하여 바닷속에서 작업하는 사람과 배와의 깊이를 판단하는 수단이다. 따라서 패덤은 우리말 도끼로 장작 따위를 쪼개다는 뜻의 '패다'와 크고 무거운 물건이 물에 떨어질 때 나는 소리를 뜻하는 우리말 '덤버덩'에서 왔다. 즉 패덤의 '패'는 장작 따위가 쪼개지는 형상에 따라 성인 남자가 양팔을 벌린 길이이며, '덤'은 잠수부가 배에서 뛰어내릴 때 물에 잠기는 소리이다. 여러 서(庶)+자 척(尺)의 양팔로 잴-

탁이라는 한자가 존재함으로써 고대로부터 우리 민족이 양팔로 길이를 재는 문화가 있었음을 말해 주고 있다. 이와 같은 해석은 한어와 한자가 함께 존재해야만 가능하다.

이것뿐이 아니다. 현재 세계적으로 널리 쓰이고 있는 리튬, 마그네슘, 네온, 헬륨, 리터, 킬로그램, 킬로미터 등등 영어나 기타 외국어로 알려진 채 떠돌고 있는 언어의 어원도 한어와 한자를 통해서만 밝혀낼 수 있다. 이들 언어는 고대 사회에서 대한민족의 과학자들이 이들 원소를 인지하고 이름을 붙여 사용한 데서 유래했다. 현존하는 한자가 그것을 증명한다.

쇠 금(金)+마을 리(里)의 리튬-리, 기운 기(氣)+이에 내(乃)의 네온-내, 쇠 금(金)+아름다울 미(美)의 마그네슘-미, 기운 기(氣)+돼지 해(亥)의 헬륨-해, 설 립(立)+되 승(升)의 리터-승, 기와 와(瓦)+일천 천(千)의 킬로그램-천, 쌀 미(米)+마을 리(里)의 킬로미터-리 등의 과학어가 고대 한어, 곧 지금의 한국어이다.

고대 사회에서 대한민족의 과학자들이 화학원소 같은 물질을 인지하고 이름을 붙여 사용했다는 결정적인 증거의 한자가 있다. 그것이 육달 월+지킬 잡의 유기화합물-카이다. 유기화합물에 대한 한자가 있다는 것은 한자에 사용된 훈(訓)인 과학어가 대한민족의 고대 한어라는 명백한 증거다.

이러한 정황으로 볼 때 서양의 언어가 한어의 일부인 과학어의 어투를 띠고 있는 것은 고대 사회에서 기후 등의 변화로 대한민족 계열의 과학자들이 서쪽으로 대거 이동했다는 방증이다. 서양의 역사가 동양보다 짧은데도 산업혁명이 서양에서 먼저 일어난 것은 시사하는 바가 크다.

피라미드의 어원, 용도

피라미드는 대한민족의 과학자들이 서쪽으로 대거 이동했다는 증거다. 저자가 피라미드의 이름을 연구한 결과 피라미드는 대한민족의 과학어인 피리미딘에서 왔다. 피리미딘은 유기화합물의 일종이다. 이것의 구조도를 보면 마치 피라미드의 구조물을 연상케 한다. 피리미딘의 한자는 입 구(口)+빽빽할 밀(密)의 피리미딘-밀이다. 이 한자를 통해 피라미드를 보면 구조물 자체가 대한민족의 제천(祭天) 문화인 천부단(天符壇)의 변형이라는 것을 알 수 있다. 곧 천지만물도다. 팔려음의 조화로 탄생한 사람과 짐승, 초목이 조화롭게 살아가는 모습이다. 즉 피라미드는 하늘과 하나 되어 소통하고자 하는 인간의 마음이다.

천지만물도의 원형은 지금 천제단으로 불리고 있는 대한민족의 천부단(天符壇)이다. 대부분 원(동그라미)과 방(네모)으로 되어 있어서 사람이 이곳에서 천제를 올리면 천지인이 하나 되는 천지만물도가 된다. 이것의 구축도는 하늘을 뜻하는 동그라미, 땅을 뜻하는 네모, 사람을 뜻하는 세모와 점만 있으면 된다. 먼저 네모를 그리고, 정중앙에 동그라미를 그린 뒤 한복판에 우주 물질의 씨알인 점을 찍고, 그 점을 기준으로 아랫부분엔 정삼각형을, 윗부분엔 역삼각형을 그리면 현존하는 중동의 피라미드 모양이 완성된다.

이처럼 한국어에는 인류의 문명사가 녹아 있다. 전 세계가 한국어를 적극 연구하여 인류 공용어로 지정하고 자국어와 함께 배우는 일을 시작해야 한다. 그것이 지금보다 훨씬 더 편리하고 평화롭게 살 수 있는 길이다.

펌프의 어원, 문자의 탄생

펌프라는 말(語)은 인간의 심장소리에서 비롯되었다. 곧 심장이 수축-이완하는 소리다. 독보적인 한글이 이때부터 이미 태동되었음을 실감케 한다. 이 말을 만들어 낸 세력은 대한민족의 천부인(天符人), 즉 우주와의 교감 능력이 뛰어난 의인(醫人), 과학자 등이다. 펌이 수축, 프가 이완을 뜻한다. 펌프라는 말의 기능을 실감하기 위해선 주먹을 이용하면 된다. 주먹을 쥐는 것이 펌(수축)이고, 펴는 것이 프(이완)이다. 이러한 기능의 느낌은 한국어가 유일하다. 다른 나라의 말은 펌만 세게 발음하거나 한어의 발음어인 뻠쁘와 비슷하게 발음하기 때문에 심장이 펌프질하는 기능을 제대로 느낄 수 없다.

라틴어-뻠쁘(pump)
이탈리아어-뽐빠(pompa)
스페인어-봄바(Bomba)
독일어-뽐페(pumpe)
영어-펌프(pump)

영어가 한국어와 가장 가깝게 발음되지만 펌 발음만 강조되어 심장과 펌프의 기능을 실감할 수 없다. 대한민족의 천부인(天符人)들은 이러한 심장의 원리를 펌프라는 말을 통해 한자(韓字)에 옮겨 놓았다. 이 과정에서 두 차례 이상의 실험이 있었다.

첫 번째 실험
큰 돌에 일정한 높이에서 물을 쏟아붓고 그 현상을 관찰한다.

두 번째 실험
이번에는 반대로 고여 있는 물에 일정한 높이에서 큰 돌을 떨어트리고 그 현상을 관찰한다.

이것으로 심장이 펌프질하는 원리의 한자가 결정되었다. 첫 번째 실험한 결과의 한자는 물 수(水)+돌 석(石)의 찰랑거릴-석이고, 두 번째 실험한 결과의 한자는 돌 석(石)+물 수(水)의 펌프-빙이다. 첫 번째 실험은 물이 튀어 오르는 강도가 약하므로 '잔물결을 일으켜 가볍게 자꾸 흔들리게 하다'의 한어(韓語) 찰랑거리다를 붙여 돌 석(石) 자의 음을 그대로 음차하여 찰랑거릴-석이 되었고, 두 번째 실험의 결과는 심장이 수축-이완하는 강도와 상응하는 세기로 물이 튀어 오르는 것을 보고 '약간 넓은 일정한 둘레를 에워싸듯이 한 바퀴 도는 모양'을 뜻하는 한어(韓語)의 빙을 붙여 펌프-빙이 되었다. 곧 흡입-토출로 작동하는 오늘날의 원심력 펌프다. 이러한 원리로 볼 때 빙이 심장을, 펌이 수축 작용을, 프가 이완 작용을 나타낸다. 네이버 한자사전 검색창에서 찰랑거리다, 펌프로 검색하면 관련 한자를 찾아볼 수 있다.

한자 연구의 필요성

한국어를 연구하기 위해서는 한자의 연구는 필수적이다. 한자가 없는 한국어는 존재할 수 없다. 인류사가 전쟁으로 얼룩지다 보니 한자 창제록 같은 문서를 발견할 수가 없고, 우리 민족의 역사와 문화는 물론 인류사도 바르게 기록되지 못하고 있다. 이런 상황에서 이것을 바로잡을 수 있는 것은 한어(韓語), 한자(韓字)가 유일하다.

한자를 탐독하다 보면 소중한 정보를 수시로 만나게 되는데, 그 중 하나가 우리가 매일 접하는 날씨이다. 이것의 어원도 의견이 분분하다. 그러나 한자를 통하면 쉽게 풀린다. 날씨의 다른 말은 기후(氣候), 기상(氣象), 일기(日氣)인데 이것은 한자 창제 작업이 계속되면서 생겨난 한자 단어이고, 날씨에 대한 한자는 따로 있다. 날 일(日)+기운 기(氣)의 날씨-기이다. 직역하면 날 또는 해의 기운이다. 이 한자에서 고대 사회에서 우리 민족의 선조들이 날씨에 대해 어떤 생각을 가지고 있었는지 알게 된다. 날 일(日)은 해 일(日)이기도 하다. 햇볕, 햇빛, 햇살을 뜻한다. 그러므로 해의 상태의 좋고 나쁨이 날씨라는 것을 알 수 있다. 날씨라는 우리말도 성씨, 마음씨, 곧 사람의 건강 상태, 기분의 좋고 나쁨을 반영하여 날의 좋고 나쁨의 상태를 표현한 것이다.

인터넷을 검색하다 보면 단군성조의 의복이 풀떼기 같은 것으로 되어 있는데, 이는 우리 민족의 문화 수준을 폄하하는 행위다. 이러한 것도 한자를 통해 밝혀낼 수 있다. 한자에는 모직물에 관한 것이 여럿 있다. 또한 목화, 무명실, 번데기의 한자도 등장하고, 황후 옷에 관한 한자도 있다. 이는 고대 사회에서 우리 민족의 의복문화가 얼마나 발달해 있었는지 말해 주고 있다. 목화는 그것의 방증이다. 목화를 고려 시대에 문익점 선생이 원나라에서 목화씨를 들여와 재배했다고 전해지는데 이는 잘못된 기록이다. 목화는 고대로부터 우리 민족이 재배해 온 흰비단나무이다. 현존하는 한자 나무 목(木)+비단 백(帛)의 목화-면(棉)이 그것을 증명한다. 인도가 기원전 1800년대부터 목화를 재배했다고 기록하고 있는데 목화-면(棉)이라는 한자가 존재함으로써 우리 민족이 재배하던 목화가 인도로 전해졌음을 말해 준다. 이처럼 한자는 잘못된 기록, 행위를 바로잡을 수 있는 보배로운 존재이다. 역시 의견이 분분한 감자와 고구마의 기원도 이에 관한 한자가 존재함으로써 이들 작물이 우리 민족에 의해 널리 퍼져 나갔음을 알 수 있게 해준다. 앞으로 한자에 대한 연구가 본격적으로 이루어지면 인류문명에 대한 기록을 새로 써야 할 만큼 한자는 소중한 정보를 간직하고 있다.

우리가 흔히 쓰는 말 중에 '맘마'라는 말이 있다. 누구라도 어릴 때 이 말을 듣지 않고 자란 사람은 없을 것이다. 우리나라 국어사전에는 '어린아이의 말로 밥을 이르는 말'이라고 적고 있다. 그러나 이것은 미흡한 해석이다. 실제로 맘마는 엄마나 아빠, 타인도 쓸 수 있는 말이기 때문에 어린아이의 말이라고 단정하는 것은 무리가 있다.

인터넷을 검색해 보면 맘마의 어원에 대하여 의견이 분분하다. 유방, 밥, 먹을 것, 엄마 등이다. 이중 엄마라는 말에 주목해 볼 필요가 있는데 이 또한 맘마를 엄마로 보기엔 무리가 있다. 그 이유는 대부분의 나라에서 엄마를 마마라 부르고 있고, 맘마로 부르는 국가는 노르웨이, 라트비아, 스웨덴, 아이슬란드, 이탈리아 정도에서만 엄마를 맘마라 부르기 때문이다. 그렇다면 맘마란 어디서 온 말이며, 구체적으로 무엇을 의미하는 것일까? 맘마의 어원을 한자를 통해 풀어보면 맘마란 '어린아이에게 먹을 것을 주고자 하는 마음', 또는 '먹을 것을 달라고 요구하는 행위'이다. 곧 엄마나 아빠가 어린아이에게 하는 맘마는 '무엇을 먹자'이고, 어린아이가 엄마나 아빠에게 하는 맘마는 '먹을 것 좀 줘요'이다. 이런 해석은 한어, 한자를 통해서만 할 수 있다. 우리가 한자를 가까이하고 연구해야 하는 것은 이런 이유에서다.

맘마는 우리 민족의 생활어인 한어(韓語)와 한자(韓字)의 합성어이다. 맘은 마음의 준말이고 마는 밥 식(食)+쓰러질 미(靡)의 어린애 먹일-마에서 기인한다. 이처럼 한국어에는 한어와 한자의 합성어가 많이 포함되어 있다. 이것만으로도 한자가 우리 민족이 만든 문자라는 것을 부인할 수 없게 한다. 한자는 우리 민족의 역사와 문화는 물론 인류사의 윤곽을 밝힐 수 있는 보물 같은 존재이다.

한자를 완전히 이해하기 위해서는 초기에 만든 그림 형태의 한자를 보아야 한다. 그러나 일반인이 그런 한자를 접하기가 쉽지 않음으로 현존하는 한자의 형성을 살피면 한자의 뜻을 이해하는 데

도움이 된다. 이를테면 굴뚝에 대한 한자를 들 수 있다. 이에 관한 한자를 네이버 한자사전 검색창에서 굴뚝으로 검색하면 여러 개의 한자가 나오는데, 이중 (1) 흙 토(土)+부릴 역(役)의 굴뚝-역, (2) 흙 토(土)+몽둥이 수의 굴뚝-역, (3) 구멍 혈(穴)+불꽃 염(炎)의 굴뚝-담을 통해 굴뚝의 그림이나 현 국어사전의 해석 없이도 굴뚝을 이해할 수 있다. 한자의 형성상 (1)의 굴뚝은 흙(진흙)을 이용하여 굴뚝을 만들었다는 것을 나타내고 있고, (2)의 굴뚝은 흙으로 만들었고, 그 모양이 몽둥이처럼 길다는 것을 나타내고 있으며, (3)의 굴뚝은 불꽃과 연기가 나가는 구멍을 나타내고 있다. 현 국어사전이 굴뚝을 '불을 땔 때 연기가 밖으로 빠져나가도록 만든 장치'로 표기하고 있는 것을 감안할 때 한자가 지닌 해석력은 탁월하다.

한어, 한자의 연구는 우리 민족의 잃어버린 말과 글과 역사를 되찾고 인류의 문명사를 새로 쓰는 일이다. 현재 우리 민족의 전통견으로 알려진 삽살개, 풍산개, 진돗개, 동경이도 한자를 통하면 어떤 견종이 가장 오래된 개인지 밝혀낼 수 있다. 바로 삽살개다. 한자에 나타나 있는 삽살개는 잡색, 사자 모양 견 등 여섯 종으로 나와 있다. 다른 견종은 동경이 정도이고, 풍산개와 진돗개는 유추할 수 있는 한자만 존재한다. 한자에 삽살개가 있다는 것은 한자가 우리 민족이 만든 문자라는 명백한 근거다. 한자를 중국이 만들었다면 우리 민족의 전통견인 삽살개의 한자를 만들었을 리가 없다. 지금의 중국인인 고대의 한족(漢族)은 타민족의 문화를 배척하는 정신이 아주 강했다. 그래서 그들의 영토 밖에 있는 나라는 모두 오랑캐로 취급하여 천대했다. 따라서 이런 오랑캐 나라의 전통견인 삽살개를 한자로 만들었을 리가 없다. 이것이 한자가 우리 민족이 만든 우리 글이라는 명확한 증거다. 네이버 한자사전 검색창에서 삽살개로 검색하면 관련 한자를 찾아볼 수 있다.

캄판이라는 말이 우리말이긴 한데 우리나라 국어사전에는 캄판이라는 말이 없다. 인터넷에 등장은 하지만 캄판의 뜻과 어원은 나와 있지 않다. 그렇다면 캄판은 무엇을 뜻하는 말이며, 어원은 무엇일까? 이것을 밝힐 수 있는 길은 한어, 한자가 유일하다. 한자의 연구가 필요한 것은 이 때문이다.

한자를 통하면 캄판이 우리말인 한어라는 것을 알게 된다. 풀 초(草)의 초두머리+구덩이 감(坎)의 캄판-감의 한자가 그것을 말해 준다. 현존하는 한자의 형성상 캄판은 사람이 잘 수 있는 아늑한 풀 구덩이다. 현대어로는 야외 잠자리, 덮개 없는 텐트가 될 것이다. 이러한 정황으로 볼 때 캄판은 우리말 캄캄하다의 캄과 처해 있는 상황이나 형편, 일이 일어난 자리를 뜻하는 우리말 판의 합성어일 가능성이 높다. 캄판 감의 한자가 풀과 흙, 하품을 나타내고 있기 때문이다.

한국어의 뿌리글자 5개의 과학

한국어는 존귀한 한어(韓語), 지혜로운 한자(韓字), 과학적인 한글이 결합된 언어 문자이다. 한어의 존귀함은 현존하는 한자가 말해 준다. 즉 모두 말이 아닌 말씀으로 표기하고 있다. 말씀 언(言),

말씀 어(語), 말씀 담(談), 말씀 화(話), 말씀 사(辭)가 그것이다. 이러한 한어(韓語)는 한자와 한글을 통해 꽃피웠다.

한자와 한글은 천부(天符), 천부경(天符經), 음양의 원리, 곧 우주의 물질이 이합집산을 반복하여 새로운 물질을 생성하는 원리에 따라 한자의 부수는 더하기와 빼기를 반복하고, 한글은 자음과 모음이 결합하여 새로운 문자를 만들어 낸다. 이러한 원리를 지상을 자유롭게 날으는 새에 적용시켰다. 따라서 새가 상하좌우를 자유롭게 날으는 원리는 소리글자인 한글에도 그대로 적용되었다.

ㄱ=새가 좌우로 날다 아래로 날다.
ㄴ=새가 상하로 날다 우로 날다.
ㄷ=새가 좌우로 날다 아래로 날아서 우로 날다.
ㄹ=새가 좌우로 날다 아래로 날아서 좌로, 아래로, 우로 날다.
ㅁ=새가 좌우로, 아래로, 상하로 날다 우로 날다.
ㅂ=새가 상하로 날다 우로, 상하로 날다 좌우로 날다.
ㅅ=새가 양 날개를 펼치다.
ㅇ=새가 원을 그리며 날다.
ㅈ=새가 좌우로 날다 양 날개를 펼치다.
ㅊ=새가 좌우로 짧고 길게 날다 양 날개를 펼치다.
ㅋ=새가 좌우로 날다 아래로, 좌우로 날다.
ㅌ=새가 좌우로 날다 상하로 날아서 우로 두 번 날다.
ㅍ=새가 좌우로 날다 아래로 두 번 날아서 좌우로 날다.

ㅎ=새가 짧고 길게 좌우로 날다 원을 그리며 날다.

ㅏ=새가 상하로 길게 날다 우로 짧게 날다.
ㅑ=새가 상하로 길게 날다 좌우로 짧게 두 번 날다.
ㅓ=새가 우로 짧게 날다 상하로 길게 날다.
ㅕ=새가 좌우로 짧게 두 번 날다 상하로 길게 날다.
ㅗ=새가 하로 짧게 날다 좌우로 길게 날다.
ㅛ=새가 상하로 짧게 두 번 날다 좌우로 길게 날다.
ㅜ=새가 좌우로 길게 날다 상하로 짧게 날다.
ㅠ=새가 좌우로 길게 날다 상하로 짧게 두 번 날다.
ㅡ=새가 좌우로 날다.
ㅣ=새가 상하로 날다.

　이러한 원리로 뿌리글자 5개로 5만 자가 넘는 한자를 구성해 내고, 한글의 자음과 모음을 만들어 낸다. 이것은 과학을 초월한 조자(造字)의 원리다. 이것의 원천은 동그라미, 네모, 세모이다. 동그라미에서 점 주와 새 을, 네모에서 한 일과 뚫을 곤, 세모에서 삐침 별을 만들었다. 지금의 한국어는 이러한 과정을 거쳐 구축되었다. 그런 까닭에 한국어는 모든 사물을 명확하게 구분하여 표기한다. 지구상에서 한국어가 유일하다. 다른 나라의 문자는 이러한 기능을 수행하지 못한다. 이를테면 이모와 숙모, 여행자와 여행가, 매우와 아주 등을 들 수 있다. 이모는 어머니의 자매, 숙모는 작은아버지의 아내로 발음과 뜻이 다르지만 다른 나라들은 이것을 구분하지 못한다.

　여행자와 여행가도 마찬가지이다. 여행자는 일정한 기간 동안 집을 떠나 각지를 두루 돌아다니는 사람을 뜻하고, 여행가는 여행을 즐겨 하는 사람을 뜻하므로 엄연히 구분하여 표기해야 한다. 또한 매우와 아주는 뜻이 조금 다르고, 문자와 발음이 전혀 다른데도 세계 각국은 같은 발음 같은 문자로 표기하고 있다. 국내 학자는 물론 전 세계 학자들의 적극적인 연구가 뒤따랐으면 한다.

　대한민족이 창제한 한자와 한글이 과학적인 것은 대한민족의 선조 과학자들이 만들어 낸 원(동그라미), 방(네모), 각(세모)에서 기인한다. 천부(天符)를 가슴속에 새기며 살아온 천부 민족이 만들어 낸 인류문명 최초의 도형문자다. 이것이 문자와 기호, 숫자 등으로 발전하여 인류문명의 근간을 이루었다. 이중 압권은 단연 한자와 한글이다.

　원(圓, 동그라미)은 하늘, 우주를 표기한 최초의 도형문자다. 이 원(圓)에서 점 주(.)와 새 을(乙)을 만들어 새가 하늘과 땅 사이를 자유롭게 날으는 원리를 문자 창제에 적용시켰다. 곧 회전체의 기능이다. 따라서 새 을(乙)은 실제의 새가 아닌 문자를 효율적으로 창제하기 위한 도구이다. 원을 바탕으로 만든 뿌리글자는 원래 점 주 하나이다. 새 을은 음양에 맞추기 위해 만들었다. 이러한 원리에 따라 뿌리글자가 길어졌다 짧아지기도 하고, 방향이 조금씩 바뀌어 수많은 한자를 구성해 낸다. 이때 새 을(乙)은 수시로 변형하여 숨을 은(ㄴ), 구결자 야(ㄱ) 등으로 쓰이고, 소리글자인 한글로 표기할 때는 한자의 형성원리에 따라 ㄱ=乙, ㄴ=乙, ㄹ=乙로 쓰인다.

방(方, 네모)은 땅을 표기한 두 번째의 도형문자다. 이 방(方)을 바탕으로는 한 일(一)과 뚫을 곤(丨)을 만들었다. 네모에서 만든 뿌리글자도 원래 한 일(一) 하나이다. 여기에서도 음양에 맞추기 위해 한 일(一)을 회전시켜 뚫을 곤(丨)을 만들었다. 이러한 원리에 따라 뚫을 곤(丨)을 변형하여 갈고리 궐을 만들어 세모에 배치했다. 이에 따라 한자의 작을 소(小), 일 사(事) 등의 막대글자 밑부분이 구부러져 있는 것이다. 새가 좌우로 날으는 것이 한 일(一), 상하로 날으는 것이 뚫을 곤(丨), 좌우로 길게 날으면 긴 막대, 짧게 날으면 작은 막대, 상하로 높이 날으면 긴 막대, 낮게 날으면 짧은 막대가 되어 모든 한자를 구성해 낸다. 한 일과 뚫을 곤은 소리글자인 한글에서는 모음 ㅡ, ㅣ로 쓰인다.

각(角, 세모)은 사람을 표기한 세 번째의 도형문자로 사람이 두 발을 벌린 채 차렷 자세로 서 있는 상태를 머리에서 발까지 양팔을 따라 선을 그리고, 양발 사이에 한 일(一) 자를 그어 완성했다. 이 각(角)에서는 삐침 별을 만들어 새(鳥)가 양쪽 날개를 자유롭게 펼치는 원리를 문자 창제에 적용시켰다. 한자의 나무 목(木), 벼 화(禾) 등에서 그 예를 볼 수 있다. 따라서 한자의 사람 인(人)은 새가 양쪽 날개를 펼친 것으로 의인화되었다. 하늘을 자유롭게 날고 싶은 인간의 마음이 반영된 것으로 보인다. 이것이 소리글자인 한글에서는 시옷(ㅅ)으로 쓰인다.

5개의 뿌리글자인 현 한자의 1획 기본 부수는 현대과학으로 설명하기 힘든 문자 창제의 원리다. 새가 상하좌우를 자유롭게 날으는 것을 문자 창제에 적용하여 5만 자가 넘는 한자를 구성해 내고, 지금의 한글인 소리글자까지 만들어 낸 것은 경이로운 일이다. 이러한 원리의 한자는 새길 간(刊), 말씀 언(言), 쌀 미(米) 등에서 볼 수 있다. 새길 간(刊)에는 새가 높이 날으는 것과 낮게 날으는 원리를 적용하여 뚫을 곤(丨)이 길고 짧게 쓰였고, 말씀 언(言)에는 새가 좌우로 길고 짧게 날으는 원리로 한 일(一)이 길고 짧게 쓰였으며, 쌀 미(米)에는 새가 좌우 날개를 크고 작게 펼친 원리가 적용되어 삐침 별이 작고 크게 쓰였다. 이런 원리에 따라 한자의 부수가 더하여질 때마다 한자의 모양과 뜻이 달라진다. 이와 같은 원리는 소리글자에도 그대로 적용되어 뿌리글자 5개로 현 한글의 자음과 모음 24개를 완벽하게 구성해 낸다.

　세종대왕이 창제한 훈민정음의 핵심은 아, 설, 순, 치, 후, 즉 어금닛소리, 혓소리, 입술소리, 잇소리, 목구멍소리이다. 이것은 공교롭게도 한자, 한글의 재료인 한 일, 뚫을 곤, 점 주, 삐침 별, 새 을과 개수가 정확히 일치한다. 이들 사이에 어떤 연관성이 있는 것인지 관련 학자들의 연구가 필요하다. 따라서 원, 방, 각의 과학, 새의 비행 기능을 통해 창제한 소리글자를 '원창제 한글', 소리글자를 바탕으로 만든 가림토 문자를 '정제한글', 세종대왕의 아설순치후를 통한 훈민정음을 '재창제 한글'로 하여 새롭게 평가해야 한다. 셋 다 음양의 원리를 따른 위대한 창제다.

한국어의 모태인 한어(韓語)는 대부분 물체의 성질, 형상, 행위에 따라 부르는 법칙이 적용되었다. 한자의 형성과 음도 같은 법칙을 따른다. 이를테면 징검징검 같은 말이다. 이것은 발을 멀찍멀찍 떼어놓으며 걷는 모양을 나타내는 말로 주로 하천에 설치되어 있는 징검다리에서 물체의 형상과 행위를 볼 수 있다. 이 단어의 한자도 그 뜻에 부합하도록 돌 석(石)+장인 공(工)의 징검다리-강으로 만들었다. 한자의 형성상 다리의 재료는 돌이고, 모양은 넓은 돌이 디딤돌로 듬성듬성 놓인 형태이다. 이렇듯 한국어는 대한민족의 역사와 문화, 과학이 어우러진 복합체의 구조를 가지고 있다. 이것을 언어학의 영역으로만 묶어두는 것은 옳지 않다. 과학의 영역으로 확대하여 연구가 진행되어야 한다. 특히 니켈, 리튬, 헬륨과 같은 한국어의 과학어와 이들 물질과의 연관성 등은 언어학의 힘만으론 안 되고 과학의 힘이 필요하다. 이들 과학어의 공통점은 수많은 세월이 흘렀음에도 음이 크게 변하지 않아 세계 각국이 통용어로 써도 될 만큼 지금의 한국어인 고대 한어가 인류 언어의 뿌리라는 것을 말해 주고 있다. 또한 잘못된 기록을 바로잡을 수 있는 보배로운 존재이기도 하다. 이를테면 멘델레븀 같은 물질이다. 이것은 악티노이드 계열에 속하는 초우라늄 원소의 하나이다. 인터넷에는 1955년 미국에서 아인시타이늄을 고에너지의 헬륨이온으로 충격하여 인공적으로 만들었다고 기록하고 있다. 그러나 이것은 잘못된 기록이다. 멘델레븀은 고대 사회에서 대한민족의 과학자들이 이 물질을 인지하고 이름을 붙여 사용한 데서 유래했다. 쇠 금(金)+문 문(門)의 멘델레븀-문의 한자가 그것을 증명한다. 한자가 존재하는 한 멘델레븀은 다른 나라의 말이 될 수 없다. 이러한 이유로 한국어 연구는 과학의 힘이 필요한 것이다.

    한국어 탐구는 위대한 여정이었다.
    한국어에는 신비한 힘이 존재한다.
    한국어로 세계가 하나 되는 힘이다.
    한국어로 여는 편리한 세상이다.

부록 (3)

김도반 우주론

서설(序說)
본문의 설파는 과학적인 근거가 아닌
천부경(天符經)을 통한 깨달음의 우주론이다.

천부(天符)**의 원리로 본 태초의 우주**
태초의 우주는 생명이 없는 무한의 공간이었다.
여기에 미세한 점이 생겨 빛으로 진화하면서
살아있는 우주가 되었다.

우주라는 거대한 틀은 어떤 작용에 의해 만들어진 것이 아닌 태초부터 있던 터이다. 곧 하늘 자체는 어떤 물질로 만들 수 없는 본바탕이고, 물질을 생성, 성장하게 하는 무한의 공간이다. 물질이 많아진 만큼 커지고 작아진 만큼 줄어든다. 이러한 것은 기(氣)의 힘에 의하여 이루어진다. 따라서 현재의 우주는 물질의 이합집산(離合集散) 작용에 의한 팽창과 수축을 반복한 결과이다. 즉 한 번 팽창하고 여덟 번 수축한다.

태초의 우주 물질

우주 제1의 물질은 점(빛)이다. 숫자로는 1, 양(陽)의 성질을 갖고 있으며, 과학을 초월한 개념은 율(律)이다.

우주 제2의 물질은 소리이다. 숫자로는 2, 음(陰)의 성질을 갖고 있으며, 과학을 초월한 개념은 여(呂)이다.

우주 제3의 물질은 기(氣)이다. 숫자로는 3, 모든 가스의 원천이 된다.

시간과 공간

시간은 태초에 작은 점이 빛으로 진화해 움직이면서 생겨났다. 공간도 빛이 움직이면서 사이 공간이 생겨났다. 곧 물질의 흐름은 시간이 되고 공간이 된다. 점(빛)이 나오기 전에는 거대 공간인 원 공간만 존재할 뿐이었다. 점도 빛도 그 어떤 물질도 공간이 있어야만 존재할 수 있다. 이것이 천부경 깨달음 우주론이다.

생성원리

텅 빈 우주 공간에 작은 점이 희미하게 반짝인다. 그 빛은 점차로 밝아지며 여러 가지 물질 만들기에 돌입한다. 빛의 집, 태초의 별을 만들기 위한 행위다. 빛은 자신을 불사르듯 격렬하게 요동친다. 그 과정에서 소리가 나온다. 우주 최초의 소리다. 소리는 점점 더 커지며 빛을 삼키고 사방팔방으로 퍼져 나간다. 음의 입자 8개, 팔려음

(八呂音)의 탄생이다. 이때부터 우주 공간은 빛과 소리, 곧 음양의 공간으로 나누어지고, 이것은 우주 만물이 탄생하는 법칙이 된다. 암흑으로 뒤덮인 우주 공간에서 빛은 자신의 모습을 되찾기 위해 몸부림친다. 그 과정에서 새로운 물질이 출현한다. 기(氣)의 등장이다. 이때부터 기(氣)의 공간이 열리고, 빛은 자신의 모습을 되찾는다. 빛 1 음 8, 곧 빛의 입자 1개, 음의 입자 8개의 조화다. 우주에서 보이는 물질보다 보이지 않는 물질이 월등히 많은 것은 이 때문이다. 이러한 생성원리를 숫자로 표출하면 율(律)은 1, 곧 빛의 씨알로 3, 5, 7로 팽창하여 8에서 멈춘다.

여(呂)는 2, 곧 소리의 씨알로 4, 6으로 팽창하여 8에서 빛과 결합한다. 기(氣)는 3, 곧 기(氣)의 씨알로 율려의 합일체이다. 6, 9로 팽창하여 10으로 폭발한다.

기(氣)는 빛과 음을 머금은 가스의 원천으로 팔려음의 조화로 생성된 물질이 띠를 이루어 새로운 별로 자랄 수 있게 돕는다. 우주 물질의 탄생과 형성은 이런 과정의 결과물이다. 지구에서는 4계절로 돌아간다. 즉 봄에 새로운 생명이 탄생하고, 여름엔 길러지고, 가을엔 성숙되고, 겨울엔 저장, 곧 잠이 드는 원리다. 우주에선 새로운 별이 나고 오래된 별이 진다. 이러한 원리에 따라 잠은 죽음의 준비 과정이 되고, 돌아감, 곧 죽음은 또 다른 삶의 시작이 된다. 우리 민족이 사람이 죽으면 '죽었다'고 하지 않고 '돌아갔다'고 하는 것은 천부(天符)의 원리를 깨우친 천부 민족이기 때문이다.

율려, 즉 빛과 음의 물질 생성에는 일정한 법칙이 존재한다. 곧 성질이 같은 물질을 크기별로 생성하는 법칙과 성질이 다른 물질을 크기별로 생성하는 법칙이다. 기(氣)는 흩어진 물질을 형성하여 다듬는다. 이것이 가감승제이다. 율려의 물질 생성은 곱셈과 덧셈에 해당한다.

1×1=1, 1×2=2, 1×3=3
1+1=2, 1+2=3, 1+3=4

뺄셈과 나눗셈은 기(氣)의 물질 형성 법칙이다. 불필요한 물질을 빼고 나누어 새로운 별로 자라게 한다. 이러한 물질 생성원리에 따라 우주의 물질은 고체와 액체, 기체로 구성된다. 율(律)이 고체, 여(呂)가 액체, 기(氣)가 기체의 성질을 갖는다. 우주의 물질이 대체적으로 균일한 것은 이러한 원리가 적용된 결과이다. 율(律)과 여(呂)는 물질의 생성, 기(氣)는 물질의 형성과 제어의 법칙으로 작용한다.

이와 같은 우주의 원리가 인간 세상에는 천부(天符)로 전해졌다. 천부는 하늘 부호인 율려의 운행 형상, 우주의 설계도이다. 천부경 원문의 숫자 중 6에는 이러한 것이 잘 나타나 있다. 6은 천부경의 9줄 중 정중앙인 5줄에 위치해 있다. 글자 수로도 81자 중 정중앙인 41자에 위치한다. 이는 6이 우주 만물의 기준점이고, 천부경이 우주의 설계도이자 천지만물도라는 방증이다.

천부(天符)의 원리로 만든 한자 육(六)이 그것을 말해 준다. 육

(六)을 천부(天符)의 원리로 보면 한 일(一) 자 위가 1, 아래가 8이다. 곧 빛 1 음 8이다. 이것이 우주에서는 상층 물질(보이는 물질)과 하층 물질(보이지 않는 물질)이 되고, 지구에서는 지상 물질과 지하 물질이 된다. 대한민족의 선조들은 고대로부터 천부를 받들어 모셔 왔다. 이런 문화가 낳은 것이 인류 최초의 경전 천부경(天符經)이다.

一始無始一析三極無
盡本天一一地一二人
一三一積十鉅無櫃化
三天二三地二三人二
三大三合六生七八九
運三四成環五七一妙
衍萬往萬來用變不動
本本心本太陽昻明人
中天地一一終無終一

- 천부기경(天符記經)
(수원리 천부경)

일시무시일석삼극무
진본천일일지일이인
일삼일적십거무궤화

삼천이삼지이삼인이
삼대삼합육생칠팔구
운삼사성환오칠일묘
연만왕만래용변부동
본본심본태양앙명인
중천지일일종무종일

律始無始律析氣極無
盡本天律律地律呂人
律氣律積十鉅無櫃化
氣天呂氣地呂氣人呂
氣大氣合六生七八九
運氣四成環五七律妙
衍萬往萬來用變不動
本本心本太陽昂明人
中天地律律終無終律

- 천부심경(天符心經)
(율려기 천부경)

율시무시율석기극무
진본천율율지율려인
율기율적십거무궤화

기천여기지여기인여
기대기합육생칠팔구
운기사성환오칠율묘
연만왕만래용변부동
본본심본태양앙명인
중천지율율종무종율

一始無始一
일시무시일
(하나가 시작하여 무[無]가 되고
다시 하나로 시작하네)

析三極 無盡本
석삼극 무진본
(하늘, 땅, 사람이 나뉘어 멀리멀리 흩어져도
근본은 변하지 않고 본래의 모습으로 되돌아오네)

天一一 地一二 人一三
천일일 지일이 인일삼
(하늘은 창조 운동의 뿌리로써 1이 되고
땅은 생명 생성 근원되어 2가 되고
사람은 천지의 꿈과 이상을 실현하여 3이 되니)

一積十鉅 無櫃化三

일적십거 무궤화삼

(하나가 쌓여 크게 되고

천지인의 도[道] 세상이 열리네)

天二三 地二三 人二三

천이삼 지이삼 인이삼

(하늘과 땅과 사람은

음양 운동으로 작용하고)

大三合六 生七八九

대삼합육 생칠팔구

(천지인 3수 합해 6수 되고

무수히 많은 수를 낳는다네)

運三四 成環五七

운삼사 성환오칠

(천지 만물은 3수와 4수로 운행하고

5수와 7수로 순환하니)

一妙衍萬往萬來 用變不動本

일묘연만왕만래 용변부동본

(하나가 오묘하게 작용하여 넓고 크게 쓰이지만

근본은 변하지 않고 하나로 되돌아오네)

本心本太陽 昂明
본심본태양 앙명
(인간의 마음은 본디 어질고 착하여라)

人中天地一
인중천지일
(어질고 착한 마음 천지 중심되고
존귀한 태일[太一]되니)

一終無終一
일종무종일
(하나가 끝나서 무[無]가 되고
다시 하나로 끝이 나네)

律始無始律
율시무시율
(율려[律呂]의 시작은 텅 빈 우주 공간이다)

析氣極 無盡本
석기극 무진본
(기[氣]가 흩어져 극에 달해도

본 형상은 그대로이다)

天律律 地律呂 人律氣
천율율 지율려 인율기
(하늘은 율[律]의 조화로 탄생했고
땅은 율[律]과 여[呂]의 조화로 탄생했고
사람은 율[律]과 기[氣]의 조화로 탄생했다)

律積十鉅 無櫃化氣
율적십거 무궤화기
(율려가 쌓여 크게 폭발하면
우주 공간은 기[氣]로 가득 찬다)

天呂氣 地呂氣 人呂氣
천여기 지여기 인여기
(하늘은 여[呂]와 기[氣]의 조화로 돌고
땅도 여[呂]와 기[氣]의 조화로 돌고
사람도 여[呂]와 기[氣]의 조화로 돈다)

大氣合六 生七八九
대기합육 생칠팔구
(큰 기[氣]가 합하여 6의 형상이 되고
다른 모양으로 펴져 간다)

運氣四 成環五七

운기사 성환오칠

(4 형태의 기[氣]의 흐름은

5와 7의 형태로 순환한다)

律妙衍萬往萬來 用變不動本

율묘연만왕만래 용변부동본

(율려의 오묘한 조화가 끝없이 퍼져 쓰이지만

본 모습은 변하지 않는다)

本心本太陽 昂明

본심본태양 앙명

(맑은 파동, 밝은 빛이다)

人中天地律

인중천지율

(천지의 중심은 사람이다)

律終無終律

율종무종율

(율려[律呂]의 끝도 텅 빈 우주 공간이다)

천부심경은 천지 만물 생성경으로 기존에 없던 경전이다. 우주 만물이 음양의 원리로 돌아가는 점에 착안하여 천부(天符)의 원리에 따라 천부경에 표기된 숫자 1, 2, 3 대신 율(律), 여(呂), 기(氣)를 삽입하여 논자가 완성한 천부경이다. 이 경전을 통하면 천부경이 81자로 되어 있는 이유가 명확히 드러난다. 곧 빛과 소리인 율려가 9번 운행하고, 9번 순환하는 원리다. 천부심경은 율려의 순환원리가 잘 표출된 만큼 과학자들의 적극적인 연구가 필요하다.

　어느 날 순간적으로 논자의 뇌리를 스쳐간 숫자 1, 2, 3 이 숫자 대신 천부경에 율(律), 여(呂), 기(氣)를 삽입하자 콘센트와 전기 코드처럼 딱 맞아떨어졌다. 또한 해석도 자연스럽게 곧바로 이루어졌다. 이것이 논자가 전 세계 과학자들에게 천부경과 율려기(律呂氣)의 연구를 권유하는 이유다.

　천부경의 해석은 학자에 따라 조금씩 다르다. 그만큼 천부경 81자에 담겨 있는 사상과 철학은 넓고 깊다. 따라서 논자의 해석도 정답일지는 의문으로 남는다. 천부경을 좀 더 깊이 이해하기 위해서는 원문 형태의 천부경을 탐독해야 한다. 아홉 줄의 세로 형태로 되어 있다. 천부경을 이해하는 데 가로, 세로는 별 의미가 없으므로 위에서 서술한 아홉 줄의 천부경을 참고하면 된다. 이중 8행과 9행은 특별한 의미를 갖는다. 8행에는 근본 본(本) 자가 3개, 9행에는 한 일(一) 자가 3개 들어 있다. 이는 우주 만물이 끝없이 변하지만 변하지 않는 근본이 3개 있음을 나타내고 있다. 그것이 율려기(律呂氣), 태초의 빛과 소리, 기(氣)이다. 마지막 줄 9행의 한 일(一) 자 3개는 태초의 물질인 빛을 의미한다. 3개의 물질 중 유일하게 눈에 보이는 물질이다. 이로써 율려기, 곧 빛과 소리, 기(氣)는 하나이면서 셋이고, 셋이면서 하나가 된다. 숫자로는 0.1, 오늘날 디지털 문명이 돌아가는 원리다. 천부경으로는 일시무시일(一始無始一, 1의 시작은 0이고 0의 시작은 1이다), 일종무종일(一終無終一, 1의 끝은 0이고 0의 끝은 1이다)이다. 천지인(天地人), 삼신일체(三神一體) 사상도 여기서 기인한다.

천부(天符)의 원리로 보면 지금까지 인류가 섬겨온 하느님의 실체는 율려(律呂)가 된다. 곧 율려 하느님이다. 율(律)이 아버지 하느님, 여(呂)가 어머니 하느님이다. 하느님을 다르게 부르며 대립과 투쟁을 일삼지 말고 천부경을 가까이하여 인간이 천지 부모의 자식이고, 천지에서 가장 소중한 존재라는 것을 깨달아야 한다. 그것이 인류가 총성을 멈추고 평화롭게 살 수 있는 길이다.

천부(天符)의 원리에 따라 인간 탄생의 과정을 적으면 최초의 인간은 기영체(氣靈體)이다. 빛과 소리의 조화로 우주 공간에서 탄생했다. 기영체는 지구에서는 인간의 영혼(정신)이 된다. 여기에 골(骨)이 형성되고, 육(肉)이 입혀져 완성된다. 즉 기영체가 여성의 뱃속에서 골(骨)이 형성되고, 육(肉)이 입혀져 태어난다. 지구 환경에 적응되기 전까지는 여성이 하늘의 정기를 받아 혼자서 임신하고, 지구 환경에 적응된 후에는 남녀가 결합하여 새로운 생명을 탄생케 한다. 이런 이유로 지구 최초의 인간은 여성이 된다. 고대 사회가 모계 중심인 것은 이 때문이다.

인간과 짐승의 구분점은 팔려음의 조화에 따른 법칙의 결과다. 즉 팔려음의 조화를 많이 받으면 인간이 되고, 적게 받으면 짐승이 된다. 식물은 짐승 다음으로 팔려음의 조화를 많이 받은 개체이다. 팔려음의 조화는 우주 물질의 배합기술이다. 어떤 물질을 어떤 비율로 어떻게 배합하느냐에 따라 인간과 짐승은 기영체(氣靈體)의 틀로 만들어지고, 식물은 씨앗 형태로 만들어진다.

대한민족이 노래를 잘 부르고 음악에 소질을 보이는 것은 다른 민족보다 팔려음의 조화를 많이 받았기 때문이다. 노래 중에서는 판소리가 두드러진다. 전 세계에서 판소리를 제대로 뽑아낼 수 있는 민족은 대한민족이 유일하다. 천부(天符)를 받들어 모셨던 선조들의 DNA의 힘이 작용한 결과다. 그런 이유로 팔음기(八音氣)가 완전히 소진되면 인간과 짐승은 죽음에 이르게 되고, 식물은 고사(枯死)하게 된다.

이처럼 팔려음은 기(氣)를 품고 있어 우주 만물을 낳고 기른다. 동식물을 포함한 인간이 빛보다는 소리, 곧 아름답고 슬픈 음악에 더 깊이 반응하는 것은 빛 1 음 8의 조화가 작용한 결과다. 이러한 원리로 보면 나쁜 마음을 갖고, 나쁜 행동을 할수록 천기(天氣)가 소진되어 몸이 나빠지고, 착한 마음을 갖고, 착한 행동을 할수록 천기(天氣)가 충전되어 몸이 좋아진다. 따라서 우주와 소통할 수 있는 천부경을 가까이하여 조금씩 깨우쳐 가는 것은 착한 심성을 되찾고 천지 부모와 하나 되는 길이다.

착한 심성! 천부경에서는 본심본태양(本心本太陽) 앙명(昻明)

으로 표현하고 있다. 인간의 본마음은 태양처럼 맑고 밝다는 뜻이다. 인간이 율려, 율려기, 곧 빛과 소리, 팔려음의 조화로 태어났으니 어떤 환경에서도 그 본성을 잃어서는 안 된다는 선언이다. 따라서 천부경 81자 중 74자는 본심본태양 앙명을 설명하고 강조하기 위한 것임을 알 수 있다. 지금 우리는 이처럼 소중한 본성을 다 잃어버렸다. 그 결과물이 각종 범죄와 전쟁, 지구 환경 파괴다. 이러한 것을 멈추기 위해서는 천부경을 가까이하고 천부경 명상 수행을 생활화해야 한다.

   방법은 또 있다. 훔옴지를 이해하고 반성하는 마음을 담아 수시로 읊조리는 일이다. 훔옴지는 율려기, 천지인을 대표하는 음(音)이다. 훔은 우주 제1의 물질인 빛이 퍼져 나가는 소리이고, 옴은 우주 제2의 물질인 음(音)이 울려 퍼지는 소리이며, 지는 우주 제3의 물질인 기(氣)가 분출하는 소리다. 그런 이유로 지구상에서 복식호흡, 즉 하복부에 힘을 넣고 하는 호흡으로 길게 소리 낼 수 있는 음(音)은 훔옴지 3개뿐이다. 다른 음은 숨길이 막혀 숨을 길게 내쉴 수가 없다. 호흡 수행도 이 3개의 음으로만 할 수 있다. 반대로 구음(口音) 연주는 이 3개의 음으로는 할 수 없다. 연주하면 할수록 소리가 잠긴다. 이는 뿌리가 직접 열매를 맺지 않는 우주의 원리가 적용된 결과다. 인간은 그 자체가 만능 악기이고, 지구상에 존재하는 모든 음을 자유롭게 흥얼거릴 수 있지만 팔려음의 조화로 탄생했기 때문에 팔려음을 대표하는 음으로는 연주를 할 수가 없는 것이다. 이것이 우주의 법칙이다.

가끔 원문 형태로 천부경을 써놓고 마주하고 있으면 마치 나노기판을 보고 있는 느낌이다. 일시무시일(一始無始一)로 시작하여 대삼합육(大三合六) 생칠팔구(生七八九)로 중간 마무리를 하고, 다시 운삼사(運三四) 성환오칠(成環五七)로 시작하여 일종무종일(一終無終一)로 끝맺음하는 것은 첨단기술을 연상케 한다. 그런 관계로 천부기경은 시가(詩歌) 형식으로, 천부심경은 율려의 운행 형상에 가깝게 풀어보았다.

천부경 81자에는 신(神)이라는 표현은 없다. 그러나 그 내면을 들여다보면 신(神)이 존재한다. 바로 인간이다. 천부경으로 보면 인간이 빛이고, 기(氣)이고, 신(神)이다. 인간이 천지에서 가장 소중한 존재인 것은 이 때문이다. 천부경은 이것을 천일일(天一一), 지일이(地一二), 인일삼(人一三), 즉 하늘은 창조 운동의 뿌리로써 1이 되고, 땅은 생명 생성 근원되어 2가 되고, 사람은 천지의 꿈과 이상을 실현하여 3이 된다. 인중천지일(人中天地一, 인간이 천지에서 가장 소중한 존재다)로 표현하고 있다. 천일일(天一一), 지일이(地一二), 인일삼(人一三)이 하늘도 신(神)이고, 땅도 신(神)이고, 사람도 신(神)이라는 뜻을 내포하고 있지만 끝부분에 인중천지일(人中天地一)이라는 표현이 이어짐으로써 신(神)의 주체가 인간임을 나타내고 있다. 곧 우주의 기(氣), 지구의 인(人)이다.

우주의 기(氣)와 지구의 인(人)은 그 역할이 비슷하다. 우주에서의 기(氣)는 빛과 소리, 즉 팔려음의 조화로 생성된 물질들이 띠를 이루어 화학반응이 잘 일어나도록 돕는다. 이 일은 물질의 특성상 빛이나 소리는 할 수 없는 일이다. 지구의 사람도 역할이 비슷하다. 밭에 씨를 뿌려 채소가 잘 자라게 하고, 논에 모를 심어 벼가 잘 자라게 한다. 이런 일은 다른 동물은 할 수 없고, 팔려음의 조화를 가장 많이 받은 인간만이 할 수 있다. 대한민족은 팔려음의 조화를 가장 많이 받은 민족이다. 그런 이유로 천부(天符)의 원리를 가슴에 새기며 살았다. 그리고 문자를 창제하여 기록으로 남겼다. 그것이 인류 최초의 경전 천부경(天符經)이다. 이런 사상에 따라 대한민족의 국가명엔 빛 혹은 밝음이라는 뜻의 글자를 새겼다. 환국(桓國)의 환(桓), 배달(倍達)의 배(倍), 조선(朝鮮)의 조(朝), 대한민국의 한(韓)이 그것이다. 한(韓)은 곧 환(桓)이다. 한(韓) 앞에 큰 대(大) 자를 붙이면 큰 빛, 광명한 인간이 된다. 대한민족이 고대로부터 천손민족 또는 천자국으로 불린 것은 천부(天符)의 원리를 깨우친 천부(天符) 민족이기 때문이다. 그 깨우침은 천부단(天符壇)을 통해 천부(天符)를 받들어 모시는 문화로 이어졌다. 그 흔적이 태백산의 천제단, 마리산의 참성단에 남아 있다.

천부경은 인류 최초의 경전이자 최고의 우주론이다. 9천여 년 전 인류 시원 국가인 환국으로부터 입에서 입으로 전해 오던 것을 배달국 초대 천황인 거발환 환웅의 명에 의해 신지 혁덕이 녹도문으로 빗돌에 새겨 놓은 것을 훗날 신라의 최치원 선생이 발견하여 한문으로 번역한 뒤 세상에 알렸다고 한다. 그 후 외세의 잦은 침탈로 자취를 감추었다가 1917년 묘향산의 한 동굴에서 수도 중이던 운초 계연수 스님이 바위에 새겨진 것을 발견하고 탁본하여 오늘에 이르고 있다.

종설(終說)

우주에서 소리가 빛을 품어 새로운 물질을 생성하는 율려, 율려기, 팔려음의 조화는 지구상에서는 여(女)가 남(男)을 품어 새로운 생명을 탄생케 한다. 이러한 원리는 8수 문화가 되어 지구촌 곳곳에서 성스러운 수로 여겨지고 있다. 이런 8수의 흔적이 인간의 육신, 복희팔괘, 천지만물도, 천지만물 생성력에 나타나 있지만 생략하기로 한다.

천부(天符)의 원리로 보면 인류가 사용하고 있는 사칙연산, 즉 덧셈, 뺄셈, 곱셈, 나눗셈의 부호는 각각의 것이 아닌 하나의 꾸러미로 우주 물질의 생성법칙, 정렬 수단이다. 덧셈(+)은 우주 만물이 통하는 우주의 정십자(正十字)이고, 뺄셈(-)은 정십자가 회전하여 가로 선과 세로 선이 포개진 형상, 곱셈(×)은 정십자가 회전하여 방향을 바꾼 형태, 나눗셈(÷)은 정십자의 세로 선이 위아래로 나누어진 형상이다. 이것의 검증은 과학의 몫이다.

인류 최초의 경전인 천부경(天符經)은 독일의 대철학자 하이데거가 일찍이 접한 동서양 철학의 모태이다. 이제 철학의 영역을 넘어 과학의 영역에서 연구가 진행되어야 한다. 그리하면 현대과학이 풀지 못한 것들이 풀릴 수도 있다. 우주 물질의 기본은 헬륨과 수소이다. 이들 물질의 핵융합으로 또 다른 물질이 생성된다는 것이 현대과학의 정설이다. 그러나 현대과학은 빅뱅으로 이들 물질이 생겨났다고 주장할 뿐 헬륨과 수소가 어떤 물질로부터 나왔는지는 설명하지 못하고 있다.

천부(天符)의 원리로 보면 수소와 헬륨은 기(氣)로부터 나온 물질이다. 즉 빛과 소리의 작용으로 기(氣)가 출현하여 수소와 헬륨 같은 기체를 만들어 냈다. 수소와 헬륨이 기(氣)로부터 나왔다는 증거는 우리 민족이 만든 한자에도 나타나 있다. 기운 기(氣)+물줄기 경의 수소-경, 기운 기(氣)+돼지 해(亥)의 헬륨-해가 그것이다. 이는 두 물질의 본바탕이 기(氣)에 있음을 말해 주고 있다. 이러한 정황으로 볼 때 우리 민족의 선조 과학자들은 한자가 창제되기 전부터 이들 물질을 인지하고 있었다는 얘기가 된다. 천부심경이 천지 만물 생성경이라는 점에서 천부경은 물론 한어(韓語)와 한자(韓字)의 연구도 뒤따라야 한다. 그리하면 새로운 차원의 우주론 시대를 열 수 있다. 그것이 깨달음과 과학의 만남, 천부경 깨달음 우주론 시대다. (수소와 헬륨은 네이버 한자사전 검색창에서 수소 경, 헬륨으로 검색하면 관련 한자를 찾아볼 수 있다)

천부경 깨달음 우주론 완성 연도

환국건기 9220년 개천배달 5920년

단군개국 4356년 서기 2023년

주요 내용 찾아보기

대통령 선거 · 33
대한민국 프로젝트 2045 · 39
긴급국민대출 · 46
국회청문진행법 · 49
국회법상 공무원의 사용자 · 50
대통령 탄핵 국민청원법 · 50
독재방지법 · 52
국회특별조치법 · 54
KBS 수신료 정책 · 60
관광 대국 철도망 · 67
대한민국의 새로운 교통문화 · 40
국민안전행정 · 75
대한민국 의료체계 · 78
공공의료제도 · 80
K-방역플랜 · 81
한반도 평화통일 헌법 · 196
국민 노사 조정제도 · 173

휴먼법치주의 · 84

대한민국의 기본교육 · 86

대법원의 판결 · 92

공압식 자동차, 발전기 · 183

한강(韓江)과 대한문(大韓門) · 101

대한민족관 · 106

자유시 참변 · 107

3.1운동, 민주화 운동 헌정 표어 · 110

대한민국 의회의원 제도 · 113

공룡 서울, 경기 · 129

서대전 정부 행정단지 · 131

대전특별행정시 · 135

충청광역도 · 135

대전 0시 시장 · 136

김치조합 · 137

아이디어뱅크 · 138

국민의 꿈 · 138

대전 충청 메가시티 구축 전철망 · 142

국민건강연금보험 · 146

노인 연령과 복지 수급 연령 · 144

관절팔팔운동 · 148

K-기본소득 · 150

환단고기 진위 논란 · 164

한자(韓字) 창제의 주체 · 164
한국어 유네스코 세계기록유산 등재 · 166
4대 문화특구 · 166
대한민국 건국일 · 167
명절의 새 명칭 · 168
항구적 귀어, 귀농 장려법 · 175
그린에너지 촉진법 · 176
대한민족 DNA 보전법 · 176
공정조사처 · 177
경찰청 범죄예방센터 · 178
주택거래 안심앱 · 179
검찰조직의 해체 · 180
삼한연합마을 · 186
한국형 원전사고 핵 오염수 처리장치 · 190
한반도 평화통일 헌법 · 196
대한민국 국방력 · 83
세계평화실천연합 · 202
기후재앙 대응청 · 204
대전 비전 · 206
보문산 천제단 · 208
대전 3축제 · 210
개천천제문화축제 · 209
한자(韓字)-한글, 한국어 축제 · 209

유엔총회 연설 · 214
인류문명연구센터 · 217
아리랑의 원형 · 218
천부경의 천부(天符) · 218
율려기(律呂氣) 천부경 · 229
피라미드는 천지만물도 · 230
신비로운 훔옴지 · 236
천부경 수행법 · 236
훔옴지 수행법 · 238
마고문명 환국 환인주의(桓人主義) 축제 · 243
인류 최초의 문명집단 · 243
수행의 시작 · 247
문자의 탄생 · 249
이별 그리고 만남 · 258